AFFAMÉE

Raven Leilani

AFFAMÉE

Traduit de l'anglais (États-Unis) par Nathalie Bru

VICE CACHÉ

cherche midi

Vous pouvez consulter notre catalogue général
et l'annonce de nos prochaines parutions sur notre site :
www.cherche-midi.com

Collection dirigée par Claro, Arnaud Hofmarcher
et Marie Misandeau

Titre original : *Luster*
Éditeur original : Farrar, Straus and Giroux

92, avenue de France
75013 Paris

Mis en pages par Soft Office
Dépôt légal : février 2021
ISBN 978-2-7491-6743-5
ISSN 2740-3009

À ma mère

1

La première fois, on le fait tout habillés, à notre bureau, sur notre temps de travail, dans la lumière bleue de l'ordinateur. Il est *uptown*, en train de gérer un nouveau lot de microfiches rares et moi, je suis *downtown*, dans mon box, chargée des corrections d'un nouveau manuscrit de la série « Le labrador détective ». Il me raconte ce qu'il a mangé au déjeuner, puis me demande si je peux enlever discrètement ma culotte. Sa ponctuation est impeccable. Il me dit qu'il est gourmand, me parle de *berlingots* et d'*abricots*. La zone de texte vide laisse le champ libre à tout un tas de possibles. Bien sûr, j'ai peur que le service informatique prenne la main sur mon ordinateur, ou que mon historique me coûte une nouvelle convocation à la DRH. Mais le risque. L'excitation d'une troisième paire d'yeux. Et l'idée que quelqu'un, revenant de sa pause déjeuner plein d'un doux optimisme de circonstance, pourrait tomber sur notre échange et voir toute la tendresse avec laquelle Eric et moi avons bâti notre petit monde privé…

Dans son premier message, il me signale quelques coquilles sur mon profil et m'annonce qu'il est marié mais en couple libre. Ses photos sont naturelles et sans prétention - une un peu floue de lui endormi sur le sable, une autre prise de dos, où il est en train de se raser. C'est cette dernière qui me touche. Le carrelage sale et la vapeur velouteuse qui se dissipe. Son visage dans le miroir, grave et concentré. Je l'enregistre sur mon téléphone pour la regarder plus tard dans le métro. Des femmes la voient par-dessus mon épaule et sourient. Je leur laisse croire qu'il est à moi.

À part ça, je n'ai pas eu beaucoup de succès avec les hommes. Je ne cherche pas à me plaindre. J'expose juste des faits. Un autre fait : j'ai des seins superbes, et ils ont déformé ma colonne vertébrale. Mais encore : je touche un salaire de misère. J'ai du mal à me faire des amis, et les hommes se lassent quand je parle. Ça part toujours bien, pourtant, jusqu'à ce que je raconte trop en détails l'histoire de ma torsion des ovaires ou celle de mon loyer. Eric, lui, est différent. Deux semaines après le début de notre correspondance, il me parle du cancer qui a ravagé la moitié de sa famille maternelle.

D'une tante qu'il adorait, qui préparait des potions de chanvre et de poils de renard. On l'a enterrée avec une poupée qu'elle avait confectionnée avec des feuilles de maïs. Il me raconte aussi avec tendresse les lieux de son enfance, les parenthèses de terres agricoles entre Milwaukee et Appleton, les parulines polyglottes et les cygnes siffleurs qui venaient picorer des graines dans son jardin. Quant à moi, je m'en tiens à mes bons souvenirs. La cassette VHS de *Spice World* à mes cinq ans, la Barbie fondue au micro-ondes un jour où j'étais seule à la maison. Évidemment, le contexte de mon enfance - *boys bands*, barquettes déjeuner, *impeachment* de Bill Clinton - ne fait que souligner notre différence d'âge. Eric est chatouilleux sur le sujet, il se plie en quatre pour combler cet écart de vingt-trois ans. Il me suit sur Instagram, laisse sous mes posts d'interminables commentaires. Des remarques sincères sur la lumière qui éclaire mon visage, mâtinées d'argot internet périmé. Un soulagement, comparé aux avances imbitables des hommes plus jeunes.

Il faut un mois avant que nos emplois du temps s'alignent. Nous essayons de nous voir avant mais il y a toujours un empêchement. Ce n'est qu'un des aspects par lesquels sa vie diffère de la mienne. Des gens ont besoin de lui, et parfois en urgence. Et moi aussi, entre les annulations de dernière minute, je me rends compte que j'ai besoin de lui. Tellement besoin de lui que la soif s'exprime dans mes rêves sous des formes délirantes – longues étendues de déserts jaunes, cathédrales frangées de mousse dégoulinante. On ne s'est même pas encore rencontrés que je suis déjà prête à n'importe quoi. Il a choisi un parc de loisirs. Nous nous arrêtons sur un mardi. Quand il se présente chez moi, au volant de sa Volvo blanche, j'en suis encore à chercher mon sourire le plus approprié. J'essaie trois robes avant de trouver la bonne. Je noue mes tresses et mets de l'eyeliner. Il y a de la vaisselle dans l'évier et une odeur envahissante de saumon qui n'a rien à voir avec moi. Je panique à l'idée qu'il pourrait vouloir monter. J'enfile des sous-vêtements tellement recherchés qu'on dirait plutôt un tas de ficelle et me cale devant le miroir. Je me dis, *Tu es une femme désirable, pas une douzaine de gerbilles coincées dans une enveloppe de peau.*

Il s'est garé en double file. Adossé à la voiture, il me regarde sortir sans bouger. Il me fixe, une étincelle dans le regard. Il a les cheveux plus foncés que je croyais, d'un noir si opaque qu'il a l'air bleu. Le visage tellement symétrique que c'en est presque indécent, malgré son sourcil plus haut que l'autre qui donne à son sourire un côté légèrement narquois. C'est le deuxième jour de l'été et aucun des pouvoirs de la ville – circulation dense, brume chargée d'urine remontant du caniveau à ses pieds - n'a d'effet sur lui. Je lui tends la main en essayant de ne pas avaler ma langue et je me sens bizarre. Bien sûr, il y a la tension. En personne, c'est un vrai papa, l'air sévère et sur ses gardes, à peine adouci par sa légère calvitie. Mais ça n'a rien à voir avec ça, rien à voir avec le fait que je cherche au-delà de sa bouche sensuelle et de son nez légèrement de travers une confirmation qu'il est aussi stressé que moi. Non. Simplement, il est huit heures quinze du matin et je me sens bien - heureuse. Je ne suis pas dans le métro, ligne A, direction *uptown*, le nez dans des effluves de cornichons tièdes, à me dire que j'aimerais mieux être morte.

– Edie, lui dis-je en tendant la main.

– Je sais, répond-il.

Ses longs doigts s'enroulent autour des miens, trop indolemment. Je nous voulais plus extravertis, l'attirer vers moi pour le prendre naturellement et franchement dans mes bras. Au lieu de quoi cette poignée de main molle, et mon regard qui fuit, cette capitulation immédiate et prévisible. Puis vient le pire moment d'une première rencontre en plein jour avec un homme, celui où on le voit qui nous voit, le quart de seconde où il décide si l'éventuel cunnilingus sera enthousiaste ou sans conviction. Il ouvre la portière. Il y a un dé bleu en peluche suspendu au rétroviseur. Un sachet de bonbons entamé sur le siège passager. Sur internet, ses messages étaient sans fard, pleins d'une sincérité cafouilleuse. Mais maintenant, comme on s'est déjà raconté les histoires qu'on se raconte la première fois, engager la conversation est plus difficile. Il évoque la météo, on se met à parler réchauffement climatique. Quelques banalités sur le fait qu'on va tous brûler vifs, et nous sommes arrivés.

Difficile de faire abstraction de la différence d'âge au cœur des rococoteries de l'enfance. Les ballons Titi, la mascotte Taz avec ses yeux en plastique sans âme, les glaces multicolores. Dès l'entrée, je vis comme une insulte la haute teneur en fructose du soleil du parc. C'est un endroit pour les enfants. Il m'a emmenée dans un endroit pour les enfants. Je scrute son visage pour savoir si c'est une plaisanterie ou s'il angoisse à l'idée des maigres vingt-trois ans que j'ai passés sur Terre.

La différence d'âge ne me gêne pas. Bien sûr, les hommes mûrs ont une situation financière plus stable et une compréhension différente du clitoris, mais il y a surtout le déséquilibre des pouvoirs, une drogue puissante. L'enfermement dans des limbes insoutenables entre leur désintérêt et leur expertise. La panique que leur cause l'indifférence grandissante du monde. Leur colère et leur échec en tant qu'adultes qui s'engouffrent tout entiers dans nos corps réduits à des chairs élastiques et rutilantes.

Sauf que pour lui, tout ça a l'air nouveau. Pas simplement le fait d'avoir à son bras une autre que sa femme, plus jeune de plusieurs décennies, mais une femme qui se trouve être noire. Je le sens dans la prudence avec laquelle il dit *Afro-Américaine*. Dans son refus absolu de prononcer le mot *noir*. En règle générale, j'essaie d'éviter les dépucelages de ce genre. Je ne peux pas être la première Noire d'un Blanc. Je ne peux pas supporter les morceaux de rap conscient maladroitement chantonnés, l'argot forcé, l'arrogance des hommes roses en chemise kenté. Sur le chemin du vestiaire, nous passons devant un type et son fils qui vomissent derrière un Bugs Bunny en carton. En ouvrant mon casier, je trouve une couche de bébé. Eric appelle un agent d'entretien. Il me dit qu'il est désolé. On dirait qu'il s'excuse non seulement pour la couche mais aussi pour la façon dont les choses sont en train de tourner dans cet endroit qu'il a choisi. Je m'en veux. Je m'en veux parce que mon premier instinct est de vouloir gérer ses sentiments, plutôt que de suggérer une autre destination. Et parce que nous allons tous les deux devoir endurer ma tentative de lui prouver tout au long de la journée que oui, vraiment je m'amuse ! Et que non, ce n'est pas sa faute !

Un mois, c'est trop long pour des conversations en ligne. En un mois, mon imagination a eu le temps de se déchaîner. Vu son usage libéré du point-virgule, je m'étais dit que le rendez-vous allait bien se passer. Mais tout est différent dans la vraie vie. Je n'ai pas autant de repartie, pour commencer. Pas le temps de peser chacun de mes mots ou de ciseler une réplique aux petits oignons sur Notes. Et puis il y a la chaleur corporelle. Ces détails inexprimables liés à la proximité d'un homme, ce truc sauvage et doux sous leur eau de toilette, et parfois cette impression qu'il n'y a pas de blanc dans leurs yeux. La folie d'un homme, profonde et surrénale, la vulnérabilité de sa retenue. Je la sens sur moi et en moi, comme si j'étais possédée. Sur internet, nous faisions tous les deux un effort pour combler les blancs. Avec optimisme, avec ce genre de désir ardent qui égaie et qui déforme. On partageait d'hypothétiques dîners chics, on discutait des rendez-vous chez le médecin qu'on craignait de prendre. À présent, il n'y a plus de blancs et quand il commence à m'enduire le dos de crème solaire, c'est à la fois trop peu et trop.

– Ça te va comme ça ? demande-t-il.

Son haleine est chaude sur ma nuque. J'acquiesce en marmonnant, m'efforçant de faire de ce contact davantage que ce qu'il est. Il est doué de ses mains, cela dit. Elles sont chaudes et larges et douces et je n'ai pas baisé depuis des mois. L'espace d'un instant, je suis sûre que je vais pleurer, ce qui n'a rien d'étonnant car je pleure partout et souvent, et en particulier à cause de ce spot de publicité complètement décadent pour la chaîne de restaurants italiens Olive Garden. Je m'excuse et cours aux toilettes pour me rassurer face au miroir : il y a des choses plus graves que ce moment. Le redécoupage des circonscriptions électorales, par exemple. Ou les grosses boîtes de généalogie qui revendent mes prélèvements ADN à l'État.

Bien sûr, reste à garder son sex-appeal en dégringolant du ciel. À l'instar de la plupart des Blancs qui savourent leurs boîtes de haricots dans les bois sans se laisser décourager par la preuve fécale du récent passage d'un ours affamé, Eric conçoit sa mortalité et la chair moelleuse de son corps comme purement accessoires. Moi, en revanche, je suis pleinement consciente des multiples façons dont je pourrais mourir. De sorte que lorsque le jeune employé du parc rabat mon harnais sur moi avant de retourner paresseusement aux manettes, je songe à tout ce que je n'ai pas fini - le pot de glace à la pistache dans mon congélateur, la branlette et demie restante dans mon vibromasseur presque à plat, mon coffret DVD de l'émission pour enfants *Mister Rogers' Neighborhood*.

L'enthousiasme d'Eric est contagieux. Au bout de deux tours, je commence à m'amuser et pas seulement parce que mourir m'exonère du remboursement de mes prêts étudiant. Il me prend la main et m'entraîne vers la première voiture, visiblement assez consciencieux dans son usage du parc pour avoir payé le supplément coupe-file. Le temps de me baisser pour refaire mes lacets, je le trouve en pleine conversation avec la mascotte Porky au sujet des opportunités d'emploi pour un débutant aux archives.

– Nous avons toujours besoin d'un service client de qualité, dit-il en plaquant son numéro de téléphone contre la moufle en feutre rose de Porky.

Nous embarquons pour la troisième fois sur les montagnes russes les plus hautes du parc et il hurle comme si c'était la première. Il hurle vraiment. Sans retenue aucune. Au départ, ça me rebute, puis je m'aperçois que j'aime ça. J'aime vraiment beaucoup ça. Je ne sais pas si c'est la dissonance, cette puérilité de petite fille inversement proportionnelle à sa masse, ou ma jalousie de le voir capable de s'émerveiller comme ça - sa terreur jubilante, cette volonté de vivre le familier comme si c'était nouveau. Le genre de joie sans vergogne qui me fait dire que je pourrais ouvrir ma peau comme on ouvre un manteau et lui montrer tout ce qui suinte à l'intérieur. Mais pas encore. Il y a de la tristesse dans sa ferveur, dans son côté un peu factice, comme s'il avait quelque chose à prouver. Au sommet, il se tourne vers moi. Le vent lui griffe les cheveux. Je me vois en miettes au fond de ses yeux. Ça fait mal, tout d'un coup, d'être si ordinaire, si ouverte à lui, alors qu'il me regarde en faisant comme si je n'étais pas juste la version bas de gamme d'un bolide italien.

– J'aimerais que tous les jours soient comme aujourd'hui, lance-t-il juste avant la descente la plus terrifiante du tour, alors qu'on nous retient volontairement entre ciel et Terre, histoire de nous offrir tout le loisir d'anticiper la chute.

Dessous, le parc allume ses lumières. Tout ce que je veux, c'est qu'Eric ait ce qu'il désire. Je veux être l'inverse d'exigeante et compliquée. Je ne veux aucune friction entre son fantasme et ma vraie nature. Je veux tout ça et rien de tout ça. Je veux du cul tiédasse et ordinaire, je veux qu'il n'arrive pas à bander, je peux pouvoir parler ouvertement de mon syndrome de l'intestin irritable, je veux que notre besoin mutuel de consolation nous lie. Je veux qu'on se dispute en public. Et quand on se disputera en privé, je veux qu'il me cogne peut-être sans le faire exprès. Je veux nous voir embrasser ensemble une carrière d'ornithologues amateurs longue et productive, et je veux qu'on se découvre cancéreux au même moment exactement. Puis je me souviens de sa femme, le manège bascule et nous tombons.

Malgré moi, j'ai passé la journée à penser à sa femme. J'aimerais la savoir surinvestie dans les brigades de surveillance du voisinage. Et ce serait rassurant d'apprendre qu'elle fait l'étoile de mer pendant l'amour. Peut-être aussi qu'elle est sympa. Possible qu'elle n'ait sincèrement aucun problème à savoir son mari en compagnie d'une fille dotée de seize fois plus d'ovules viables qu'elle. Il se pourrait qu'elle soit féline, en phase avec la rétrogradation de Vénus et adepte des déodorants naturels. Une femme si peu menacée par toutes les New-Yorkaises réunies qu'elle a donné sa bénédiction sans conditions à la meute nubile pour baiser sa moitié.

Quelques tours de manège plus tard, Eric et moi enchaînons par un saloon en carton-pâte étonnamment bien pourvu en osier. C'est le seul restaurant du parc autorisé à servir de l'alcool. Au-dessus du bar trône la grosse moustache en néon de Sam le Pirate. Une serveuse avec un chapeau de cow-boy jette deux menus poisseux sur la table. Elle nous indique les plats du jour d'une voix qui dans un même élan nous signale que notre unique responsabilité en tant que clients de sa section est d'aller nous faire foutre sans tarder. Jusque-là, nous avons traversé la journée côte à côte. Maintenant, Eric est face à moi et ça fait presque mal. Son attention pleine et entière me brûle.

– Tu t'amuses ? demande-t-il.

– Oui, je crois.

– Parce que pour être honnête, j'ai du mal à te décrypter, alors que d'habitude je suis doué.

Je finis ma bière en essayant de ne pas montrer ma joie d'apprendre que rien, ni mon état de manque, ni mon dégoût, n'a transparu.

– Tu es distante, dit-il.

Et toutes les gamines fourrées sous mon trench jubilent.

Être distante relève d'une inclination naturelle, d'un choix. Rien à voir avec la fille de Bushwick nettoyant une boîte de thon à coups de langue.

– Je suis un livre ouvert, je réponds, songeant à tous les hommes qui ont trouvé ledit livre illisible.

Avec eux, j'ai commis des erreurs. Je me suis jetée à leurs pieds quand ils ont voulu partir. Je les ai poursuivis dans le couloir de mon immeuble avec un flacon de Listerine en disant, Je peux être un roman de plage, je peux tirer un trait sur toutes ces clauses, s'il te plaît, je vais corriger.

Alors je fais de mon mieux pour rester de marbre. Aussi longtemps que je peux, j'essaie de donner l'impression qu'il y a de la sagacité dans mon silence, et non la peur de dire quelque chose d'embarrassant.

– Tu vois quelqu'un d'autre ? demande-t-il.

– Non. Ça me rend moins désirable ?

– Non, est-ce qu'être marié me rend moins désirable ?

– Au contraire, dis-je, en me demandant si je ne commence pas à me livrer un peu trop, si c'était une erreur de lui avouer qu'il est le seul.

Personne ne veut ce que personne ne veut. Il flotte une odeur tenace d'herbe, de toilettes et de pop-corn. Un homme au bar pleure doucement à côté d'un ours en peluche géant. Pour la première fois, il me vient à l'esprit qu'Eric a peut-être choisi cet endroit pour être certain de ne croiser aucune connaissance.

– Ça m'a plu que tu me demandes si je m'amusais, j'ajoute.

– Pourquoi ?

Il fronce les sourcils et je m'aperçois que j'ai déjà vu ça, qu'il a suffi de quelques heures pour que ses expressions me deviennent familières. Songer que nous n'allons faire qu'avancer dans la relation maintenant, sans jamais plus retourner à l'anonymat relatif d'internet, me donne envie de me rouler en boule. Je déteste me dire que j'ai peut-être agi deux fois de la même façon, qu'en me regardant, il a pu déceler un schéma de comportement et décidé si oui ou non il pouvait le supporter de nouveau. Je n'ai aucun moyen d'être sûre que nous luttons à armes égales. Certains hommes ont au moins la décence de vous guider tout de suite vers leurs travers. Pas Eric. Tout ce que j'ai vu de lui, je veux le voir à nouveau. Comme ce froncement de sourcils vaguement paternel, sa désapprobation délicate.

– Parce que j'ai senti que tu attendais vraiment ma réponse, ce n'était pas juste une question qu'on pose quand on s'attend à un oui.

– Quel genre de question ?

– Du genre : tu as joui ?

– À quoi tu réponds oui, même si la réponse est non ?

– Évidemment.

– Tu n'es qu'une petite menteuse, alors ?

J'ai envie de répondre oui. Oui, je suis une menteuse.

– Tu ne mens jamais pour éviter de vexer, toi ?

– Jamais.

– Intéressant, je lui dis.

Bien sûr, que la vie lui ait octroyé la possibilité d'être franc ne mérite pas qu'on s'y arrête. Pas plus que son incapacité à concevoir les choses autrement. Il nous a mis sur un pied d'égalité. Il n'a pas songé aux mensonges qu'on profère pour survivre, à la gentillesse de la chose feinte, que j'illustre à présent, en mangeant ce hot-dog truffé de bactéries. C'est la première fois que je le comprends un peu. Il croit que nous sommes pareils. Il ne se rend pas compte à quel point je me force.

– Tu peux être toi-même avec moi, tu sais, dit-il, et je me retiens de lui rire au nez.

– Merci, je lui réponds, mais il ne le pense pas, je le sais.

Il veut que je sois moi-même à la façon d'un léopard dans un zoo. Inerte, attendant sa pitance. Pas à l'état sauvage, un tendon entre les dents.

– Et si je ne te fais pas jouir, je veux que tu me le dises, ajoute-t-il en attrapant la note.

– Donc on va faire l'amour ? Tout se passe bien alors ?

– Ce n'est pas ton avis ?

Alors qu'on regagne la voiture, il se met à pleuvoir. Une pluie fine mais inattendue. Et dans le parc, le feu d'artifice de clôture est déjà bien entamé. On s'arrête sur le parking pour assister au bouquet final. Aux dahlias blancs, il me prend dans ses bras. Je pose le front contre sa chemise, humide de transpiration et de chlore. On n'a pas pu sécher de la journée. Il me touche la nuque et ses doigts restent là.

Dans la voiture, l'intérieur des vitres est humide. Il enclenche les essuie-glaces et se met torse nu. Le sourire qui accompagne son geste montre qu'il est mal à l'aise, et ça me donne envie de m'asseoir sur son visage. Je m'y suis préparée. J'ai choisi cette robe parce qu'elle est facile à enlever. Mais il démarre et nous quittons le New Jersey pour retourner en ville. Je regarde les lueurs du bas-côté clignoter sur sa peau. Il y a étonnamment peu de circulation. Le bras à l'extérieur, il chantonne avec la radio d'une voix douce et assurée. « Could Heaven Ever Be Like This », d'Idris Muhammad. Un titre sorti en 1977, quand il avait trois ans. Je chante avec lui le moins bizarrement possible, mais ça reste plutôt bizarre malgré tout.

– Comment tu la connais ? demande-t-il, et j'ai envie d'avoir l'air cool. J'ai envie de dire que j'ai trouvé le vinyle dans une boutique, au beau milieu du rock progressif. Pas que je l'ai entendue samplée dans deux morceaux différents, et qu'entre 2003 et 2006, j'ai passé mon temps sur des forums à essayer de l'identifier. J'ai envie de lui dire que « Spring Affair » de Donna Summer est le seul morceau qui m'a permis de survivre à 2004, mais je ne lui ai rien dit des événements de cette année-là dans notre correspondance.

– J'adore le disco, dis-je, alors il sourit et monte le son.

C'est comme ça que nous pénétrons en ville, portés par la fin des années 1970. Il a une conduite souple, une main sur le volant, et je sais que je suis presque chez moi quand l'air commence à puer. On se gare le long du trottoir. Il baisse la musique et me redemande si je me suis bien amusée.

– Oui, je dis, les oreilles encore pleines du vent de l'autoroute.

– Tu n'as pas intérêt à me mentir, me prévient-il.

Et sa main se pose sur ma cuisse. Sous le haut de ma robe. S'enroule contre ma nuque. Il n'y a pas de chorégraphie perceptible dans ses caresses et il est tellement silencieux que je ne l'entends même pas respirer. En revanche, mes sens réagissent à la moindre fluctuation atmosphérique dans la voiture : la station de radio se perdant dans le vague bourdonnement de la bande FM, qui s'en va et qui revient, laissant sourdre des enceintes, contre la danse paresseuse de ses doigts, une voix huileuse de DJ présentant les morceaux, le plafonnier, le faible halo de lumière autour de sa tête, ses yeux grands et vifs.

– Je veux que tu me suces les doigts, dit-il.

– D'accord, je réponds en en prenant un dans ma bouche.

Puis deux. Puis trois. Et tout d'un coup, il les replie et me tire vers lui par mes dents du bas.

– Petite salope, me dit-il avant de me libérer.

– Monte.

– Pas ce soir. Je t'emmène au restaurant jeudi.

– D'accord, dis-je, mais je suis gênée.

Toute la journée j'ai attendu de le baiser. J'ai rangé ma chambre et acheté trois boîtes de pilules du lendemain. Je sors de la voiture et lui fais au revoir pendant qu'il s'éloigne. Dans l'escalier, j'ai déjà décidé que je n'irais pas bosser demain matin, que je passerais la nuit à me masturber goulûment devant Top Chef.

Sauf que mon vibromasseur est à plat. Je cherche partout des piles de rechange, mais aucune de celles que je trouve n'existe en deux exemplaires. Alors j'essaie avec mes doigts, mais juste au moment où je sens venir l'orgasme, un cafard traverse le plafond. Dans le miroir, je m'aperçois que j'ai perdu un faux cil. J'espère que c'est récent, que je n'ai pas passé toute la journée à me promener l'œil tombant et maculé de colle. Ça m'embarrasse de voir tout ce que j'ai fait pour me préparer à sa visite. La brosse à dents supplémentaire, les œufs et l'eau pétillante achetés pour notre brunch post-coïtal. Je me fais une omelette que je mange dans le noir. Je repense à sa tête quand il avait ses doigts dans ma bouche. À son ricanement, suspendu dans la pénombre bleutée.

Je cherche mes tubes de peinture et les trouve presque tous secs. Je n'ai rien peint depuis deux ans, mais pleine d'optimisme, j'ai toujours gardé un sac de peinture. Il y a une souris morte au fond du sac, je ne sais pas depuis combien de temps. Parce que pendant deux ans, j'ai peu à peu poussé tout mon matériel hors de ma vue. Je me réveillais de rêves où j'avais les mains pleines d'huile et de térébenthine, mais avant de me brosser les dents j'avais déjà perdu l'inspiration. La dernière fois que j'ai peint, j'avais vingt et un ans et le Président était noir. J'avais davantage de sérotonine et moins peur des hommes. Entre-temps, le cyan et le jaune ont durci. Il me faut de l'eau chaude pour les mélanger. Je travaille avec la peinture, laisse l'acrylique sécher, et quand ça ne va pas, je recommence. Je reste aussi fidèle aux proportions que possible. Je mélange treize tons de vert, et cinq de pourpre dont je n'ai pas besoin. Mon couteau à palette se casse en deux. À presque cinq heures du matin, j'ai une reproduction passable du visage d'Eric. De la pente de son nez dans la douce lumière rouge du tableau de bord. Je rince mes pinceaux et regarde l'aube arriver dans sa forme urbaine enfumée. Quelque part dans Essex County, Eric est au lit avec sa femme. Ce n'est pas que je veux exactement ça, avoir un mari ou un système d'alarme pour la maison qui durera aussi longtemps que notre couple sans jamais se déclencher. Non, c'est juste qu'il y a parfois des heures grises et anonymes, comme maintenant. Des heures où je suis désespérée, affamée, des heures où je sais comment une étoile devient du vide.

2

Jeudi matin, je n'ai plus d'eau chaude et une nouvelle souris s'est prise dans le piège. Ma colocataire et moi entretenons toute une famille depuis six mois. Nous avons testé des pièges en tout genre, nous nous sommes engueulées chez Home Depot sur la définition d'une mort sans cruauté. Elle voulait une bombe fumigène, mais chez nous, les fenêtres ne s'ouvrent pas. Alors nous avons opté pour les pièges à glu à l'odeur de beurre de cacahuète. Et je dois verser de l'huile de colza sur les pattes de la souris pour la décoller. Certes, mon pain est creusé de tunnels. Certes ma proprio, une Instagrameuse de vingt-trois ans abonnée au thé détox qui a hérité de l'immeuble de son grand-père, ne répond à aucun de mes mails. Mais cette petite bête pelée apeurée cherche juste à manger, comme tout le monde. Alors pendant que j'essaie de la libérer sous les yeux inquisiteurs de la grosse Indienne de l'épicerie d'en face, j'ai l'impression que la créature nuisible et moi sommes logées à la même enseigne. Et de retour à l'appartement, je me mets à songer aux piètres prétentions de la souris. À la graisse de poulet et au beurre de cacahuète. Et aux chats de la bodega, à celui parmi eux qui se lèvera sur sa caisse de savon Irish Spring et l'accueillera entre ses mâchoires.

J'enfile ma robe la moins froissée, avant de m'entraîner à sourire face au miroir, parce que du nouvel endroit où ils m'ont installée, ma boss a vue droit sur moi, et son intérêt croissant pour ma personne ne m'a pas échappé. Le management assure m'avoir déplacée pour me rapprocher de l'équipe, mais je sais que c'est à cause de Mark. Les deux premières années, j'étais à la périphérie, aux confins des éditions jeunesse, juste avant les romans epub à l'eau de rose. J'avais la chance d'être face au mur et pouvais me moucher tranquillement. Maintenant, je suis sociable. Je souris à mes collègues de toutes mes dents et feins la surprise face aux dysfonctionnements de la régie des transports new-yorkais. D'un côté, je suis fière de participer à ces menus échanges qui confirment que je suis bien là, visible à demi, et que New York s'accroupit aussi sur d'autres visages que le mien, mais une part de moi transpire dans ce kabuki et essaie de tendre la main vers la sortie du scénario.

J'ai rendez-vous avec Eric dans une dizaine d'heures, ce qui veut dire que je dois manger le moins possible. Ne sachant jamais comment mon estomac va réagir, je dois m'affamer si je pressens que ça pourra peut-être finir au lit. Parfois le cul en vaut la peine, parfois non. Parfois, il y a une éjaculation précoce, il est vingt-trois heures et le McDonald's le plus proche doté d'une machine à sundaes en état de marche est à vingt minutes à pied. J'emporte une boîte d'olives noires pour le déjeuner et je mets du rouge à lèvres, en espérant que maintenir la couleur me donnera moins envie de manger.

Au moment où je monte dans le métro bondé, un soleil nucléaire s'abat déjà sur les ordures de Manhattan. La rame s'arrête pour régulation du trafic à Montrose, Lorimer Street et Union Square et les parois sombres du tunnel changent les vitres en miroirs. Je me détourne de mon reflet : un homme se masturbe sous un plaid en velours sale. Je suis à deux doigts de perdre ma place assise pour devoir la donner à une femme enceinte à la Vingt-troisième rue, mais par chance sa grossesse la ralentit. J'arrive au bureau avec dix-huit minutes de retard et les assistants d'édition sont déjà en train de basculer la vague d'appels téléphoniques vers les RP.

Je suis chargée de la coordination éditoriale pour nos éditions jeunesse, ce qui signifie qu'il m'arrive de demander aux assistants d'édition de vérifier comment les poissons rouges digèrent les aliments. J'organise aussi des réunions pour tenter de comprendre pourquoi les enfants ont totalement délaissé les ours pour les histoires de poissons. Les assistants ne me proposent pas de déjeuner avec eux. Je fais mon possible pour être accessible. Pour comprendre mon groupe de nihilistes laconiques, nés au sortir de la génération Z. Parmi eux, il n'y en a qu'une que je fuis et c'est elle qui se présente illico ce jeudi matin à mon nouveau bureau du milieu.

– Je ne sais pas comment ces journalistes obtiennent nos lignes directes. Tu as vu Kevin ?

Aria est la plus senior de l'équipe. Elle est aussi la seule autre Noire du département, ce qui force une comparaison entre nous qui n'est jamais à mon avantage. Non seulement elle a toujours sous le coude une anecdote originale sur le Docteur Seuss, mais elle est ravissante. Ravissante comme seules peuvent l'être les femmes des îles : sa peau est un chaleureux alliage synthétique. Avec les reflets dans ses yeux de Trinidadienne et ses joues rondes, le petit numéro de charme afro qu'elle sort à tous les Blancs du bureau, tout le monde ici l'apprécie. Elle joue bien le jeu. Mieux que moi, je veux dire. Alors, quand nous sommes seules, malgré nos visages d'emprunt, nous nous voyons : je vois sa faim et elle voit la mienne.

– Je ne sais pas, peut-être que Kevin est devenu tellement réac qu'il a été téléporté par l'Heritage Foundation, dis-je en attrapant mon café.

– Je ne trouve pas ça drôle, commente-t-elle.

Je ne m'inquiète presque plus de la voir dresser la liste des qualités professionnelles dont elle peut se targuer et qui me font défaut : dorénavant, la question n'est plus de savoir si elle me piquera mon poste, mais quand. La seule chose qui me gêne, c'est que j'ai toujours envie qu'on soit amies. Dès le premier jour, elle est arrivée au bureau humble et magnifique, prête à jouer les Noires de service. Et comme de bien entendu - ayant toujours été la seule « autre » dans la pièce, mais ayant, pour une raison ou pour une autre, toujours gardé espoir que dans la pièce d'à côté, ce serait différent - elle m'a cherchée du regard. Et lorsqu'elle m'a trouvée, lorsque pour la première fois nos regards se sont croisés, nous libérant enfin de ce rôle de composition, j'en ai ressenti un prodigieux soulagement.

Puis je me suis trompée dans mes calculs. Trop de colère partagée trop tôt. Trop de Non mais sans déconner, ces Blancs. Trop de *fuck the police*. Comme moi, elle est diplômée de l'école des Moitié Moins Chères Mais Deux Fois Plus Douées, sauf qu'à ses yeux le prix est acceptable pour un ticket d'entrée. Elle s'ajuste, en attendant qu'on la choisisse. Et elle sera choisie. Parce que c'est un art - d'être noire, tenace et inoffensive. Elle est tout ça à la fois et ça la gêne que je ne le sois pas.

J'aimerais pouvoir me dire que mon manque de ténacité relève du discernement. Mais il m'arrive, en la regardant, de me demander si ce n'est pas plutôt moi le problème. Peut-être que le problème, c'est que je suis faible, trop sensible. Peut-être que le problème, c'est que je suis une salope, et que je couche avec tout le monde au bureau.

– Ils ne te donneront jamais le pouvoir que tu veux, dis-je par jalousie, et c'est intéressant de la voir hésiter entre son masque et cette offre de complicité.

Elle se penche vers moi et je le sens, son doux parfum de Noire copyrighté : huile de jojoba, lotion Pink et crème capillaire Blue Magic.

– Comment tu saurais ? Trois ans que tu es là et tu es encore à la coordination éditoriale, glisse-t-elle.

Je suis sa supérieure, je pourrais la remettre à sa place mais ce serait gênant. Nos salaires annuels ne diffèrent que d'une mensualité de prêt étudiant.

– On vient de recevoir les épreuves de notre série sur l'heure du bain. Tu t'en occupes ? lui dis-je en me détournant.

Je jette un œil sur mon téléphone, espérant y trouver un message d'Eric. Une confirmation que notre premier rendez-vous s'est réellement bien passé, ou une indication qu'il a hâte d'être à ce soir. J'envisage de lui envoyer une liste détaillée des choses qu'il est autorisé à me faire, histoire qu'on soit sur la même longueur d'onde, mais une fois mon brouillon prêt, je lui trouve un petit côté *Liaison fatale*. Je fais encore deux ou trois essais avant d'abandonner et de partir à la recherche de Kevin, qui a acheté le titre au cœur de ce cauchemar RP, une histoire illustrée pour petit conservateur, réflexion pleine de lyrisme sur le radicalisme des médias gauchistes et le martyre des États ruraux.

Pour être tout à fait objective, le graphisme dans ce livre vaut tout de même le détour. Les tristes couchers de soleil à la gouache sur le camp confédéré. La bulle de pensée flasque au-dessus d'un Lincoln déçu par l'état de son parti et contemplant l'avenir. Les images photoréalistes de la criminalité urbaine. Je trouve Kevin en train de faire les cent pas dans son bureau avec une seule chaussette, téléphone collé à l'oreille, pendant que ce spécimen d'agit-prop tout public explose les ventes. Puis je vois Mark. Et je ne suis pas très fière de ma réaction : je m'éclipse dans la cage d'escalier et retiens mon souffle. De tous les hommes avec qui j'ai couché au bureau, il est celui qui m'a le plus coûté. Ce qu'on dit sur le fait de ne pas chier dans sa gamelle ne vaut que lorsqu'on vous paie assez pour manger. Car pour moi, le plus souvent, c'est ce qui a été l'aspect le plus sympa du boulot.

L'accueil de Mike, le nouveau, avec ses petits doigts et son jargon des ressources humaines pendant que je le débarrasse de son pantalon. Jake, du service informatique, à dix-huit heures, avec sa chaîne porte-clés, qui monte me voir et me souffle dans le cou des mots doux sur les privilèges administrateur tout en s'occupant de mon écran cassé. Hamish, des contrats, dans la salle d'allaitement, avec sa mèche bleue et ses cuisses velues, qui me demande si adorablement de l'appeler *Seigneur*. Tyler, directeur éditorial des départements Arts de vivre et Développement personnel, ses magazines sur papier glacé et ses fixe-chaussettes, qui pousse ma tête vers le bas, en pleine conversation téléphonique avec le bureau de Dublin. Vlad, du service courrier, avec son mauvais anglais, par terre, au milieu des chips de calage. Arjun, des forces de vente Grande-Bretagne, avec ses cheveux noirs gominés et ses avant-bras de méchant de dessin animé, remonté à bloc contre Scholastic, qui lui pique tous ses bons vendeurs. Jake, du service informatique, de nouveau, parce que ces ordinateurs, c'est de la merde, et parce qu'il a la plus jolie bite que j'aie jamais vue. Tyrell, de la fabrication, avec son demi-sourire, dans un box des toilettes à la fête de Noël du bureau, les guirlandes lumineuses dessinant comme un écho fractal dans ses yeux sombres. Michelle, du juridique, assise sur le photocopieur, ses bas autour du cou, dans la lueur tremblotante des néons. Kieran, des romans gothiques, qui me prend par-derrière en palabrant à n'en plus finir sur le démembrement qu'il me réserve, et moi qui ris sans savoir pourquoi. Jerry, la poule aux œufs d'or de la boîte, avec ses romans jeunes adultes aux héros cancéreux, qui me fait tendrement l'amour dans la salle de conférences avec vue aérienne sur le Rockfeller Center, et moi qui pleure sans savoir pourquoi. Joe, le non-lecteur de la non-fiction policière, à l'orgasme expéditif et sonore, qui me dit *négresse* et juste après *maman*. Jason, des manuels scientifiques, qui veut que je pleure comme avec Jerry, et pour finir, je pleure, oui, mais chez moi. Adam, de la littérature érotique chrétienne, avec son éjaculation faciale qui me laisse de marbre. Et puis Jake, de nouveau, parce que mon clavier est kaput, sauf que ce n'est pas Jake, cette fois, mais John, de l'informatique, lequel m'apprend en glissant la main sous mon chemisier que Jake a eu un accident de voiture et qu'a priori les nouvelles ne sont pas bonnes.

Et quelque part au milieu, Mark. Mark, le chef du département artistique, où l'air sent le papier tiède et où tout le monde est heureux. Le pays des liasses soyeuses en 45 par 60, où les imprimantes poussent des soupirs de chaleur, débitant en un flux continu et sans accrocs des noirs profonds et des blancs lumineux, des illustrations claires comme de l'eau, tellement saturées qu'à leur contact, on sent l'humidité. Les gens du département artistique déambulent dans le bâtiment en petits groupes souriants, les bras chargés de créations. On les entend dans l'ascenseur livrer des débats passionnés sur le gaufrage, sur verdana et sur courier new. Ils ont leurs horaires à eux, leur *dress code* quelque part dans les limbes entre chic et ringard, apanage de l'ancien élève des beaux-arts. Et tout ce que je veux, c'est être l'une des leurs. Je veux commander au resto d'en face des bouchées vapeur à emporter et rester au bureau jusqu'à vingt-deux heures pour revoir le décor derrière Frank le renard, pour le faire passer de bleu outremer à céruléen, puis à cyan. J'ai postulé trois fois. Décroché deux entretiens. Au cours desquels ils m'ont conseillé de travailler encore mes dessins académiques. Mark m'a assuré qu'ils gardaient mon CV de côté, alors j'ai suivi des cours du soir hors de prix. Contrariée par les fossettes dans les muscles du corps humains et plus encore par le métatarse dans le pied, j'ai été recalée. Je m'en tenais au crayon graphite sur papier, en espérant que le medium m'offrirait un meilleur contrôle que la peinture, mais mes personnages devenaient flous sous le frottement de ma main.

Je ne peux pas m'empêcher de penser que je suis à la fin d'une oscillation initiée par un seul papillon. Un changement d'un demi-degré, je veux dire, et je verrais tous mes désirs se réaliser. Je suis bonne, mais pas assez, ce qui est pire que d'être nulle. Car c'est presque. La même différence qu'entre être témoin de quelque chose et être partie juste avant et ne le découvrir qu'à la télévision. J'ai toujours l'impression, pourtant, que dans le segment de multivers le plus proche, il existe une version de moi plus grasse et plus heureuse, qui sourit dans son studio, de la peinture derrière les oreilles. Mais depuis deux ans, chaque fois que j'essaie de peindre, je suis paralysée.

Et Mark n'est pas exactement collé au plafond de la chapelle, il ne dégage pas non plus ce flegme décoloré et warholien. C'est un adulte adepte des longs manteaux, qui décore son bureau d'orchidées, collectionne les jouets en polymère et réinterprète à la Matt Groenig *Le Rêve de la femme du pêcheur*. À vingt heures un jour de pluie, nous nous sommes croisés dans l'ascenseur. Il m'a montré sa pieuvre cunnilingue et la précision du pinceau m'a à ce point renversée que j'en suis tombée sur sa queue. Mais ce n'est pas comme avec les autres – le rut extatique et l'éther douillet du néant –, lui, c'est comme si j'avais vraiment besoin de lui. Il y a des hommes qui répondent à un impératif biologique, des hommes que je mastique et que j'avale, et il y en a d'autres que je garde en bouche jusqu'à ce qu'ils se dissolvent. Ces hommes-là sont souvent des figures d'autorité. Et Mark a été très aimable de m'inviter à dîner, d'affermir mon palais et de commander tout ce vin. Puis il m'a ramenée chez lui, dans ce genre d'appartement new-yorkais à la limite du concevable, luxuriant de lumière et de mètres carrés façon mensonge télégénique hollywoodien.

Le cul tient la route mais ce n'est même pas vraiment la question, parce que son salon est plein de seaux de Prismacolor, de feutres Copic et de tubes de peinture à l'huile. De rouleaux de toile vierge, de boîtes de Gesso grumeleux et de térébenthine. De pinceaux Filbert aussi – des fins et des brosses douces en poil de chameau. Et si Mark a un petit penchant pour le libertarianisme, il ne m'impose pas d'activités de plein air, ce qui fait qu'on est quittes. Nous passons nos week-ends au lit, vite lassés de la timidité des premières caresses, vautrés dans un royaume où les tours étranges du *ça* ne nous désarçonnent pas. Mais bien sûr, entre nous deux, mon échec plane. Il est infiniment plus doué pour ce qui me tient le plus à cœur et, visiblement, ça lui va très bien comme ça. Je mets un temps fou à m'en rendre compte, c'est ridicule. Un temps fou à voir cette carotte qu'il agite sous mon nez par ennui, la nonchalance avec laquelle il s'empare du bâton. Je me reconnais dans toutes les femmes pendues à ses basques, typographes rêveuses, diplômées de l'école de design de Rhode Island aux seins guillerets. Et pourtant, je craque : je vais le trouver chez lui et le supplie de jeter un œil à mon travail. Je tombe à genoux, mon carnet de croquis en offrande, et fais mes adieux à son appartement et aux aquarelles noueuses qu'il me montre parfois à trois heures du matin. Il y a ce tableau que j'adore d'Artemisia Gentileschi, *Judith décapitant Holopherne*. On voit deux femmes qui décapitent un homme. Elles le maintiennent plaqué au sol pendant qu'il tente de repousser la lame. Une œuvre d'art brutale, ténébriste, inondée de sang carotidien. L'artiste avait dix-sept ans quand elle l'a peinte. Après la condamnation de son mentor, Agostino Tassi, qui l'avait violée. Alors que je suis en train de travailler sur une toile inspirée de cette œuvre, mon père meurt. Je l'enterre près de ma mère et enchaîne les semaines d'insomnie, pendant que les souris mangent tous mes fruits. Mark m'envoie une carte de condoléances, mais il ne me rappelle plus. Il me renvoie les dessins que j'ai laissés chez lui dans une enveloppe laconiquement intitulée « trucs », je lui laisse des messages qui pour la plupart se résument à des insultes, peintre à deux balles qui ne sait dessiner que des mains à quatre doigts, blaireau sans nom qui mérite d'être mis en orbite pour préserver les femmes et, deux ou trois fois, oui : je me présente à sa porte en pleine nuit. Je compose des mails que je n'envoie pas et erre dans les couloirs du bureau en ruminant ce que je voudrais oser lui dire en face. Mais en voyant Mark maintenant, juste avant de me réfugier dans l'escalier à côté du bureau de Kevin, il est tellement clair qu'il n'a pas changé, flanqué de deux femmes et poursuivant joyeusement son petit bonhomme de chemin, que je perds les pédales.

À vingt heures, je rejoins Eric dans un bar du Village, et l'homme qui m'attend au fond de la salle ne ressemble pas à celui que j'ai rencontré il y a deux jours. Il porte la même peau, mais plus tendue, comme si quelque chose d'immatériel et de supermassif l'avait craché au bout du bar sans qu'il s'en formalise, attendant que je vienne le contraindre à jouer cartes sur table.

– Tu es en retard, dit-il après avoir commandé un verre de côtes-du-rhône.

Il est si glacial que je ne sais pas s'il veut vraiment une explication ou si cette version austère de lui est une blague. Il a changé de tête, il a même l'air plus vieux à présent, avec sa veste de costume jetée sur le dossier de sa chaise. La robe que je porte, en revanche, est en 80 % Spandex.

– Désolée.

– J'aime juste être à l'heure.

– Ça bouchonnait dans le métro, dis-je, et ça le fait rire.

– Cette époque ne me manque pas, dit-il.

– Tu ne prends pas le métro ?

– Non.

Et je l'en aime moins et plus. Moins, parce que maintenant, il m'apparaît mou et dépourvu de sens pratique, et plus parce qu'il peut se le permettre.

– Tu as l'air en forme, dit-il.

Il m'invite dans son espace vital, il en fait des tonnes, et ça fait du bien d'être absorbée de la sorte, de m'être pomponnée pour lui et de l'avoir là, face à moi, de l'autre côté de la table en train de mettre la crêpe en miettes.

– Toi aussi. C'était comment au boulot ?

– Je n'ai pas envie de parler du boulot. Tu veux parler du boulot, toi ?

– Non.

– Et ce vin, où est-ce qu'il est ? demande-t-il.

Aussitôt, une serveuse accourt et, penchée entre nous deux, en verse un peu dans son verre, qu'il fait tourner devant son visage, avant d'en aspirer impatiemment une gorgée entre ses dents.

– Très bien, dit-il sans la quitter des yeux, tandis qu'elle finit de remplir son verre.

Il la congédie d'un signe avant d'en prendre une longue gorgée gourmande.

– Je suis un peu tendu, dit-il, alors désolé si j'ai l'air…

Portant à nouveau le verre à ses lèvres, il me fixe.

– Pas de problème, dis-je, sur un ton malgré moi un peu condescendant.

Il se renfrogne et vide d'un trait son verre encore généreusement rempli - un exploit. En passant, la serveuse lui jette un regard admiratif.

– J'en veux bien encore un petit, dis-je en regardant mon gin tonic noyé dans les glaçons.

– Bonne idée, dit Eric.

Alors nous enchaînons les gin tonics. Ça nous détend assez pour causer politique, mais pendant qu'il parle, je retiens mon souffle. Je sais que nous sommes d'accord sur les grandes lignes et sur les sujets les moins controversés - les femmes sont des êtres humains, le racisme c'est mal, dans cinquante ans la Floride sera sous les eaux -, mais il a encore largement le temps de me raconter le plaisir qu'il a pris à lire *La Grève*. Même avec les types bien, on s'attend à une surprise. Comme je demande un autre verre, il s'interrompt et se met à rire.

– Tu veux parler d'autre chose, peut-être ?

– Pourquoi ?

– Tu as l'air un peu tendue, dit-il en passant la main sous la table pour toucher mon genou.

– Tu as remarqué comment la serveuse te regarde ?

– Pas vraiment.

Il glisse la main sous ma robe. Notre table n'est pas particulièrement à l'écart, mais je n'ai pas envie qu'il arrête. Pendant que je prends une autre gorgée, il pose le dos de sa main à l'intérieur de ma cuisse.

– Notre deuxième rendez-vous, donc.

– Oui.

– Et tu veux poursuivre ?

– Oui, dis-je, sans trop savoir ce qu'il veut dire.

– J'aimerais être franc, dit-il en retirant sa main. J'ai déjà une vie. Je suis marié à la même femme depuis treize ans et nous serons enterrés l'un à côté de l'autre.

– D'accord.

Notre conversation a viré au sérieux, mais je n'ai même pas eu le temps de tirer sur ma robe. Il sort une feuille de papier qu'il déplie sur la table.

– Alors pour être en mesure d'introduire un nouvel élément dans ma vie, dans ce... (Il baisse les yeux vers le document) cadre marital, je dois poser des limites.

– Bien sûr.

– Et ces limites doivent être fixées sans tarder. Parce que... - il me prend la main, on dirait qu'il a répété -, je crois que nous devrions poursuivre, qu'est-ce que tu en dis ?

J'en dis que treize ans loin du marché lui ont laissé une vulnérabilité qu'il serait immoral d'exploiter. Et pourtant.

– Évidemment.

– Donc, les règles, dit-il en posant le regard sur la feuille coincée sous sa main.

J'y jette un coup d'œil furtif, avant de la faire glisser vers moi, et c'est mon premier contact avec sa femme.

– Ta femme a écrit ça, dis-je, en parcourant d'abord les points avant de parcourir les mots.

Le papier est doux et les plis sont profonds, comme si la feuille avait été pliée et dépliée fréquemment.

– Elle a une écriture affreuse, hein ? dit-il, et au moment où je baisse la feuille pour le regarder en face, je le vois : je vois l'homme qui m'a emmenée au parc d'attractions.

Il sourit. Sa petite cruauté reste suspendue dans l'air entre nous deux. Je vois bien qu'il s'en veut un peu d'avoir dit ça, mais il est soulagé que j'abonde dans son sens.

– On ne dirait même pas de l'anglais, dis-je.

Voilà maintenant en résumé le mois que nous avons passé à lui désobéir. D'abord, à ma grande déception, ce deuxième rencard est tout aussi sexuellement improductif que le premier. Je m'affame toute la soirée, me contentant de vin et de petits bouts de pain, pour l'accompagner dans Washington Square en titubant. Le fait que nous soyons tous les deux des ombres favorise une honnêteté compulsive. Je lui raconte que je peux passer des week-ends entiers allongée, et ne me lever que pour une envie pressante ou pour partir bosser. Lui m'apprend qu'il est stérile, et comme la règle numéro un nous interdit les relations sexuelles non protégées, ça nous fait rire. Mais dès que nos rires s'estompent, son dos se voûte et il se renferme comme seul l'alcool peut renfermer. Il est minuit et nous suivons du regard une mariée qui traverse le parc comme si elle flottait, le tulle et le taffetas prenant une teinte bleutée dans la lumière vaporeuse. Je pense à la femme d'Eric : je me demande si elle est droitière, si elle est complexée par son écriture ou assez belle pour ne pas avoir besoin de l'être. Eric se tourne vers moi, le tissu conjonctif qui tient ses globes oculaires n'est plus qu'une suggestion alcoolisée. Çà et là, le vent me révèle sa calvitie naissante. En face, quelqu'un joue la comptine *Mary Had a Little Lamb* à la guitare en mode mineur, et dans un soudain accès de sobriété, Eric concentre toute cette violence sur ma bouche, qui se loge maladroitement dans la sienne en un baiser asynchrone et baveux, malgré nos lèvres desséchées par le vin.

Au troisième rencard, je suis certaine qu'on va baiser. En pleine coupure de courant dans mon quartier, je me rase partout, je passe un rasoir droit sur mes jambes et mes bras, la lame inclinée à trente degrés. Puis je le rejoins à la clinique, où il m'embrasse dans le cou, me murmure quelques mots à l'oreille, et nous allons tous les deux nous faire tester pour les MST. Les néons le rendent livide, il m'avoue qu'il n'aime pas les hôpitaux à cause de l'odeur d'urine et des gardénias synthétiques, et parce qu'il est terrifié à l'idée de mourir. Théoriquement, moi aussi, mais théoriquement, peut-être pas, sauf que le dire à voix haute serait mesquin, alors je me tais, je lui dis que oui, moi aussi je souhaite clairement continuer à vivre, que jusqu'ici ça a été le pied. Mais vu que j'espère surtout ne pas avoir de chlamydia, je n'écoute que d'une oreille sa peur de la mort, en fixant une brochure avec un bébé blanc en couverture, et lorsque nos tests reviennent négatifs, nous allons au restaurant manger un burger, sauf que moi, je ne mange rien parce que j'ai encore envie de baiser, mais je pense toujours à ce bébé, à son crâne sans doute tout doux, et pendant que je repense à mon avortement à seize ans, il reçoit un coup de fil de sa femme et s'en va, parce qu'on est le trois juillet, la veille de la fête nationale, l'heure de préparer le barbecue, et c'est dans la liste des règles : si elle appelle, il doit filer. Pendant cette conversation téléphonique, une flammèche de la voix de sa femme s'est échappée du combiné pour tinter dans les airs, douce et sans fil, et il lui a dit, *Rebecca, je t'en prie, Rebecca*. Entre les rencards six et huit, je cherche fébrilement des informations sur elle, mais Rebecca Walker est un nom trop commun et Eric, tout dévoué qu'il est à la digitalisation des négatifs de photos d'assiettes en verre pailleté dans sa vie professionnelle, refuse de se soumettre à l'inéluctabilité de la digitalisation de ses pensées, de ses repas et de ses allées et venues, au nom de quelque luddisme moralisateur, ou bien simplement parce qu'il est vieux, de sorte que je ne peux pas la trouver par son biais, et me voilà allongée sur mon lit des nuits entières à fouiller les comptes Twitter d'une douzaine de Blanches génériques, à la recherche d'indices, mais je ne tombe que sur des résultats interchangeables. Quand le rencard numéro sept arrive, nous n'avons toujours pas couché ensemble et ça commence à devenir insultant, ce qui ne va pas m'empêcher de tomber plus bas que tout pour obtenir ce que je veux, et ce jusqu'à notre neuvième rencard inclus, un mois après le premier : je lui fais le coup des glaces à l'eau et des bananes puis je le tire dans les toilettes par le col de sa veste, à deux doigts de le menacer, ce qui le fait rire et il me dit doucement *arrête*, parce qu'il est un peu vieux jeu et parce qu'il me trouve gênante. Et comme ma gêne à moi vire souvent à la colère, je le pousse et je n'en reviens pas quand il me pousse à son tour. Ses remords sont immédiats et débordants, mais j'ai déjà archivé l'expression sur son visage, la lueur des dents, la jubilation d'avoir usé de sa force. Et quand il m'aide à me relever, sa main qui me tire est le contact physique qui me permettra de tenir pendant les cinq prochains jours, car l'une des règles étant que sa femme peut modifier les règles, une nouvelle règle stipule désormais que nous ne pouvons plus nous voir que le week-end. Alors, hélas, le voilà dimanche dans l'escalier de mon immeuble, parce que c'est le seul endroit où je parviendrai peut-être à le convaincre de se déshabiller. Ça ne sent plus le saumon, mais ma colocataire se coupe les ongles sur le canapé, le visage enduit de son horrible masque à la vitamine C. Jusque-là, j'ai suffisamment réussi à cacher toute l'étendue de ma pauvreté. Mais il est sur le point de découvrir le linoléum plissé et les saladiers sous les fuites dans la salle de bains. Il va savoir qu'il ne m'a pas tant invitée à dîner au restaurant que fourni des calories indispensables à ma survie, et il se présente sur le palier, luisant et incrédule, comme si ce qui venait de lui arriver était terrible mais d'une nouveauté qui l'impressionne assez pour persévérer. Quand il ferme la porte derrière lui, ma colocataire hausse les sourcils sous son masque, même dans ma propre maison, je ne suis pas à l'abri de ce regard, de ce constat de notre asymétrie, sur laquelle serveuses et chauffeurs de taxi s'arrêtent, mais qu'Eric ne voit absolument pas, même quand inlassablement j'assure que oui, nous allons au même endroit, et que oui, c'est une seule addition. Parce qu'il faut passer par la salle de bains pour accéder à la cuisine, et par la cuisine pour accéder à ma chambre, il a droit à la visite complète et sa gentillesse est telle qu'il ne mentionne même pas le riz au poulet lyophilisé que ma colocataire a laissé traîner sur le dessus de la chasse d'eau. En fait, au moment où je donne un tour de clé derrière moi, il a plutôt l'air de vivre ça comme une grande aventure, même si, quand il croit que je ne regarde pas, je vois bien qu'il est soucieux, qu'il réévalue l'image qu'il a de moi, essaie de faire coïncider l'idée que je suis une adulte avec les six étages sans ascenseur et les paramètres de ma chambre, qui n'autorisent qu'un futon et une télé quatorze pouces. Dos à la porte, je le regarde s'asseoir sur ce futon, doucement, comme s'il avait peur que le cadre cède sous son poids et je sais que ça y est, il a sérieusement pris conscience de la dissonance. Et si pour ma part je ne pénètre jamais dans une pièce sans me demander comment je dois m'adapter, c'est étrange de voir la même chose arriver à ce sympathique Blanc du Midwest. C'est étrange de le voir remarquer, par leur soudaine abscence, ces choses que je remarque toujours en lui – l'optimisme, la présomption, cette réalité parallèle impénétrable par laquelle il n'existe nul endroit où il ne se sent pas chez lui. Il regarde alentour avec une douce épouvante, comme s'il venait tout juste de comprendre - face à cette nouvelle dimension - le désespoir mutuel inhérent à la fusion de deux individus évoluant aux deux extrêmes de l'existence. Il remarque alors ma peinture et une toile vierge, et je me rue sur la porte pour la fermer mais trop tard. Il veut savoir pourquoi je n'en ai jamais parlé et si je suis douée. Et peut-être parce que la soirée entière a été humiliante, je ne sais pas, je lui dis que oui, je suis plutôt douée, une autre erreur car bien sûr, aussitôt, il veut que je le peigne. Alors je sors de la Stolichnaya de sous le futon que je verse dans mon seul mug propre et nous la partageons, dépérissant dans la chaleur, et pardonnant au gouffre entre nous suffisamment longtemps pour commencer à ôter nos vêtements. Il ne fait pas un super modèle, il s'affaisse et change toujours la tête de direction, mais tandis qu'il se laisse basculer en arrière, à demi dévêtu, avec ses longs bras et ses légères taches de rousseur, avec ses boucles grisonnantes et chaotiques, je me souviens de mon corps et je deviens sensible au sien, à l'air qui se raréfie dans la pièce, à sa façon de me regarder pendant que j'installe ma palette, comme s'il ne cherchait pas uniquement à me faire plaisir. Comme s'il me prenait au sérieux. Et même si j'apprécie son sérieux, ça me donne la nausée. Ça gâche sa beauté, qui n'est plus qu'une série de demi-tons entre des plis de chair. Le lilas et le bis, la force d'un peu de blanc titane, et la vodka qui lui empâte la langue quand il me dit qu'il est désolé de m'avoir poussée, et que je lui demande, *Désolé à quel point ?* pour l'entendre me répondre, *Très* et lui dire, *Alors dans ce cas supplie-moi de te pardonner*, ce qu'il fait on ne peut mieux pendant que je le suce, enfin, pour la première fois, dans le silence de mort de ma chambre que seules brisent ses excuses essoufflées, excuses que je pense sincères alors que ses doigts écartent doucement mes cheveux, même si plus tard en nettoyant l'acrylique sur ses cuisses je lui glisse que j'aimerais bien qu'il me pousse de nouveau. Il croit que je plaisante et quand il comprend que non, il se rembrunit et me répond que l'idée le met mal à l'aise. C'est la dernière fois qu'il vient chez moi. Quand nous sortons manger quelques jours plus tard, je vois qu'il est conscient de me nourrir, tout comme je suis consciente qu'il existe tout un pan de sa vie que je ne peux pas voir, un endroit dans le New Jersey avec une allée, une boîte aux lettres en zinc, des serviettes de toilettes pour les invités, ou en tout cas c'est ce que j'imagine puisqu'une des règles stipule que je ne suis pas autorisée à pénétrer dans sa maison. Puis les empêchements se succèdent. L'un de nous tombe malade. Je ne trouve plus la force d'ouvrir mes mails ni de me laver les cheveux, il part en voyage d'affaires, ou il est invité à dîner avec Rebecca, tant et si bien que la fois suivante, nous avons oublié comment nous nous emboîtons. Nous sommes dans un état de régression constante, la distance rend les détails trop glissants pour les retenir. Et puis, un jeudi soir, au cinquante-deuxième jour de notre cour atrocement chaste, il m'appelle pour me donner rendez-vous dans ce club de Franklin Street et me demande de porter quelque chose de court.

J'obéis, même si j'ai abandonné l'idée qu'on couchera un jour ensemble, parce qu'il est peut-être finalement le seul ami que j'ai. J'avale la moitié d'un gâteau au chocolat et me présente au club en short en jean et baskets, tellement en manque que lorsque dans le métro quelqu'un me frôle, je lâche malgré moi un glapissement effrayant. Émergeant d'un mur de fumée, Eric me tend sa grande main moite et me tire à l'intérieur, et me voilà cernée par les oripeaux de 1975. Il m'entraîne vers le centre de la fosse par le bout de mes doigts, l'air est gorgé de brume, de sueur et d'un panache de brouillard artificiel, les efforts combinés des stroboscopes et de la machine à fumée débitent des lames orange convexes et bouffies, j'éternue dans mon coude et croise le regard d'un chien assis dans un coin en train de ronger la pantoufle en soie de quelqu'un, ce qui me déprime, comme toujours me dépriment les animaux qui ont l'air d'être quelque part malgré eux. Un cortège de tissu synthétique bouge à l'unisson sous le rai de lumière liquide tel un banc de harengs argentés tandis qu'un *Fever!* inscrit sur une guirlande près de la scène tombe du plafond, et brusquement je comprends qu'il s'agit d'un de ces endroits qui font commerce de reproduire une décennie pour la nuit, car un panneau près de la porte indique que dans quelques semaines adviendront les années 1990. Mais pour l'heure, un hologramme potable de Chaka Khan chasse Gloria Gaynor avec ses boucles élastiques dans une vague de neige radiale et Chaka se met à roucouler, vêtue de sa célèbre culotte à franges, accroupie, un salut militaire adressé du bout de la scène, cuisses brunes bandées, penchée vers la foule, le sourire en coin, même si c'est « That's the Way » de KC and the Sunshine Band qui sort des enceintes, donnant à l'ensemble un air un rien spectral, spectral comme ce genre de nuits finissent toujours par l'être de toute façon, quand les stroboscopes s'arrêtent un instant, et que l'on aperçoit par terre la bière et les paillettes, réanimation d'une chose morte repackagée en nostalgie, voyage dans le temps au sérieux mâtiné d'ironie, car autour de moi, si presque tout le monde danse, c'est avec cet air de malgré soi qui transforme l'ensemble en blague, genre qu'est-ce que c'est naze, genre j'aime bien, mais moyen-moyen. Ce qui est beau dans le disco, cela dit, c'est le *too much*, c'est la section cuivres et la ringardise, alors Eric et moi nous retrouvons dans les toilettes au-dessus d'une cuillère tandis qu'à côté, dans un autre box, quelqu'un est pieds nus et en train de pleurer, puis nous descendons sur la piste nous mêler aux danseurs, Eric est très coordonné pour un Blanc, même si pour le chaloupé et pour la coolitude, il faudra repasser, ce qui me va car je ne sais pas danser, il me faut juste caler mes convulsions sur une fréquence donnée et lorsque j'y arrive enfin je n'ai plus vraiment le courage de trouver ça bizarre pour un jeudi, ni de remarquer qu'Eric et moi ne dansons pas tant ensemble que côte à côte, déroulant la langue dans le courant des gémissements stridents de Donna Summer, et nous voilà ensuite dans sa voiture, la clim à fond, traversant sans hâte le Holland Tunnel, il me tend son téléphone pour que je refuse à sa place un appel de sa femme et je me sens tout d'un coup terriblement mal, non pas à cause de quelque allégeance à Rebecca mais parce que cette soirée semble être en fait le prolongement d'un drame conjugal plus grand, même si bien sûr l'idée de refuser cet appel est pour moi délicieuse, comme est délicieux le son des cigales quand nous nous garons devant chez lui, où il y a bien une boîte aux lettres en zinc ornée d'un petit drapeau et d'un élégant *Walker* jaune, et que dedans, dans l'escalier et dans la chambre, toutes les photos sont retournées, indice d'un niveau de préméditation qui m'interpelle mais qui me rend finalement le déshabillage plus facile parce que pour se prêter à tout cela il fallait forcément qu'il sache que je dirais oui, il fallait qu'il se croie capable de me conduire du oui initial au oui final avec une telle délicatesse dans l'enchaînement des événements que j'irais jusque dans le New Jersey, et l'idée qu'il en a conscience, qu'il a conscience de son contrôle absolu de la situation, c'est ça qui finit par m'avoir. Il n'y a pas de préliminaires. Je suis encore en chaussettes et j'essaie de déchiffrer dans le papier peint une conclusion sur leur couple qui aurait mené à ça, à cet homme ôtant son T-shirt *Disco Sucks* et me tirant sur ses genoux en s'excusant d'avoir tant tardé parce qu'il a passé treize ans avec la même femme, treize ans, et que depuis, toutes les règles ont changé, alors j'essaie de l'aider à retirer son pantalon mais il a encore ses chaussures, des chaussures à lacets sur lesquelles nous posons tous les deux les yeux un instant avant de renoncer et de baisser le vêtement juste ce qu'il faut, et son visage pendant ce temps est sombre et insistant, son corps crispé et parsemé de poils drus et frisés. Lentement, il me fait glisser sur sa bite majestueuse, légèrement inclinée vers la gauche, et l'espace d'un instant, je questionne mon athéisme, l'espace d'un instant, j'envisage la possibilité de Dieu sous la forme d'un mal chaotique et informe qui a créé les maladies auto-immunes mais nous a offert pour faire face ces sexes miraculeux, alors je le baise éperdument avec toute la fulgurance de cette révélation et Eric est bavard et grossier, mais il y a un dérangement dans son visage, une contorsion rose qui révèle le blanc de ses yeux et me fait craindre qu'il prononce des mots dont on ne se remettrait pas, alors je plaque la main sur sa bouche et lui dis de se taire, putain, de se taire, plus agressive que je ne le serais normalement à ce stade, mais ça fonctionne et, d'une manière générale, si vous avez besoin d'un petit remontant, je vous invite à faire d'un Blanc votre pute, même si brusquement, paniquée de ne pas avoir utilisé de capote, je regarde autour de moi et repère la salle de bains attenante, dans laquelle il y a ce qui ressemble à des serviettes pour les invités, et ça me met dans un tel état qu'il s'interrompt, et de cette violente fièvre sexuelle émerge aussitôt un hôte soucieux, ce qui ralentit la scène, l'emmène vers le terrain glissant des regards échangés, des lèvres et des langues, un terrain où les erreurs sont faites, où l'on oublie que tout finit par mourir, si bien que ce n'est pas de ma faute si sur ces entrefaites je l'appelle papa, et encore moins de ma faute si ça le fait jouir si promptement qu'il me dit qu'il m'aime, et nous nous effondrons, rassasiés et horrifiés, muets jusqu'à ce qu'il m'appelle un taxi et me dise, *Fais attention à toi*, comme un s'il te plaît va-t'en, avant que la voiture s'éloigne, le laissant là, sur le perron, dans un peignoir en soie fleuri appartenant clairement à sa femme, avec la tête du type qui a moins l'air d'avoir eu un orgasme que vécu un exorcisme douloureux, un chat contre sa jambe, tout à fait dérouté par les bardeaux blancs et la pelouse verdoyante, chat que je me mets à haïr tandis que la ville dresse ses tours autour de moi dans un arôme de poussière, de suie industrielle et de courge trop mûre, insistant sur sa propre énormité telle une fiction phallique postmoderne, mais belle malgré tout, malgré ce qu'elle sait d'elle, malgré les larges bandes urbaines que les impitoyables derniers jours de juillet laissent vierges et flétries.

Puis, pendant une semaine, Eric ne répond plus à aucun de mes SMS, de mes mails ou de mes coups de téléphone, et moi, je continue à sourire au milieu de l'open space, feuilletant ce nouveau livre que nous publions sur les vertus du partage. Comme maintenant, je sais où il vit, dix jours après l'avoir baisé dans le lit qu'il partage avec sa femme, je me présente à sa porte et elle n'est pas fermée à clé ; la maison étant vide, j'entre et je m'y promène, je prends les citrons froids sur le plan de travail et les fais rouler dans mes mains, puis j'ouvre le frigo et bois du lait, avant d'emporter la brique dans la chambre et d'ouvrir d'un placard plein de vêtements de femmes en soie, en laine et en cachemire que je rassemble entre mes doigts, quand soudain une voix me fait tourner la tête et debout dans l'encadrement de la porte de la salle de bains, gants en caoutchouc jaune et T-shirt Yale, il y a sa femme.

3

J'ai avorté l'année où je suis entrée au lycée. Il y eut un court moment où j'ai envisagé de mener ma grossesse à terme, où j'ai essayé de diviser un grain de sable en deux et d'accueillir en moi son ambition de produire deux poumons. J'étais vendeuse dans une galerie marchande moribonde, à l'époque. Dix-huit heures par semaine à lisser des pantalons en toile et à filer le train à des clientes québécoises hargneuses venues *upstate* exploiter nos rabais forcenés pour éviter la faillite. Il n'y avait que quatre boutiques ouvertes dans le centre commercial. Une pharmacie CVS où les biscuits pour animaux étaient rangés à côté des douches vaginales, un magasin Deb avec ses packs de culottes taille haute à cinq dollars, une armurerie, et le magasin où je travaillais, petite boutique bordélique de vêtements pour femme active. Comme vendeuse, j'étais nulle, je me laissais embarquer dans une spirale de confessions chaque fois que j'essayais de fourguer la carte du magasin, mais je restais un atout tant que je bossais assez pour offrir de plus longues pauses papotage aux vendeuses historiques du magasin. Pendant la pause déjeuner, j'étais seule aux commandes, et les deux autres oubliaient un instant ma maladresse avec les clients pour aller déjeuner au Boston Market. Ne pas m'inviter à les accompagner ressemblait davantage à un acte de générosité qu'à une offense. Car elles étaient bonnes avec moi, elles me rapportaient souvent des épinards à la crème ou des macaronis baveux, que je mangeais adossée à une banque désaffectée aux guichets automatiques envahis par des ruches sauvages. En ce temps-là, je n'aurais pas su dire si j'aimais être seule, ou si, sachant que je n'avais pas le choix, je me contentais de l'endurer.

Je n'étais ni populaire, ni impopulaire. Pour s'attirer l'admiration ou la moquerie, encore faut-il d'abord être vu. L'histoire de la cellule qui un jour se divisa en moi et de sa destruction subséquente est donc aussi celle du premier homme à m'avoir remarquée. Le propriétaire de l'armurerie, Clay, un métalleux obsédé par sa santé dentaire. Le septième Noir que je rencontrais à Latham. Métis, un tableau de croisement orageux aux gènes dominants coréens et nigériens, à l'ethnicité si ambigüe qu'il n'était pas le même homme selon la lumière. À notre première rencontre, il fumait une cigarette sur la machine à danser devant le cinéma fermé. Il me raconta qu'il était endetté, que son frère et lui ne se parlaient plus, et il y avait quelque chose de si naturel dans cette familiarité instantanée que je lui ai dit comment ma mère était morte. Que je l'avais trouvée une seule chaussure aux pieds. Que je n'arrêtais pas de peindre cet instant sans jamais trouver l'approche adéquate, le byzantin et sfumato, frontière nette et impénétrable entre ce qui est vivant et ce qui est mort. Je lui ai raconté que mon père voyait déjà quelqu'un d'autre alors qu'elle n'était morte que depuis cinq mois. Cette contradiction me définirait pendant des années : m'assurer d'un côté une solitude sans mélange et de l'autre, la trahir dès le premier projecteur braqué sur moi par un homme. Je faisais mine de ne pas m'inquiéter des conséquences de mon isolement. Mais à chaque conversation, je me voyais surcompenser l'atrophie de mes muscles socialisateurs.

J'étais heureuse d'être incluse dans quelque chose, même si ce quelque chose se résumait à des conversations à sens unique avec un homme deux fois plus âgé que moi. Nous nous retrouvions à l'heure du déjeuner et il me payait des glaces. Assise dans son break, je regardais Clay charger et décharger son flingue. Penchée sur la vitrine des couteaux tanto, je le laissais me caresser les cheveux. Quand il me demandait mon âge, je mentais. Et le jour où je lui ai dit que mon père n'était pas rentré depuis des semaines, il m'a donné de quoi faire quelques courses. Il lui arrivait même d'appeler pour savoir ce que j'avais mangé. Pourtant, il y avait aussi des moments où je le sentais sur la réserve, étonnamment réticent à parler gras devant moi, toujours à me poser des questions peu subtiles sur l'âge des petits amis imaginaires dont je l'alimentais.

La cinquième fois où nous avons déjeuné ensemble, il a sorti un couteau de chasse de la vitrine et me l'a collé dans les mains, le death metal suédois qui tournait en boucle dans le magasin murmurait contre le chêne et l'acier. Même alors qu'il essayait de préserver cette partie de moi restée apparemment intacte, j'avais parfois l'impression qu'il essayait de m'effrayer. Comme tous les jeunes, j'étais bon public pour ce genre de défi : stoïque et prête à tout. Alors nous sommes allés chercher des Red Bulls au CVS et il m'a percé les oreilles avec un Zippo et une aiguille à coudre. Chez lui – un mobile home double largeur installé à Troy –, il m'a fait cuire un steak et m'a montré sa collection de pistolets anciens. Il y avait dans son allure quelque chose de l'automate, une sorte de mouvement perpétuel nonchalant, l'arme dans ses mains était une évidence et il la préparait d'instinct à accomplir ce pour quoi elle était faite, il la chargeait et il l'armait, machinalement. Il parlait aussi facilement, sans qu'on l'y invite ou qu'on l'y encourage, comme si, pendant tout ce temps, il avait attendu, désespérément, un auditoire captif. Mais il y avait des instants qui neutralisaient ma peur, des instants où il passait devant le magasin pendant que je resserrais le présentoir, instants où l'on savait l'un et l'autre qu'on cherchait quelque chose à détruire, qu'on était des gens de couleur dans une ville incolore, et un langage commun germait entre nous, moins romantique que plein d'une connivence haletante. Alors quand il m'a posé ce couteau de chasse dans la main, j'en ai conclu qu'à ses yeux j'étais devenue une personne. Il m'avait étudiée et avait pris note de ma détermination, de mon système nerveux central, de la possibilité que même dans mon petit univers d'adolescente, j'avais peut-être une raison de tuer.

Chez moi, j'ai plaqué la lampe plate et froide du couteau contre ma cuisse. J'ai regardé trente-huit minutes de porno sur l'ordinateur familial avant d'aller chez Clay en bus. Il ne m'a posé aucune question. Il m'a simplement ouvert la porte et tirée dedans. Ça s'est fait dans le noir. Je l'ai suivi dans sa chambre. Tout sentait la cordite et la cendre. Son corps était lourd et il a tremblé quand il a joui. J'ai senti mon pouvoir dans le son aigu et désespéré de son plaisir. J'ai senti que j'avais tort de croire que tout ça n'aurait pas de grandes conséquences. Je ne lui ai pas dit que j'étais vierge parce que je ne supportais pas l'idée d'être traitée tendrement. Je ne voulais pas le voir prendre des pincettes. Je voulais que ça se termine. Alors quand j'ai eu mal et que ma fierté m'a empêchée de dire stop, qu'à la place j'ai dit encore, j'ai cru, comme une catholique, ou comme une artiste torturée, que tout engagement tirait directement son mérite de la douleur qu'on était prête à endurer pour le tenir. Je suis partie saigner seule chez moi, heureuse d'avoir fait ce que tout le monde est censé faire. Je m'étais imaginé que ce serait plus agréable, mais j'étais nouvelle. Fine et initiée, comme si on m'avait entièrement rasée et introduite dans une pièce secrète et lumineuse. Les mots se faisaient un peu plus rares chaque fois qu'on baisait ; quand il me tenait plaquée sous lui, une obscurité impénétrable se faufilait dans la pièce. Et quand je remettais mes chaussures, il me disait, *Je ne suis pas un sale type. C'est toi qui voulais*. Et je suis tombée enceinte. Et mon père est rentré, la voiture pliée sur un côté. Je ne lui ai pas demandé où il était allé et il ne m'a pas demandé qui m'avait mise en cloque. En le lui annonçant, j'ai évoqué quelqu'un du lycée. Il m'a conduite à la clinique sans un commentaire et une fois le problème réglé, il m'a ramenée chez nous. Il m'a apporté du thé et de l'ibuprofène, avant de repartir une semaine. Pendant cette semaine, il y a eu beaucoup trop de sang. Et cette vague sensation que j'avais échappé à quelque chose de grotesque. Il y avait aussi la collection de vinyles de ma mère. Je n'avais pas pénétré dans cette chambre depuis des mois, mais j'en ai exhumé « Four Seasons of Love » de Donna Summer que j'ai posé sur la platine. J'ai ouvert les fenêtres et laissé entrer l'air frais. La senteur du début du printemps a imprégné sa chambre-capsule à l'odeur de levure de telle façon qu'un rire a éclos en moi avant de s'éteindre promptement derrière mes dents. Un réflexe de gorge sans joie qui m'a donné l'espoir qu'un jour, peut-être, un autre rire suivrait.

Quand, en tournant la tête, je vois la femme d'Eric, un courant d'air s'engouffre par une fenêtre ouverte : une déclinaison parfaite de ce printemps rassis - la poussière et le vinyle, l'intérieur du break de Clay saupoudré de cendre, ma culotte tachée de sang au fond de la poubelle -, et il y a un son dans la chambre, un cri que je reconnais comme étant mon rire.

Mon rire, le vrai, est une chose robuste, moche, qui plus d'une fois, dans un sursaut, a fait lâcher son verre à mon rencard du jour. Mais elle laisse à peine transparaître qu'elle l'a entendu. Chapeau bas. Je reste figée là, la manche de son chemisier en soie froissée dans mon poing et je me dis que ce serait bizarre de prononcer son nom, de reconnaître que je sais qui elle est, alors qu'ils ont mis un tel soin, Eric et elle, à organiser notre éloignement. Il me paraît impossible que cette représentante spectrale des banlieues chics, amorphe et sans présence notable sur les réseaux sociaux, se trouve là devant moi, et que son prénom soit Rebecca.

J'essaie de réconcilier la femme imaginée avec la femme devant moi, mais il y a trop de données, et un trop grand nombre de mes suppositions sont silencieusement devenues des absolus. Je rectifie à contrecœur, surprise par la beauté de ses pieds. Pour le reste, elle est incroyablement quelconque, tout chez elle est sans relief presque jusqu'au sinistre, les cheveux châtain clair qui encadrent son visage fané par le soleil, son corps de garçonne, l'enchaînement invisible entre cuisse et mollet, et l'impression que si elle ôtait ses vêtements, son corps serait aussi lisse et monotone que la vase.

Je tourne le dos au placard pour la regarder enlever ses gants. L'espace d'un instant, je me dis qu'elle s'apprête à m'envoyer son poing dans la figure. Elle s'avance, son maintien si droit que ce serait drôle si ce n'était pas si angoissant, tant c'est de toute évidence réfléchi. Et ce n'est pas que j'ai peur, mais l'idée de former des phrases complètes et d'écouter ses phrases complètes à elle dans cette chambre au lit défait que j'ai un jour aidé à défaire est insupportable, alors je cours vers l'escalier et le dévale. Jetant un regard derrière moi, je vois qu'elle est à mes trousses, un rayon de soleil dans les cheveux. L'indignité de ce que nous faisons me donne la nausée tandis que je traverse la cuisine pour filer dans le jardin, où elle se prend les pieds dans l'arrosage automatique de la pelouse et tombe.

Techniquement, je suis tirée d'affaire, mais en me retournant, je vois ses genoux maculés d'herbe. Chez les voisins, un gamin nous regarde depuis sa piscine hors-sol et je suis embarrassée, mortifiée de voir avec quelle désinvolture la situation s'impose comme une impasse. Les gardénias, les vélos détachés et moi, hors d'haleine à cause de la femme de quelqu'un. Alors je reviens sur mes pas et, saisissant ses mains humides, je la remets debout.

– Je sais qui tu es, mais je ne veux pas en discuter, si tu n'y vois pas d'inconvénient, dit-elle en s'époussetant. Je n'avais pas fini de te regarder, c'est tout. Je ne m'attendais pas à ce que tu sois si jeune. C'est affreux.

– Affreux ?

– Oui, pour toi, précise-t-elle.

Chez les voisins, le gamin sort de la piscine et disparaît en courant dans la maison.

– Il est tard. Tu devrais rester dîner, dit-elle, le pouce posé sur un bleu en train de se former à son bras, et c'est un euphémisme de dire que je souhaite tout sauf ça.

Mais je sens qu'elle ne me pose pas tant une question qu'elle me laisse lui confirmer une conclusion évidente : en échange de son compromis, de son indulgence face à ce qui vient de se produire, quelque chose lui est dû. Elle m'indique une chambre d'amis avec sa propre salle de bains, me contemple et dit, *Moite, hein ?* Manière indirecte d'attirer mon attention sur ce dont j'ai déjà conscience : cette débâcle glandulaire sous mes vêtements, de la sueur en si grande quantité qu'elle a de la profondeur. Je regarde dans le miroir, j'ai le visage brillant. Elle me montre les serviettes et me suggère de me laver. Quand je sors de la douche, une robe bleu vif est posée sur le lit, et j'y reconnais instantanément quelque chose que je ne pourrais sans doute jamais me payer, symbole d'un royaume où le prix sur l'étiquette est une donnée contingente, royaume si théorique qu'en songeant à ce qu'il me faudrait accomplir pour y pénétrer, je ne peux penser qu'à mes dettes, et à une banquière contrariée penchée au-dessus de moi pendant mon sommeil.

En essayant de passer la robe, pour la première fois, je me dis qu'elle veut m'humilier. Elle est tellement petite que pour la fermer, je dois renoncer à quatre-vingt-dix pour cent de ma mobilité. Cette marque de cruauté potentielle est si caractéristique, si semblable à une marque de courtoisie qui aurait simplement mal tourné que je me sens obligée de ne pas lui en vouloir. J'envisage de fuir par la fenêtre avant de m'apercevoir qu'il y a des voitures dehors, toute une file d'invités qui convergent vers la maison. Et dans ce flot, j'aperçois Eric, de retour du bureau, placide et rouge, qui les accueille à sa porte. Il jette un regard sur sa montre et fronce les sourcils. Il est dix-neuf heures, apparemment l'heure à laquelle débutent les soirées d'adultes. Je me rappelle que je voulais lui montrer mon sérieux, mon refus d'être ignorée, alors que je panique à l'idée de l'affronter. En le voyant comme ça à travers la fenêtre, je trouve insultante sa normalité agressive. Je me dis : moi aussi, je peux être normale.

En clopinant, je descends, le moindre petit mouvement d'un degré est une menace à l'intégrité du zip qui sépare mes seins de cette foule dans la pièce. J'aurais aimé savoir qu'ils seraient si nombreux, et que Rebecca ne m'en ait rien dit me pousse à me demander si elle n'est pas, en fait, en train de se foutre de moi. C'est un genre de magicienne, c'est sûr : le temps que je sorte de la douche et m'habille, l'endroit s'est mué en exercice de gaieté pour adultes bardés de crêpe. Les confettis et les grappes de ballons à hélium colorés forment un mélange déroutant qui jure avec le faible bourdonnement d'une musique new-age chargée en sons monastiques. La maîtresse de maison est introuvable.

Je me prépare à être vue de lui, à apparaître pleine de sang-froid, comme si je me trouvais là par hasard, mais je continue à chercher le blanc d'un œil dans la foule. Je repère les détails - l'art fruité sur les murs, façon cabinet de dentiste, les étagères de cristal, la photo d'Eric et Rebecca posant la mine grave au milieu des ruines de Pompéi - et tout ce qui fermente sous la surface, le sac-poubelle avachi dans la cuisine, une empreinte de main encore humide sur le téléviseur. J'accepte une croquette au crabe qu'un serveur me présente, histoire de m'occuper les mains. Je veux la manger simplement pour permettre à mon ventre de faire autre chose que brasser la bile qui remonte dans ma bouche, mais le fait est que manger n'est plus mon souci premier. J'ai dépassé les susceptibilités de mon tractus intestinal, et c'est tellement sans précédent que ça ne me gêne même pas que toutes les boissons soient manifestement sans alcool.

L'invité à côté de moi vient apparemment de le remarquer aussi et son visage s'assombrit en attrapant un Sprite. Il se tourne : je le sens qui me jauge, essaie de comprendre comment je m'insère dans le décor, le maquillage des convives si homogène qu'il me trahit automatiquement. Normalement, sentir sur moi un regard si insistant me serait égal, mais je suis complètement sobre et la robe entrave ma respiration.

– Comment connaissez-vous le couple ? demande-t-il.

Quelque chose attire mon regard à l'autre bout de la pièce. Une fillette noire en perruque rose et T-shirt court qui fume une cigarette en chocolat.

– Qui est-ce ? demandé-je.

– Parce que je ne vous ai jamais vue.

– Quoi ?

J'examine son corps de marionnette dans le but d'y trouver des lignes nettes, avant de m'apercevoir en tournant la tête que la fillette a disparu.

– Vous n'avez pas fait Yale, si ? dit-il, et je ne peux que noter la formulation.

Bizarrement, je me suis toujours sentie obligée d'impressionner même ceux que je ne cherche pas à baiser, mais la perspective que cet homme que je ne connais pas et que je ne reverrai sans doute jamais me prenne en pitié m'embarrasse. Alors je ne dis pas que j'ai laissé tomber des études artistiques après avoir envoyé des poèmes incohérents en Comic Sans au directeur du département. Je ne dis pas que je me suis inscrite dans un institut universitaire lambda, que j'ai jeté presque tous mes tableaux et que je suis désormais titulaire d'un diplôme sans doute moins utile.

– Je bosse avec Rebecca, dis-je.

Entre tous les mensonges à ma disposition, c'est celui que je peux le moins étayer. Je crois apercevoir Eric à l'autre bout de la pièce, mais ce n'est qu'une lampe.

– Alors vous ressuscitez les morts.

– Quoi ?

– Il faut bien que quelqu'un se charge du sale boulot, j'imagine.

– Oui, j'imagine.

– Ils ont tenu quatorze ans, je n'en reviens pas.

– Qui ?

– Rebecca et Eric...

En suivant son doigt pointé au-dessus de ma tête, je me rends compte qu'un détail m'avait échappé. Une banderole : *Les Lace fêtent leurs quatorze ans.*

– Bizarre de célébrer le quatorzième. Même si c'est un exploit, j'imagine. Vous les avez déjà regardés tous les deux ? Deux espèces différentes, dit-il, et soudain nos regards se croisent vraiment.

Je prends peu à peu conscience de la teneur de notre conversation. De celles qui ont toujours lieu en marge du bonheur des autres - les murmures dubitatifs, l'envie. Ça me met à l'aise, je lui souris avant de m'enfoncer dans la foule.

Je ne suis pas douée pour les fêtes. La musique : soit un défilé convenu de *Voilà, ça c'est de la bonne zique*, soit quelqu'un qui croit avoir découvert Portishead abusant des accords auxiliaires ; tout le monde qui attend les fins de soirée pour fredonner des ballades ou se lancer dans des karaokés hyper gênants, en cherchant du regard à quel niveau caler sa participation ; les classiques, « Don't Stop Believin' » ou « Push It », pour oublier qu'un jour on aura droit nous aussi à l'inévitable coloscopie. Les trop proches et les trop dégoulinants - le cri que je prends en pleine face, le postillon d'un inconnu sous ma paupière, dans mon verre, le vin qui coule entre mes doigts quand j'essaie d'échapper à cet être qui ne veut surtout pas qu'on le surprenne en train de faire tapisserie. Et c'est couru d'avance : une fois ou deux, je blesserai profondément quelqu'un d'un mot ou d'une grimace, et bien sûr j'y repenserai dans le métro en rentrant chez moi, j'y repenserai toute ma vie, en fait, même si j'ai essayé de transpirer la joie de vivre, de rester légère, malgré ma constipation et mes insomnies, et même si quelqu'un est en train de mourir, mais cette chanson - cette chanson -, elle te dit de faire un pas vers la gauche et tu n'as pas le choix.

Restée à bonne distance de ces grappes de cadres dynamiques en chemise amidonnée, j'essaie de suivre le fil conducteur du récit de vie d'un inconnu. Et brusquement, alors qu'on me narre l'histoire d'une rénovation de terrasse doublée d'un laïus sur l'indulgence qu'on devrait tous avoir pour la police, j'aperçois la fillette à perruque rose dans l'escalier qui se retourne en montant et croise mon regard. Je comprends aussitôt que ce contact visuel est une erreur, qu'elle s'était retournée sans s'attendre à trouver mes yeux posés sur elle. Mais sa surprise est de courte durée, elle se reprend, se détourne et finit de gravir l'escalier. Puis Rebecca apparaît, presque comme par magie.

– J'ai besoin de ton aide, dit-elle en m'entraînant à travers la pièce.

Une fois dans la cuisine, je me dégage et essaie de retrouver un peu de dignité.

– Bon anniversaire de mariage, lui dis-je pendant qu'elle secoue un tiroir et plonge la main dedans.

– Merci, répond-elle, en haussant un sourcil, l'œil sur sa montre.

Je la détaille. Elle est, j'imagine, sexy, comme un triangle peut être sexy, pivot net menant de A à B puis à C, son corps et son visage ne brisent aucune règle et se suivent d'une manière à la fois logique et sèche. Bien sûr, quand elle est en mouvement, quand elle se tourne et se baisse pour ouvrir le four, la géométrie est plus étrange. Elle sort le gâteau et referme la porte d'un coup de pied. Elle ouvre un pot de glaçage, tire sur les languettes du moule et plonge généreusement la spatule dans le pot.

– Mon mari boit ?

– Quoi ? demandai-je en la regardant essayer de glacer le gâteau encore trop chaud.

– Est-ce qu'Eric boit quand il est avec toi ?

– Non, je mens en rajustant mes seins.

Je porte la main à mon front et m'aperçois qu'il est gras.

– Il ne faut pas qu'il boive.

– Pourquoi ? dis-je en essuyant mes paumes contre la robe avant de m'apercevoir que le tissu, cette seconde peau glissante, n'absorbe pas l'humidité.

Rebecca lève les yeux vers moi à travers ses cheveux, une perle de sueur coule du haut de son front jusque sur son faux cil en vison. Tandis qu'elle plonge sa main nue dans le sucre glace, je pense à Eric me projetant par terre, les joues cramoisies. À mon envie qu'il recommence.

– Je sais que tu es déjà venue ici.

Elle pose les deux couches du gâteau l'une sur l'autre et lisse les côtés. Quand elle plante son regard dans le mien, je remarque pour la première fois qu'elle a les yeux gris.

– Tu es venue dans notre chambre, dit-elle. Je l'ai senti. Tout était trop net.

Elle pose la main sur mon épaule.

– Je sais que tu ne comprends pas. Tu n'as jamais rien possédé, ça se voit, ajoute-t-elle, puis elle retire sa main et annonce qu'il est temps d'apporter le gâteau.

C'est peut-être la chose la moins appétissante que j'aie jamais vue. Elle le pose sur un plat et le porte à la fête. Lui emboîtant le pas, je remarque une porte à côté du garde-manger, et derrière cette porte, une ruelle sombre, luisante de pluie dans le halo d'un réverbère. Elle a bien avancé au milieu des invités, entre nous quelque chose s'est épuisé qui m'apporte la certitude que ça n'aurait pas d'importance si je partais, je ne sais pas pourquoi je ne le fais pas.

Il est là, debout au milieu de la pièce, et les lumières se tamisent au moment où Rebecca lui tend le plat. Il le tient maladroitement, fronce les sourcils quand un flash d'appareil photo se déclenche dans le fond, aiguisant les reliefs du moment. Rebecca sort une bougie de derrière son oreille, demande un briquet à la ronde. Comme on lui en tend un, elle se tourne vers moi et me le pose dans la main. Tout à ses efforts pour garder le gâteau en équilibre, Eric me remarque. Ce qui lui arrive alors, un accès de colère contenue, soudain et immédiat, qui le rend blême, n'est pas du tout aussi délicieux qu'il devrait l'être. L'étiquette « Rebecca » est bien visible et la version actuelle d'Eric, cette coupe de cheveux souple, aérée - je ne sais pas pourquoi, mais j'ai le sentiment d'avoir devant moi son incarnation la plus honnête, et ça me met hors de moi.

Alors j'allume la bougie et recule dans la pénombre au moment où un autre flash jaillit. Rebecca se met à chanter dans un micro à fil qui manque de faire tomber un invité revenant des toilettes, ses cheveux ont l'air blond platine dans la lueur d'un nouveau flash qui jaillit alors que tout le monde dans l'assistance est en train de comprendre qu'elle n'a pas opté pour un standard roucoulant des Beach Boys ou des Boyz II Men mais pour un morceau de Phil Collins, probablement *le* morceau de Phil Collins, a capella, l'espace négatif de l'original n'ayant rien à envier à celui de cette version, à cette interprétation chancelante dans laquelle tout l'auditoire peut voir qu'elle ne prend aucune liberté artistique et reste fidèle au rythme de la chanson - ce qui, dans une pièce silencieuse, est une épreuve - et pendant chaque courte pause, chacun est suspendu à ses lèvres, inquiet que ses cordes vocales peinent à négocier les virages familiers. La mélodie est presque absente de sa voix et le choix de la chanson, comme l'espace exigu du salon, rendent évidents pour tout le monde les nombreux couacs dans les paroles. On ne sait pas trop si elle s'adresse à quelqu'un en particulier, même si Eric joue le jeu de son mieux, conservant un sourire las pour tous les amoureux du chaos qui s'appliquent à prendre des photos au flash. Il manque de faire tomber le gâteau en se tournant vers moi et je me tourne vers Rebecca qui, contre vents et marées, reste la personne la plus à l'aise de toute la pièce. Au moment de la transition vers « it's no stranger to you and me », elle lève le bras en l'air et, comme de coutume après cette strophe, tout le monde se tient prêt pour le break, que Rebecca agrémente d'une pause si longue que j'entends quelqu'un crier, *Où est le chien ?* de l'autre côté de la rue, puis elle boucle son interprétation, rallume les lumières et commence à s'applaudir, avant que nous lui fassions tous docilement écho.

Tout ce temps, Eric l'a passé les yeux braqués sur moi et il y a dans son trouble une promesse de châtiment que je trouve excitante - toujours plus douce à son commencement, quand la colère d'un homme n'en est qu'au stade de la réflexion, quand il en refrène l'élan parce qu'il se croit différent alors qu'on sait qu'il est pareil. Quand Rebecca prend une poignée de gâteau et la lui fourre dans la bouche, les rires fusent dans la pièce et je me rends aussitôt à l'étage, pour aller aux toilettes mais aussi pour être seule. Je jette un œil dans leur armoire à pharmacie, activité étonnamment décevante, pas seulement parce que tout y est générique et sans ordonnance, mais aussi parce que j'ai atteint ce stade de la soirée où je suis incapable d'une émotion en lettres majuscules, où le moindre circuit chargé de ma régénération cellulaire a commencé à fumer.

C'est ainsi que se terminent pour moi la plupart des fêtes, et le plus souvent m'isoler un moment dans la salle de bains me soulage, même si l'inévitable miroir complique parfois les choses. J'ai beau m'être livrée au préalable à une bonne séance de jiu-jitsu mental pour me convaincre que j'ai les traits d'un être humain normal, un passage par la salle de bains pour reprendre mes esprits me confronte quelquefois à des images dignes d'un palais du rire tendance vaudou, semblable aux photos de permis de conduire et aux portraits d'enfants en longue exposition de l'époque victorienne. Il y a quelque chose d'étrange à se regarder dans les miroirs des autres, quelque chose qui offre toujours plus d'informations que nécessaire. Ces trois dernières années, j'ai essayé de faire contre mauvaise fortune bon cœur en récitant dans ces miroirs des affirmations tumblr, mais ça n'a pas aidé.

J'attrape un flacon de sirop contre la toux et en avale une grande gorgée. Je plante les yeux dans le miroir sans détester ce que je vois, même si je ne suis généralement pas la plus belle dans la pièce. Le problème avec mon reflet, c'est que de temps en temps j'ai l'impression que cette tête n'est pas la mienne.

– Je suis heureuse d'être en vie. Je suis heureuse d'être en vie.

– Qu'est-ce que tu fais ? dit une voix.

Je me retourne et vois la gamine à la perruque en train de mordre dans une part de pizza.

– Tu existes vraiment.

– Évidemment, dit-elle.

Quand je discute avec des enfants il y a des moments où je repense à mon avortement avec tendresse, des moments comme celui-ci, où mon chemin croise celui d'une petite casse-pieds.

– Évidemment, je répète, en refermant la bouteille de sirop.

– Je ne t'ai jamais vue.

– Sans doute parce qu'on ne traîne pas dans les mêmes cercles, choupette.

– Il n'y a pas de Noirs dans ce quartier.

En apercevant mon reflet dans le miroir, mon cœur se serre.

– Tu t'appelles comment ?

– Akila.

– Et il n'y a vraiment aucun Noir dans le quartier ? je demande alors qu'Eric apparaît derrière elle.

– File dans ta chambre, s'il te plaît, lui dit-il.

Akila disparaît dans le couloir avec un haussement d'épaules. Il attend que la porte de sa chambre se ferme avant de clore l'espace entre nous, et quand je lève les yeux vers lui, ce n'est plus le même homme que je vois. Son écrasante stature, l'intensité de son regard, l'impression générale qu'il n'est pas du genre à dormir. Dans une certaine mesure, j'ai dû revoir mon image de lui à chacune de nos rencontres, mais cette fois, c'est différent. La dernière fois, enfin je l'ai vu jouir, un quart de seconde élastique qui méritait d'être peint, étrangement analogue à la tête qu'il fait quand il cherche ses mots - sa bouche muette qui s'ouvre et qui se ferme. Ça me plaît. C'est bien de m'en souvenir maintenant que je me sens gagnée par la nervosité, en voyant l'intensité de sa colère, si incongrue chez lui, et à quel point il m'est impossible de prévoir comment elle va se manifester.

– Qu'est-ce que tu fais chez moi ?

– Félicitations pour l'anniversaire de mariage.

– C'est quoi ton problème, tu me le dis ?

– Tout, je réponds au moment où Rebecca apparaît.

Elle s'arrête et nous regarde.

– Et si on faisait un Trivial Pursuit ? lance-t-elle.

Posant le regard entre eux deux, je les vois comme une seule et m'aperçois que, en effet, ils ont l'air de deux espèces différentes : Rebecca un oiseau carnivore solitaire, Eric un mammifère végétarien à la vie brève et paniquée.

– Je vais la raccompagner chez elle.

– C'est notre anniversaire de mariage.

– Oui, je sais.

Il sort des clés de sa poche, me prend par le bras et m'entraîne vers le rez-de-chaussée.

– D'accord, dans ce cas appelle un taxi, dit-elle.

– La capitale du Kansas est Topeka. Le traîneau s'appelait Rosebud ! lance-t-il en s'engageant dans l'escalier pour me tirer dehors et me fourrer sans ménagement dans sa voiture.

Rien dans l'habitacle n'a changé. Il y fait toujours vaguement humide, avec cette légère odeur de friture, et tout y est toujours vieux, moins à cause des poignées lève-vitres que des gémissements du volant alors que la voiture lape la route avec rudesse, tellement secouée par la transition entre le New Jersey et New York qu'on sent presque l'odeur de brûlé à travers le carburant. Bien sûr, je ne peux pas m'empêcher de repenser à la nuit où nous avons fait le trajet dans l'autre sens, où le nom de Rebecca s'est affiché sur l'écran LED, mon pouce au-dessus du « refuser ». Où nous étions ivres et vaccinés contre l'embarras, la voiture garée à la va-vite le long du trottoir pendant qu'il m'entraînait jusqu'à l'étage. Mais lorsqu'on vit ce genre de nuit, une anomalie où toutes les étoiles s'inclinent, où rien n'est feint, pas même un peu, il est poli de ne jamais en reparler. Eric attrape une flasque dans la boîte à gants.

– Tu comprends que ce n'est pas acceptable ? C'est ma famille, dit-il en avalant une longue gorgée.

Je le regarde, compte les secondes où ses yeux restent fermés. Un court instant, la voiture dévie vers le bas-côté.

– Je ne te dois rien, dit-il. J'ai été clair. J'ai une vie, un boulot, une femme…

– Une fille. Une fille qui est noire.

– En quoi ça change quelque chose qu'elle soit noire ?

– Tu aurais pu le mentionner.

– Je ne l'ai pas fait parce que ça n'est pas le sujet. On ne touche pas à ma famille.

– Et ta femme, mon Dieu…

– Elle n'a pas toujours été comme ça.

– Tu fais quoi, là ? Ne défends pas ta femme devant moi.

– C'est dur la vie de couple, dit-il sans conviction, comme si c'était quelque chose qu'il avait répété.

– Tellement dur que tu ne peux pas répondre à un SMS ?

– C'est le problème avec ta génération. Ce besoin d'instantanéité. Fut un temps où les gens n'étaient pas joignables en permanence.

– Peut-être que ma vie n'est pas aussi sérieuse que la tienne. Mais je suis une personne.

– Tu n'es pas plus une personne à mes yeux que je n'en suis une aux tiens.

– Quoi ?

– Je te suis *utile*, je veux dire. Je te sors et ça t'épargne une autre soirée à essayer de faire la conversation à un garçon de ton âge.

– Je n'ai pas besoin de toi.

– Bien sûr que non, c'est exactement ce que je dis, putain ! dit-il en s'engageant dans un sens interdit.

Heureusement, la portion est courte et nous tournons vite dans ma rue, où les contours de mon immeuble apparaissent dans le brouillard urbain.

– On l'a adoptée il y a deux ans. Elle a beaucoup de difficultés et je ne sais pas quoi faire, dit-il en se garant le long du trottoir.

Je pense à Akila - à ses grands yeux vigilants. À sa façon de bouger parmi les invités, petite fille invisible.

– Je suis désolée, dis-je, et il se tourne vers moi, les joues empourprées.

– Je suis désolé de t'avoir dit « je t'aime ». Je m'en veux terriblement.

– T'en fais pas. Je ne l'ai pas pris au sérieux.

– Ça faisait longtemps, pour moi.

Il marque une pause, retire la clé du contact.

– Tu portes la robe de ma femme.

– Ouais. Ça te fait bizarre ?

– Pas bizarre, juste...

Il suit du doigt une couture de la robe, perdu dans ses pensées, et ça me fait bizarre à moi, cette idée qu'il comprend mieux cette robe que moi.

– Je crois que j'ai envie de te faire mal, dit-il brusquement en laissant glisser son pouce sur le col de la robe.

– Qu'est-ce que tu veux dire ?

– J'aimerais te frapper.

– D'accord.

– Qu'est-ce que tu veux dire ?

– Je veux dire « d'accord ».

C'est étrange, cette façon qu'il a de retrousser sa manche, la préméditation, le formalisme avec lequel il replie la main qui donne l'impression qu'il a déjà tout réfléchi. Il n'a pas été établi de lignes directrices à proprement parler, mais pour une raison ou pour une autre, je sais que je dois lui présenter mon visage et fermer les yeux. Je sens le premier coup dans mes oreilles avant de le sentir ailleurs, de sentir les racines de mes globes oculaires qui vrillent et cette impression que ma tête est juchée sur un pivot, comme une chouette. Je porte la main à ma joue, presque dans l'espoir que la douleur sera concentrée là, mais en un sens, elle est partout.

– Encore, lui dis-je.

Et cette fois, c'est plus fort. Cette fois, je garde les yeux ouverts et j'admire sa concentration, cette haute ou très faible estime qu'il me porte et qui le pousse à mettre tant de puissance dans son geste. Parce que c'est un peu impoli, tant de détermination à s'engouffrer dans la brèche. Pas de doute ni de douceur, juste sa grande paume rugueuse et tout le cœur liquide de mes dents. Pendant tout ce temps, nous avons gardé nos ceintures de sécurité bouclées, mais il défait la sienne, alors je défais la mienne et jette un regard alentour pour vérifier qu'il n'y a pas de flics en vue, avant de basculer à califourchon sur lui et de rabattre son dossier vers l'arrière, cette voiture et ses équipements conçus pour vider de leur air tous les moments charnels, son nez dans mon œil quand le siège bascule brusquement à 180 degrés, son cri quand je remonte l'impraticable robe de sa femme, le finis et m'éjecte promptement de la voiture. Je dégrafe la robe avant de monter, de sorte qu'une fois devant ma porte j'ai déjà commencé à l'ôter. Assise nue dans ma chambre, je dévore la moitié d'un poulet rôti à pleines mains. Sur mon téléphone, je trouve un message vocal laissé par un numéro que je ne reconnais pas. Si je suis préparée à ce que ce soit elle, je le suis beaucoup moins à sa familiarité : je ne suis pas prête à l'entendre prononcer mon nom, au léger brouhaha de fond déformant sa voix lorsqu'elle dit, tendrement, *Ça m'a fait plaisir de te rencontrer, refaisons ça.*

4

Voici comment ma mère a connu l'homme que j'appelle mon père.

Mamie était ce qu'on appelle une jolie fille du Sud, pur produit du Kentucky. Le genre de femme à la peau claire qui croyait pouvoir mettre la pâleur de son teint sur le compte d'un gène amérindien égaré, alors qu'elle était en réalité, comme bon nombre d'entre nous, une preuve vivante de l'industrie américaine, des charançons du cotonnier, des navires et du terrorisme sexuel bon enfant qui mit un peu de crème dans le café et assura la loyauté de sa famille à la couleur toute-puissante du papier kraft.

En d'autres termes, quand il s'agissait de fraterniser avec des hommes à peau sombre, ma grand-mère était prudente. Mais elle accepta un boulot de dactylo dans le Queens et fit la connaissance de mon grand-père, un mufle antillais fraîchement débarqué sur le sol américain. Un pianiste doué aux doigts hyperlaxes, un faussaire-né dont la formation classique se résumait au point couronnant le *i*, à un gribouillage sur un certificat local qui lui décrocha un tampon pour l'Amérique. Un jour, il vit ma grand-mère sortir du supermarché, et la messe était dite. Contre la volonté de sa famille, elle assombrit la lignée et lui donna onze enfants. Ma mère était la numéro six, le point pivot d'une transition entre les grands garçons à la peau d'ébène et les filles voluptueuses aux cheveux crépus.

Il y avait tout un tas de raisons de se méfier de mon grand-père. La plus évidente étant le charme dévastateur du Trinidadien lambda. Bien que la légende varie légèrement en fonction de l'île, la croyance populaire veut qu'il n'y ait pas d'homme au monde mieux équipé que lui pour ne laisser que des ruines dans la vie d'une femme. Et j'entends « ruines » dans les deux sens du terme (étym. 1180, n., lat. *ruina*, de *ruere*, tomber, s'écrouler). 1. Désintégration totale des espoirs et des rêves, carnage absolu (voir Pompéi) ou 2. Impossibilité laissée aux autres hommes de soutenir la comparaison (ex. : Don Omar a ruiné mes chances avec les autres hommes, ex. : Niggas !) Les Trinidadiens n'ont pas seulement des cils interminables, ils ont aussi quelque chose de plus subliminal qui ne se révèle qu'une fois l'existence devenue nucléaire et que vous êtes coincée avec onze enfants à Jamaica, Queens, pendant que monsieur titille l'ivoire pour un cirque itinérant.

En d'autres termes, grand-père a disparu. Ma mère a eu une enfance aussi bonne qu'on peut l'avoir avec dix frères et sœurs, entassés le soir sur des lits superposés trois couchages, et qui s'amusaient à pousser une tripotée de chats de gouttière dans des cachettes que grand-mère ne trouverait jamais, elle était un maillon dans une imposante couvée caribéenne qui, année après année, s'avérerait tenir de mon grand-père - encline aux batifolages désastreux dans le domaine de l'art et ses deux corollaires, le sexe et la drogue, sans lesquels le no man's land financier n'en vaudrait pas la chandelle.

À seize ans, mon oncle Pierre mourrait dans un asile de nuit de Crown Heights, serrant dans ses bras son trombone. À vingt-trois ans, ma tante Claudia quitterait une petite secte de Harlem en parlant de noyaux galactiques actifs et des bénéfices du cristal de l'Himalaya et basculerait sur les rails de la ligne D. D'autres s'en sortiraient mieux, partiraient pour la Suède ou pour Le Cap chanter de l'opéra ou peindre des représentations érotiques de morceaux de bois flotté, tandis que ma mère emprunterait une autre voie. Elle prendrait son corps - cette chose sombre, pulpeuse et puissante - et le trimballerait aux quatre coins de la ville. Mise à la porte par grand-mère pour cause d'insolence et de mœurs légères, elle dealerait des stupéfiants de deuxième catégorie de Bushwick à Sheepshead Bay, renforçant la corne de ses pieds plats massifs par des treks réguliers jusque chez un grossiste du Connecticut, où vivait une de ses copines qui n'aimait pas se défoncer seule. Et grâce à cette copine, petit à petit, elle vendrait de moins en moins et consommerait de plus en plus, vivant de soda à la vanille et d'hommes grecs du quartier d'Astoria. Parce que malgré sa grande imprudence, ma mère n'était pas assez atteinte pour traîner avec des types des îles.

Jusqu'à mon père. Un ancien de la marine, grincheux, aux dents plombées d'or et aux cheveux souples et gris. Un homme qui, ayant repéré ma mère dans un bar, finança son séjour dans un centre de désintoxication où elle rencontra Jésus et arrêta la came. Ce n'est qu'après leur installation dans le nord de l'État de New York, où ils rejoignirent une petite communauté de l'Église adventiste du septième jour, que ma mère remarqua le côté soigneux de son homme. Sa façon de s'entraîner à sourire face au miroir. Ses manières toujours vétilleuses et vaines, maniaque sur les plis de ses pantalons et sur la raie dans ses cheveux. Quand il s'habillait pour l'office, il répétait son témoignage dans sa barbe. Il pesait chaque mot et cherchait toujours minutieusement sur quoi insister. Tel un humoriste, il arrivait toujours prêt à répondre aux exigences capricieuses d'un auditoire, et à l'église, son auditoire était plein de femmes. Elles se penchaient vers mon père, émerveillées par ses horribles récits de guerre. Elles se livraient une concurrence féroce pour obtenir ses faveurs, et lui se faisait un plaisir de céder aux plus vulnérables. À ce moment-là, ma mère n'était déjà plus qu'une coquille vide et moi j'avais sept ans et la tête que j'aurais toujours, celle d'une fille née d'un seul parent, comme si mon père n'avait jamais pris part à ma création, ce qui, en un sens, est la vérité.

Quand je me lève le matin, je ne vois dans le miroir que la tête de ma mère. Mais notre ressemblance est si ancienne que la surprise perpétuelle que j'éprouve en la découvrant est éloquente, on ne peut plus freudienne : le vestige d'un rêve dont je ne suis qu'à moitié sortie. Bien sûr, à sa mort, j'ai disséqué mon visage dans les toilettes du Friendly's, j'ai évité de le regarder dans les cabines de Macy's par crainte que l'essayage des jeans n'en devienne que plus démoralisant. Mais ça fait sept ans à présent, et il y a des jours où je ne pense même plus à elle, sauf que, justement ces jours-là, une sirène décide de retentir à l'autre bout de Dekalb Avenue à trois heures du matin, pendant qu'à la fenêtre, un nuage se contracte pour devenir un poumon et que j'entends sa voix.

Ce matin, en me regardant dans le miroir, je vois des bleus en grappes qui rendent la ressemblance encore plus flagrante, et ça me fait un petit nœud au ventre. Je me réfugie dans ma chambre, y tue quelques cafards, prends quelques photos de ma tête et réalise en vitesse deux ou trois études à l'acrylique. Je n'ai jamais réussi à terminer un autoportrait, mais dans ces études-ci, dans les couleurs pourpre et terre de Sienne brûlée censées représenter mon visage, je distingue clairement les bleus et ça me soulage. Dans le métro, j'écoute le message vocal de Rebecca plusieurs fois d'affilée. Quand j'arrive au bureau, j'en ai mémorisé les intonations. Mon projet du jour : confirmer la date de parution d'un nouveau titre sur une girafe vaniteuse puis me laisser aspirer dans le vortex d'une recherche internet sur les Rebecca Walker qui ressuscitent les morts.

Ma routine est toujours la même. Je me rue hors du métro, arrive au bureau et me lave aussitôt les mains. Je les enduis ensuite copieusement de cette crème hydratante que l'éditeur a commencé à mettre gratuitement à disposition dans les toilettes des femmes quand on a su que ces dernières (soit une majorité écrasante de 87 % des forces vives de l'entreprise) gagnaient toujours moins que les hommes. La crème pour les mains a légèrement regonflé le moral des troupes, malgré sa qualité équivalente au beurre de cacao de supermarché qui dessèche les peaux déjà très sèches. Je poste une blague à propos de la ligne B du métro sur Twitter puis l'efface faute de likes. J'écoute vomir (entre 9 h 03 et 9 h 15 ces derniers jours) une assistante des RP enceinte depuis peu et rajuste ma queue-de-cheval. Je tue un cafard dans la cuisine, me sers une tasse de jus de chaussette et vais m'asseoir à mon bureau où, avant de me mettre à bosser, je fais défiler des photos de mes amis qui s'en sortent mieux que moi, parcours un article sur un ado noir tué sur la 115e Rue parce qu'il portait une arme plus tard identifiée comme étant un pommeau de douche, puis un autre sur une femme noire tuée sur Grand Concourse parce qu'elle tenait une arme plus tard identifiée comme étant un téléphone portable, avant de me noyer dans les commentaires et de faire un peu de shopping – un exercice strictement théorique au cours duquel je sélectionne quatre robes dans un panier que je laisse ensuite expirer.

Je me mets au travail. Je passe en revue les offices du mardi, donne mon BAT pour une jaquette, scanne ma boîte de réception pour trier les mails paniqués des assistantes de production et des éditrices qui essaient d'apaiser des auteurs angoissés par les corrections rapides des index et des tables des matières. Longueur d'un tiret, passage d'un guillemet français à un guillemet anglais, changement de dernière minute dans les remerciements, un *J'aimerais remercier ma femme* qui devient *J'aimerais remercier mon chien*, autant d'infimes détails confinant à l'absurde pour lesquels - et ça surprendra peut-être - je suis douée. Certes, il serait difficile de ne pas l'être, mais en abordant d'emblée un travail routinier comme s'il allait nous rabaisser, on peut esquiver les pièges de l'espoir et mettre toute son énergie à devenir un tâcheron impitoyable. On peut devenir l'oreille de l'auteur qui, après sa série sur une sole maltraitée, appelle fréquemment pour discuter des charmes incomparables de l'ichtyologie ; on peut aussi mener une guerre sans merci contre les gros vendeurs dont les algorithmes scannent les fichiers livres à la recherche d'erreurs sans jamais repérer le lexique spéculatif de la science-fiction, vendeurs à qui on dira : ce n'est pas une erreur, c'est de l'humain, c'est du style.

Aujourd'hui, quand j'arrive au bureau, tout est immobile. À ma place, quelque chose a changé. Ma boss, dont il m'est manifestement devenu impossible d'éviter le regard depuis la nouvelle organisation de l'espace, se détourne promptement. Les assistantes d'édition sont trop zélées, trop dans leur rôle. Puis Aria apparaît avec une boîte de donuts. Ce qui mériterait une fête si Mark n'était pas là, en train de lui tenir la porte. Voyant sa main noueuse, ses ongles abîmés, je me tourne vers l'écran encore éteint de mon ordinateur qui reflète une version contusionnée de mon visage. Je me dis que j'aurais sans doute dû couvrir les bleus, mais ce qui m'accapare, c'est cette réalité dans laquelle Aria et Mark ont le genre de conversation qui déborde dans d'autres pièces, parce que je suis certaine qu'ils n'ont rien en commun, ni de projet sur lequel travailler tous les deux.

J'allume mon ordinateur et je tends l'oreille, ce qui dans un open space ne revient pas tant à se mêler des affaires des autres qu'à accepter son rôle silencieux dans les conversations de tout le monde : ils sont en train de parler d'une BD que je ne parviens pas à identifier. Mark fait ce truc où il commence ses phrases par *Ce que tu dois comprendre, c'est…* et Aria est pendue à ses remarques condescendantes : c'est tellement pur, tellement mignon. Une fois qu'il est parti, j'essaie de jeter un regard entendu à Aria, mais elle me refuse ce plaisir. Je retourne à mon poste, bien résolue à neutraliser la bizarrerie de la matinée en redoublant d'efforts pour trouver Rebecca en ligne, mais en ouvrant ma boîte mail, je découvre un message de la DRH. Le début du mois d'août est généralement la période où commencent les évaluations du personnel, et je me suis déjà préparé un petit topo plein de diplomatie dans lequel j'avouerai détester tout le monde ici, mais le message concerne apparemment autre chose. C'est une vague invitation à me présenter à un entretien programmé à seize heures. Je sors fumer un joint, il y a des stagiaires partout, radieux, trop bien habillés et heureux d'être rémunérés en expérience. Je me pose des questions : ai-je eu l'air trop malheureuse derrière mon bureau ? Ai-je oublié de me mettre en navigation privée quand je suis allée sur sugarbabees.com ? Bien formé, n'importe qui pourrait faire ce que je fais, et si je me brisais le dos en tombant dans l'escalator du Forever 21 de Times Square, ça ne ferait pas les gros titres au bureau.

J'attrape un donut et me présente à la réunion avec deux minutes d'avance. Le type des ressources humaines me sourit et me demande de fermer la porte. Ma boss est assise à côté de lui. C'est une petite éditrice avec une tête d'écureuil venue du service des ventes, je la sens souvent rôder autour de mon bureau après ses pauses pipi pour épier mon écran. Je lui souris, en essayant d'oublier qu'elle est contre l'avortement. Penchée vers l'avant pour montrer ma motivation, je tente de convoquer l'esprit de Gratitude envers la Diversité en Entreprise. Ils commencent par quelques compliments, que j'accepte volontiers. Oui, j'ai remis efficacement de l'ordre dans les archives digitales. Oui, j'ai tenu mes promesses sur les biographies de Maya Angelou et Frida Kahlo pour les petits, biographies dont on a retiré la mention du viol et de l'accident de bus à la suite d'une plainte d'un groupe de parents qui n'étaient pas prêts à mettre sous le nez de leurs enfants tout le sang que les femmes ont versé pour créer.

– Cependant, vous avez eu deux avertissements, dit le type des RH, en essayant de ne pas fixer le bleu sur mon visage.

– Je suis tombée de vélo à Central Park, dis-je, ce qui a pour seul effet d'attirer un peu plus l'attention sur mon bleu.

Ma boss et le type des RH échangent un regard.

– Et j'ai eu deux avertissements, c'est vrai, mais la deuxième fois, il y a eu une sorte de malentendu. HorseGirls.com était un lien mentionné dans un de nos livres électroniques pour les 7-10 ans, mais les noms de domaine changent au fil du temps. Un parent a appelé pour se plaindre de la présence de contenu pour adultes, et j'ai juste voulu mener l'enquête.

Ma boss tousse. Le genre de toux exagérée que la plupart des gens rayent de leur répertoire à douze ans. Je n'ai pas souvenir d'un seul instant où elle s'est montrée franche avec moi, et même maintenant, elle détourne la conversation avec des mots comme « tolérance » et « intégration », avant que le type des RH aille droit au but et m'annonce que plusieurs employés, hommes et femmes, me reprochent des comportements déplacés de nature sexuelle. Tous deux sont très embêtés, clairement gênés par les conséquences que tout ceci peut avoir en termes d'image, ils cantonnent ce qui est en train de se passer dans une langue si délibérément neutre qu'en un sens, je les plains. Car ce qui se passe, c'est que je suis virée. Il y a des mails. Des photos qui ont transité par les serveurs de la société. Des plaintes sur lesquelles ils ne sont pas autorisés à donner de détails.

Quelques rencontres viennent à l'esprit, d'ingénieuses prouesses anatomiques qui ont assurément eu lieu sur le temps de travail. Des collègues aux fantasmes transgressifs et complexes que mon vide intérieur m'a permis de réaliser pour eux. Et puis bien sûr, il y a Mark. J'essaie de m'expliquer, mais ma voix flanche. Je veux me reprendre, mais je suis sensible même au pouvoir des figures d'autorité que j'exècre. Je ferme les yeux et essaie de retenir mes larmes, j'étais à deux doigts de pouvoir me payer des déjeuners à onze dollars. Je ne parviens qu'à sortir le donut de mon sac, que je fourre tout entier dans ma bouche. Je me lève, sachant que dans peu de temps je vais pleurer, et je file m'enfermer aux toilettes pour vomir.

L'envie de pleurer a disparu. Pour faire revenir les larmes tant que je suis seule, j'imagine le métro bondé que je vais devoir affronter pour rentrer, mais rien ne vient. Je retourne à mon poste et la conversation animée s'interrompt brusquement. Je rassemble mes stylos, dévisse l'ampoule de la lampe de bureau et la jette dans mon sac à main. J'emporte des post-it roses, mes chaussons de travail, un bloc-notes où j'ai noté le début d'une histoire sur un loup qui n'arrive pas à choisir ses lunettes. Quelqu'un m'a déposé un sac en plastique et l'attention est si touchante que l'espace d'un instant je n'arrive plus à respirer. Mais au moment de glisser dedans mon thermos de Tanqueray, je repense à mon premier jour, à Tom me montrant comment pointer et déclarer mes jours de congé, et à la longue promenade que j'avais faite en fin de journée, au soleil qui brillait dans un quartier, puis à la lune dans un autre, à cette envie que j'avais eue de plaquer la main sur l'objectif de l'appareil photo d'un touriste en disant, *Stop, le temps manque trop pour ça.*

Je sens que tout le monde dans la pièce peut voir ces deux versions de moi, comme un collage de photos avant/après. Dans l'après, je suis encore plus grosse.

J'ai envie de dire quelque chose, mais je n'ai jamais été douée pour les discours d'adieu et la pression me rend nerveuse, si bien que je dis, *On peut déjeuner un de ces jours, fais-moi signe* à mon assistante préférée. Et en partant, je le regrette déjà.

Je retourne aux toilettes et tente de nouveau de faire venir les larmes. Comme toujours rien ne vient, j'écoute le message de Rebecca et appuie sur le bleu de mon visage. Je pense au visage mou d'Eric, à son air affamé, au frisson que j'ai ressenti en décollant mon corps du sien et en claquant la portière : ça fait peut-être ça, d'avoir le dernier mot. J'ai envie de croire que pour lui, c'est intolérable, mais il n'a pas donné signe de vie. Je lui envoie un SMS, *Tu me manques*, et les trois petits points sur mon écran m'indiquent qu'il est en train de me répondre. Mais il se ravise, alors je m'en vais trouver Mark dans son bureau après avoir avalé une grosse gorgée de gin.

Malgré la lubrification, je reste paralysée dans la cage d'escalier, cherchant des raisons de ne pas monter. Je me laisse gagner par la nostalgie de ce que j'abandonne : l'odeur d'encre et de désinfectant, la pile de fanzines qui traîne sur le bord de l'évier, et cette cage d'escalier, où j'ai régulièrement essayé d'obtenir un report des mensualités de mon prêt étudiant et pris des rendez-vous chez le gynéco. J'ai dit au revoir assez souvent pour savoir qu'un départ a le don de plaquer d'or toutes ces choses qui en réalité sont, au mieux, des morts lentes et quotidiennes, mais ça ne m'empêche pas de remettre ça et de songer à tout ce que je vais perdre.

J'entre dans son bureau et pendant un moment, il fait comme si je n'étais pas là. Il feuillette un gros jeu d'épreuves, griffonne quelque chose sur sa Wacom et se laisse basculer contre le dossier de son fauteuil avec un sourire tiède. Il est détendu, ce qui ne lui ressemble pas du tout. Un écart à sa fréquence habituelle, à cette vibration rigide qui peut virer à la violence une fois lancée, il est le champion des asociaux, si mordu d'improbables babioles des années 80 et d'iconographie asiatique que son bureau, comme son appartement, est une collection hasardeuse de tasses à thé, de jouets et d'idoles de fertilité. Cet effort de conduite devrait me mettre à l'aise, mais en fait, ça fait mal. Et je ne m'attendais pas à éprouver ça. Je ferme la porte et décroche son sabre katana du mur.

– Tu te souviens quand on est allés à Brighton Beach ? C'était peut-être notre seule sortie ensemble.

– Repose ça, s'il te plaît. C'est un sabre d'apparat.

– Il y avait une capote usagée dans le sable. Et il a plu. J'ai glissé sur la promenade en planches, j'étais gênée. Tu ne le sais pas, mais je m'étais longuement préparée la veille au soir. Parce que tu ne m'avais jamais vue que dans la pénombre.

– De l'époque de Muromachi, précise-t-il.

Derrière lui, une reproduction grand format de *La Grande Vague de Kanagawa*, dont la crête enveloppe le haut luisant de son crâne. Je dégaine la lame, et le son que ça produit est tellement satisfaisant que je recommence.

– Je me suis fait virer aujourd'hui.

– Quoi ?

– Ne fais pas ça. Ne me fais pas croire que ce n'est pas toi.

– Tu crois que je t'ai fait virer ? Edie, ma poule.

– Je ne t'ai jamais rien refusé. Rien. Ce documentaire sur les marionnettistes norvégiens durait trois heures.

– Écoute, je suis sur la sellette depuis la fin des années 2000, d'accord ? Je n'ai rien à gagner en allant raconter à tout le monde ce qui s'est passé entre nous, dit-il.

Je fais tourner le katana dans mes mains. Le poids est concentré vers la poignée, ce qui me déstabilise brièvement. La couleur et le grain de la pièce se trouvent brusquement sublimés, et je remarque la vieille cicatrice de rasoir sous sa lèvre à l'instant même où je prends conscience du sérieux de la lame, que je croyais émoussée vu son usage ornemental.

– J'ai fait tout ce que tu demandais. Même ce truc avec le masque Tengu.

– Mon amour, c'est le problème avec ta génération. La satisfaction immédiate, dit-il.

Et parce qu'il lui fallait en moyenne cinquante-trois minutes pour jouir, parce que j'ai porté les oreilles et la queue, et appris les paroles de « Painting the Roses Red » dans un sens puis dans l'autre, parce que j'ai bu environ vingt litres de jus de canneberge sur la durée de notre relation, et parce que, pendant un jour ou deux, j'ai eu besoin d'une canne, je conteste sa définition d'« immédiat ».

Pourtant, il y a toujours en moi quelque chose de vulnérable à son usage désinvolte du « mon amour », lequel, quand nous étions ensemble, fusait brusquement lorsqu'il me demandait d'aller ouvrir la porte ou de lui passer la télécommande.

– Vous croyez normal d'obtenir ce que vous voulez quand vous voulez, mais la vie ne marche pas comme ça. L'art ne marche pas comme ça. Et c'est pour ça que tu n'es pas aussi bonne que tu pourrais l'être, continue-t-il, et le fait qu'il ait prononcé ces mots sans aucune colère, le fait qu'il me présente cette insulte comme un conseil, ce fait-là, je le ressens jusque dans les recoins les plus inaccessibles de mes entrailles.

Donc, ce n'est peut-être pas à cause de lui que je me retrouve brusquement au chômage. Et dans le sillage de cette option se présentent des douzaines de nouveaux coupables, des liaisons de bureau mineures aux quatre coins du bâtiment, mais il y en a trop pour s'y attarder, alors je prends le katana, manœuvre la lame et l'enfonce dans la chair de mes doigts. Juste après le geste vient une clarté si nette que les contrastes en sont renforcés, la pièce enfle à tel point que son cri me parvient en décalé, au moment où je ferme le poing et regarde le sang couler. Même à cet instant, je ne sens rien. Mais je baisse les yeux vers la moquette, et la tache est fabuleuse, elle est la preuve qui s'étale pour former un sourire.

Je prends l'ascenseur en compagnie de deux attachées de presse, la main dans une de mes pantoufles de bureau. Penchées sur une liste de dates de publications, elles discutent du jeu d'épreuves qui se trouve au cœur du troisième scandale de l'année. Un cauchemar éditorial à la conception graphique compliquée publié par une petite maison s'essayant aux livres de cuisine postmodernes, jusqu'ici spécialisée dans les trucs et astuces pour mijoteuse électrique et qui a publié une série sur les tartes écrites par une grand-mère presbytérienne. Pour rendre la marque plus sexy, ils ont proposé la rédaction d'un des guides à un chef célèbre, connu pour sa glace à l'azote liquide. Sauf qu'entretemps la femme dudit chef a disparu et quelqu'un a retrouvé son pied congelé.

Dans le hall, on distribue des bouquins sur le thème de la diversité. Je m'approche de la table et jette un œil. Quelques nouveautés : un récit d'esclave sur une jeune domestique métisse se battant pour obtenir une part de l'héritage de son père, un récit d'esclave sur une amitié entre une esclave marron et l'institutrice blanche altruiste qui lui apprend à lire, un récit d'esclave sur une mulâtre tragique ressuscitant les morts par la magie de ses tourtes aux tripes, un drame domestique sur une servante noire qui, tel le chat de Schrödinger, est à la fois vivante et morte, présence invisible et bienveillante n'existant qu'entre les quatre murs de son employeur, une romance « urbaine » où tout le monde meurt à cause de la violence des gangs, ainsi qu'un livre sur un restaurant cantonais, peut-être écrit ou peut-être pas par une Blanche originaire de l'Utah qui compare sans arrêt les personnages à des plats à base de riz. Je prends le livre écrit par la Blanche avant de quitter le bâtiment. Sur le trottoir, Aria fume un cigarillo, adossée au mur. Elle jette un regard las dans ma direction, plonge la main dans son sac et en sort un autre cigarillo. Je le prends et accepte la flamme qu'elle me tend.

– Ils me refilent ton poste, dit-elle en soufflant la fumée par le nez.

– Je sais, dis-je, même si ce n'est qu'en regardant son profil doux et sombre que je viens de prendre conscience qu'ils me remplacent par un modèle plus joli et plus docile.

– Je sais ce que tu penses, dit-elle.

Les résidus de vieux mascara qui cernent ses yeux me décontenancent plus que le sans-abri en train d'uriner à côté de nous.

– Tu te dis que je suis une Oncle Tom.

– Non, je ne me dis pas ça.

En vérité, je me dis ça, bien sûr, mais maintenant qu'elle l'a formulé à voix haute et que je vois sur son visage l'effet que ça a sur elle, je m'en veux.

– On aurait pu être amies, j'avais vraiment besoin d'une amie ici, dit-elle en se tournant pour jeter son cigarillo.

J'aperçois les barrettes qui tiennent son postiche queue-de-cheval synthétique. J'ai beau moi-même avoir si mal entretenu mes cheveux que j'ai dû les raser pour éviter la calvitie, j'ai envie de lui prendre le visage à deux mains et de lui montrer la direction d'un bon perruquier. J'aimerais mieux lui en vouloir, mais ma main saigne toujours à profusion, et c'est précisément à ça que tient son charme, ce qui fait que les Blancs osent lui dire ouvertement qu'ils paient trop d'impôts : son joli visage de poupée noire, sa bouche pleine et avenante, ses yeux soigneusement vides.

Je ne sais pas s'il existe une bonne manière d'avouer mon désir sans paraître dérangée, car cet univers hypothétique où nous étions amies n'a jamais été purement hypothétique à mes yeux. Il m'a en réalité fallu des mois de mails jamais finis et jamais envoyés pour me remettre de ce glas promptement sonné sur notre amitié naissante. Parce que, quand on est soi-même noire, il est impossible de voir une Noire gravir les échelons, impossible de voir un tel origami méticuleux et polyglotte sans tomber un petit peu amoureuse. Mais nous n'avions rien en commun.

– Je t'en prie, j'étais un boulet pour toi, dis-je en retenant la fumée au fond de ma gorge.

– Oui, c'est sûr.

Elle allume un autre cigarillo, sourit.

– Mais pas comme tu crois.

– Tu vas de nouveau me dire ce que je pense ? dis-je.

– Tu penses qu'en cédant à des pulsions que tu ne vois pas l'intérêt de contrôler, tu es du genre *black power*. Tu penses être en train de baiser l'homme blanc ou quelque chose comme ça. Mais tu es exactement ce qu'ils attendent. Je comprends l'envie de résister à leurs exigences. Mais eux peuvent se permettre d'être médiocres. Pas nous.

– Médiocre ?

– Je refuse d'être associée à ça. En fait, il existe une petite fenêtre d'opportunité, à l'endroit où ils ignorent à quel point tu es noire, et il faut s'y glisser. Il faut entrer dans la pièce. Je ferai la gentille petite Noire si nécessaire jusqu'à ce que je puisse entrer dans la pièce tout en haut.

Ce n'est qu'une fois sous terre que les artères dans ma main commencent vraiment à saigner. C'est une de ces journées de début août où l'oxygène dans l'air est découplé, dense de Drakkar Noir, de vieux pollen et de jambon en conserve réchauffé. Une de ces journées où les touristes italiens pètent le feu sur la ligne F après leur razzia chez Banana Republic ; en trois arrêts, ma sueur est devenue leur sueur et les pores du cou de Federico se vident dans ma bouche. Il y a du sang partout mais je peux faire confiance à ma ville pour que personne ne me remarque, seul un bébé près des portes me montre du doigt, alors je me retourne, les yeux sur mon téléphone, absorbée. Pendant le bref instant où j'ai du réseau entre Manhattan et Brooklyn, je reçois une photo envoyée par Eric : un moine fuyant un babouin. Il écrit, *À une conférence d'archivistes à toronto, j'ai vu cette enluminure, les pages sont gonflées, la reliure est irrécupérable, ce truc est en fin de vie, on sent presque la pourriture.*

Comme j'avais déjà commencé à juger le dossier clos, à l'enterrer aux côtés des autres hommes qui s'évaporent après m'avoir pulvérisé le col de l'utérus, je suis soulagée et, oui, honteuse. J'ai envie de dire que je ne suis pas ce genre de fille. Portative, prête à se plier en quatre pour un homme inaccessible, possiblement indifférent, mais et si je le suis ? Il y a des choses plus graves : l'agriculture industrielle, le rock chrétien et les animations 3D de Monsieur Propre. Parce qu'après tout je n'ai peut-être pas envie d'être une fille détachée. Je veux peut-être être tout-terrain. Peut-être que je suis incapable de me prétendre désinvolte avec les hommes qui se montrent désinvoltes avec moi. Alors je lui fais un SMS de trois cents mots recensant tout ce que je sais sur les babouins et profite de cet échange encore frais pour réécouter le message de Rebecca.

Arrivée chez moi, je ne peux plus déplier les doigts, et quand j'ouvre la porte, le sol se met à bouger. En fait, une débandade de cafards à mes pieds pendant que je cherche de la gaze et de l'eau oxygénée. Mais bien sûr, on n'en a pas. On n'a même pas de détecteur de fumée. Par contre, on a par exemple un gros flacon où sont conservés pêle-mêle de vieux cachets d'ibuprofène, des xanax et de l'alka seltzer, on a aussi de l'huile de coco qui nous sert aussi bien à cuire le bacon qu'à nourrir nos cheveux, et on a trois couteaux à beurre dont un échoue régulièrement dans le bac à douche. Ni moi ni ma colocataire ne sommes très organisées, c'est ce qui nous permet de nous entendre, jusqu'à la grosse dispute causée le plus souvent par une véritable urgence : les souris.

Pour finir, je rince ma plaie sous le robinet après l'avoir lavée avec un peu d'eau minérale, puis me mets en quête de papier toilette pour le bandage, mais il n'y en a plus. Je me rabats sur un T-shirt, mais je n'ai rien de propre. J'ai remis la lessive à plus tard et porte mon maillot de bain en guise de culotte. J'emballe ma main dans de la vieille toile à tableaux trouvée au fond de mon placard et descends mes tableaux sur le trottoir avec la poubelle.

Je passe à l'épicerie, dépense cinq dollars soixante-cinq en rouleaux de papier toilette triple épaisseur et trois dollars quatre-vingt-neuf pour un gros *carrot cake* industriel. J'hésite à y ajouter un lot de pansements, mais même les génériques sont plus chers que ce que je veux y consacrer. Je me déshabille et pars en bikini au lavomatic où je dépense trois dollars dix-huit pour un programme standard séchage inclus et passe quelques coups de fil pour mes prêts étudiant. J'inscris le montant de mes dernières feuilles de paie sur le dos de ma main pendant le cycle de rinçage et quelque chose dans ces calculs qui remontent jusque sur mon bras me donne la vague impression que je vais m'en sortir. Quand je retourne à l'appartement, une souris a entamé mon *carrot cake*, aussi je me rabats sur un bol de porridge instantané avant de filer dans ma chambre écouter les ébats pleins de tendresse et de communication de ma colocataire et de son petit ami féministe.

Je travaille mon CV, ajoute un vague poste dans la communication passé à encenser du shampooing canin sans paraben, puis, pour montrer que j'ai du caractère, je m'en tiens aux faits concernant mon mois passé chez Murray's à fourguer toute une gamme de fromages à pâte molle. J'agrémente l'ensemble de quelques mensonges éhontés, tout en m'assurant que les contradictions demeurent assez minimes pour être balayées en trois mots une fois que j'aurai un pied dans la place et en saurai assez sur mon interlocuteur, soit pour embrayer sur la culture de la boîte, soit pour mettre en œuvre mon plan en cinq points destiné à siphonner jusqu'à la lie le moindre réservoir de culpabilité blanche disponible. Malgré mon stress, je suis douée pour les entretiens et j'aimerais pouvoir m'en attribuer le mérite, mais ma capacité à conserver forme humaine et à faire bonne impression ne tient qu'à ma peau. Autrement dit : on attend souvent si peu de moi dans ce genre de circonstances qu'il serait impossible de ne pas faire mieux. J'envoie quelques candidatures, panse ma main avec du papier toilettes neuf et, pendant quelques heures, je parviens à dormir.

Je rêve que les os de mon crâne se liquéfient et, à mon réveil, en voyant mon panier à linge, quelque chose dans le fait que les vêtements sont condamnés à se salir, que la production de sébum et de sécrétions est infinie mais pas le nombre de pièces de vingt-cinq cents, me remplit de panique. Mais j'ai connu pire. Il y a des nuits d'insomnie où le ciel m'offre des anatomies entières qui me plongent dans le désespoir et me donnent l'impression qu'une araignée me court sur le visage, mais ce soir, c'est différent. Ce soir, je flotte dans une boucle hypnagogique macabre où le sol se dérobe sans cesse, et le démon japonais accroupi sur ma poitrine s'étire de toute sa hauteur en épluchant ses longues fesses pour révéler un œil tout à fait fonctionnel.

Je songe à mes parents, non pas parce qu'ils me manquent, mais parce que lorsqu'on croise un Noir ou une Noire de plus de cinquante ans dans la rue, on sait juste qu'ils n'ont pas eu la vie facile. On sait qu'ils sont les maîtres de la double conscience, de la gestion discrète de la colère face au regard scrutateur et à la violence ordinaire du monde. On sait qu'ils disaient merci quand ils pissaient le sang, et que malgré les cafards, le porridge instantané et les bleus au visage, on a plus de chance qu'ils n'en ont jamais eue, tant de chance d'ailleurs que perdre un boulot de soutier dans l'édition n'est pas seulement ridicule, c'est odieux.

Le lendemain matin, je n'ai eu aucune réponse à mes candidatures, mais je trouve un SMS d'Eric accompagné d'une photo d'un séraphin en érection. Il écrit, *Regarde un peu cette pelouse, la couleur s'appelle vert-de-gris et ils la fabriquaient en faisant bouillir du cuivre dans du vinaigre blanc*. Je ne réponds pas parce que je n'arrive pas à trouver l'énergie de faire quoi que ce soit, si ce n'est me lever et me traîner jusqu'aux toilettes. Et même pour ça, je me force, parce que pas une seule fois dans ma vie d'adulte je ne me suis pissé dessus et je me dis que ça pourrait bien être aujourd'hui. Deux ou trois jours après, alors que je mets de l'eau dans un verre et la bois, Eric m'envoie la photo d'une chimère avec une langue en forme d'étoile. Il écrit, *Dans la tradition des grotteschi, l'art du grotesque. Mais écoute ça, c'est génial, au début, grotteschi voulait juste dire décoré*. J'envoie quelques autres candidatures avant d'aller prendre une douche. Je commence à me raser les jambes, mais tandis que je passe à la deuxième, il y a une coupure d'électricité et je reste plantée là, dans le noir, le rasoir à la main, avec le sentiment que l'univers me suggère quelque chose. Eric m'envoie d'autres photos de gargouilles et d'un *Vagina dentata* et, même en révisant tous les jours mon CV, malgré les vingt-huit dollars zéro neuf dépensés pour un tailleur-pantalon chez Marschall's, pas une seule entreprise ne répond à mes candidatures.

Quand je me sens enfin capable de prendre part à notre conversation, il devient évident qu'il ne s'agit pas du tout d'une conversation. Il n'a aucune intention d'admettre qu'il m'a donné un coup de poing ou qu'a eu lieu chez lui cette soirée atroce, révélatrice. Les SMS arrivent par intermittence et sans sollicitation. Il les envoie la plupart du temps vers midi ou trois heures du matin, ce qui m'indique que je lui traverse l'esprit à l'heure du déjeuner et quand il est couché. J'ai envie de lui demander ce qu'il mange. J'ai envie de lui demander pourquoi il ne dort pas. Mais je crains qu'il se souvienne que l'expéditrice, c'est moi, et que les messages s'interrompent. Quand notre relation n'avait qu'une existence virtuelle, c'était comme ça. Les choses qu'on se disait étaient si moches que, par nécessité, nous avions opté pour le second degré, et ce malgré l'effort que nous avions fait de créer une langue à nous, un effort qui trahissait à lui seul notre sérieux. Et puis on s'est rencontrés. Et je suis montée dans sa voiture. Et là, j'ai dû recalibrer, lui donner des cils et des veines sous les mains et une tache de rousseur sur le menton, si bien que brusquement, admettre toutes ces choses que nous nous étions dites est devenu indécent. Alors, quand il m'envoie la photo d'un satyre se faisant écorcher en ajoutant, *Admire la feuille safran et or, on se sert d'un composé synthétique pour neutraliser les pores*, je ne réponds rien.

Quelques jours plus tard, je décroche un entretien dans une boîte de Long Island City, mais, en arrivant, je m'aperçois que ce n'est qu'une agence de recrutement. La femme qui me reçoit m'apprend qu'un de ses clients cherche un collaborateur en gestion des déchets. Quand je me présente à la décharge, la chaleur du mois d'août est tellement implacable que mes plis de pantalon au fer à repasser sont en train de fondre. Le temps d'arriver au bureau principal, je suis passée à l'état liquide. Mon interlocuteur me demande quel poids je peux soulever, poids que je surestime à une trentaine de kilos, tandis qu'il plane dans l'atmosphère de vagues relents de Ku Klux Klan, jusqu'à ce que je file aux toilettes et m'aperçoive que mon mascara a coulé pendant toute la durée de l'entretien et que de grosses larmes noires tombent toujours le long de mes joues. C'est quelque chose que j'aimerais raconter à Eric, mais vu le fossé économique qui nous sépare, je ne sais pas comment tourner le récit sans donner l'impression de réclamer son aide.

Alors j'envoie mon numéro de sécurité sociale à une adresse mail reliée à un bureau de la Silicon Valley, siège d'une application à la mode spécialisée dans la livraison. Trois jours plus tard, je reçois une casquette et un sac de livreur avec isolation thermique pour garder les livraisons au chaud. Ils me donnent l'accès à un plan de la ville détaillant les zones où la demande est la plus forte. Les quartiers densément peuplés apparaissent en rouge foncé et les plus vides restent généralement roses jusqu'à l'heure du déjeuner, où les commandes explosent partout, même dans les hameaux les plus excentrés du Queens. J'enfourche mon vélo et me présente à une adresse de Sunset Park. La cliente ouvre la porte et m'arrache le sac de frites gaufrées sans me laisser de pourboire. La plupart du temps, je me cantonne à Brooklyn. Je me débarrasse des premières commandes de jus d'orange sans pulpe et de champagne. Ravitaille les vapoteurs en JUULpods goût vanille, les buveurs d'eau gazeuse en Lacroix et les parents en Pampers. Je choisis pour port d'attache le cimetière de Holy Cross, où je peux m'hydrater dans un calme relatif et où, l'endroit étant pile au milieu du quartier de Flatbush, les commandes me parviennent de toutes les directions. Techniquement, il m'est interdit de livrer tout produit considéré comme une drogue, mais dans les écoles privées, il y a des gamins qui ont besoin de thé aux perles et de Marlboro, dans Prospect Park, il y a des promeneurs de chiens qui veulent leur cubi de vin et m'expliquent avec force précisions où le déposer dans un coin du parc, et à la sortie du Grand Army Market, il y a des mamans-tire-lait en mal de gin. Tout le monde est ravi de me voir et moi aussi, je suis ravie, en un sens : les habituels Mcflurries de Bensonhurst, la génération X des brownstones accros aux applis de commandes de pizzas, les gens du fin fond de Coney Island qui n'ont pas renoncé aux plaisirs d'un brunch malgré la distance, ravis qu'on vienne jusqu'à eux, les Antillais d'Eastern Parkway, avec leurs *ackees* et leur pain coco toujours payé en cash, et beaucoup de pourboires les jours où je porte la casquette de la boîte et fais mieux que le temps moyen de livraison ; cela dit, il m'arrive aussi de franchir l'East River et de prendre des commandes autour de Canal Street, où j'essaie de protéger comme je peux du soleil les sachets de calamars.

Mais aucune de ces visites ne s'éternise au-delà du bonjour. J'essaie d'enchaîner gaiement sur la pluie et le beau temps et, dans les rares cas où je trouve du répondant, mon planning serré et le manque de sommeil m'empêchent de mobiliser en moi assez de bande passante pour offrir autre chose. Alors d'une course à l'autre, j'écoute la radio publique pour y pêcher des sujets de conversation. Je tombe sur l'histoire d'une journaliste harcelée par des mails violents en 2009. Elle en lit un extrait et se met à rire, *Il m'écrivait le premier de chaque mois, et me disait des choses du genre, toi « bip » comment les hommes trouvent ta « bip » ? et je me disais, ce n'est même pas constructif. Si mon travail sur l'actualité vous dérange, pas de problème*. Puis ils font venir l'auteur des mails, et il dit, *Je suis désolé, c'était une sale année pour moi*.

Quand je passe chez moi, c'est généralement pour les toilettes que je connais et que j'aime, même s'il y a à Gravesend un boui-boui thaïlandais avec des chiottes de première catégorie dont les propriétaires me sont si reconnaissants de la quantité de kaeng khiao wan que j'écoule qu'ils m'en autorisent l'usage. J'essaie d'éviter les livraisons de soupe et de respecter le Code de la route, mais de temps à autre, un contretemps - mariage, défilé, meurtre - me force à accélérer l'allure et je laisse mon vélo dans des endroits interdits. Avec mon nouveau régime alimentaire ramen-compote de poire et le solde de tout compte versé par la maison d'édition, j'arrive presque à joindre les deux bouts. Puis vient l'augmentation de loyer. L'information m'arrive dans une enveloppe kraft tachée de gras que je manque de jeter sans l'ouvrir, ne recevant généralement par la poste que des promesses de consolidation de mes prêts étudiant et autres offres de cartes de crédit préapprouvées qui appâtent les Noirs sans le sou avec de vieilles icônes du rap. Ma colocataire me convoque pile au moment où je suis en train de perdre l'équilibre sur mon vélo et de m'effondrer dans le cheesecake d'un client. En haut de l'escalier avec sa valise, elle m'annonce qu'elle part s'installer avec son petit ami dans un immeuble de Harlem refait à neuf et au même instant, un *Envoie-moi une photo de ta chatte* tinte sur mon écran.

Alors que je la regarde s'éloigner, l'idée que j'ai une chatte me paraît grotesque. Je vais et je viens dans l'appartement en essayant de réconcilier l'existence du clitoris avec l'odeur de brocoli qu'elle a laissée derrière elle. Je me rince les cheveux pour les débarrasser du cheesecake avant de retourner à mon itinéraire, le long duquel les hommes que je croise me rappellent que techniquement, oui, j'ai bien une chatte, et que pour le restant de mes jours, je vivrai dans la terreur de devoir la protéger. Mais après un passage chez Hallal Food et une grosse livraison d'épices, je m'exécute : je la prends en photo dans les toilettes d'Au Bon Pain. Puis je retourne dans mon appartement récemment déserté, google les chambres de bonne les moins chères dans le Bronx et m'injecte du sérum physiologique dans la cavité anale. Je regarde un épisode de *Seinfeld*, passe en revue l'IMDb de Jason Alexander et file à Manhattan glaner encore quelques dollars. Je traverse le Queensboro Bridge à vélo et m'essuie le visage et les aisselles dans les toilettes d'un Prêt à Manger. Je jette un œil sur la carte des livraisons, *uptown* est déjà rouge foncé, les commandes affluent de la 59e Rue et

Lexington Avenue jusqu'à Harlem : demandes pour les offres décalées ou résolument faux cul des géants du café, matcha, lait végétal et au chanvre. Il est onze heures du matin et les pistes cyclables de Manhattan sont déjà terrifiantes, elles grouillent de livreurs et de livreuses qui se jettent dans la circulation avec leur riz sauté et sans raison de vivre, au milieu des abdos sur pattes qui pédalent pour le plaisir et des touristes étrangers plantés au milieu de la piste pour un selfie ou pour éviter qu'un pigeon chie sur leur valise.

Pour Eric, pas de réciprocité génitale qui vaille : il me répond par une photo de lui tenant une fiole de poudre d'argent, et malgré ses manières surannées dans l'art du selfie et ses gants d'archivistes ridicules, j'ai envie de lui. Je cherche désespérément une raison de résilier cette attirance.

Au bout de deux semaines sans nous voir, j'espérais gagner suffisamment en objectivité pour lui trouver un défaut. Mais après le mois que je viens de passer, j'ai seulement envie qu'on m'embrasse. Je demande à mes clients de confirmer mon nom de temps en temps pour être sûre que j'ai la bonne adresse, mais surtout pour le leur entendre dire.

Cinq bottes de chou kale à monter au huitième sans ascenseur dans le Flatiron District. Une fiole d'eau de rose pour un client de Greenwich Village, dont le labradoodle en chaleur essaie de me faire l'amour dans l'escalier. Des sparadraps et des cigarillos pour une cliente qui sort du Strand sans bouquin mais un talon aiguille dans chaque main. De la bouffe mexicaine en veux-tu en voilà et toujours sans haricots rouges. Trois perruques noires en cheveux malaisiens naturels pour une cliente mi-humaine, mi-turquoise sur le Bowery, et partout dans Chelsea, des factrices en nage au regard fatigué mais libidineux, des dealers blancs en mocassins bateau qui saluent la police, des livreurs dûment affiliés aux pizzerias et aux fleuristes, suspendus comme moi et comme tous les autres à cette intuition périphérique qui nous permet d'esquiver la pléthore de trous que nous offre la ville. Même si maintenant, je traverse une grille de métro emballée par l'idée qu'elle pourrait céder sous mes pieds, parce que malgré ce manège multilingue endiablé, malgré les cravatés au jargon phallique qui me coupent la route téléphone vissé à l'oreille, malgré les assauts elliptiques du verre et de l'acier et les trains en bois terrifiants des boutiques de jouets de l'Upper East Side, je n'ai pas l'impression de bouger, même quand je suis sur mes deux pieds, quand je monte et quand je descends, quand je fourre une tranche de pizza à un dollar droit dans mon gros intestin, quand je gare mon vélo de plus en plus mal à mesure que les commandes affluent, un, deux, six clubbers habillés pour la fête qui se câlinent à la queue leu leu à minuit cinquante-trois alors que je sors d'un studio triste de Central Park et retrouve mon vélo, pas exactement envolé, mais divorcé de ses deux roues. Alors je prends mon panier et ma sonnette et les pose sur mes genoux dans la ligne 6, puis dans la ligne J, puis à cause d'un problème de signalisation à la 34e Rue, dans ce vieux débris de ligne G, endormie avant même de m'écrouler dans mon lit, où, plus tard, je me réveille et trouve à ma porte ma proprio-yogi une sucette coupe-faim à la bouche, qui m'annonce qu'il faut payer ou partir, ah oui et namasté au fait, alors je file prendre une douche froide et enfourche - moyennant finances - un de ces énormes vélos en libre-service, pas très d'accord pour accueillir les filles de moins de un mètre soixante et donc peu propices aux livraisons ponctuelles et aux trajets sans risques de basculer dans le gaspacho de quelqu'un, ou de culbuter les quatre fers en l'air dans une rue à quatre voies, prête à abandonner à mon triste sort cette partie de moi que le mariachi de la ligne R n'a pas déjà tuée.

Le jour où je suis tirée de mon sommeil à sept heures du matin par une bande de Slaves d'Elmhurst mal embouchés qui déménagent toutes mes affaires sur le trottoir et se disputent au sujet de mon grille-pain, ce qui me contraint à partir en Uber jusqu'à un garde-meubles de Bedford, la ville est rose sur ma carte, asséchée malgré l'averse torrentielle qui a vidé les rues. Une femme solitaire émerge du métro en courant, un sac plastique sur la tête, un vendeur de parapluies claque des lèvres à son passage, et un ruisseau coupe Great Jones Street en deux, mais ce n'est qu'une de ces rares fois où tout le monde est confiné chez soi, bien pourvu en condiments et en drogues, et où moi, je suis obsolète. Je me rabaisse encore pour gratter un peu de boulot. Je vais me planter devant les adresses en vogue et j'attends. En entrant acheter de l'eau, comme on me connaît bien, j'ai droit à des gnocchis à la vodka offerts par la maison. On me traite comme une cliente. On me tend une serviette en tissu pliée et on vient m'apporter un peu de parmesan. Risible, vu que j'ai toujours mon casque sur la tête et mon appli ouverte. Mais en regardant l'assiette, puis le resto désert, je perds l'appétit. Je m'excuse et monte vers le nord sur mon Citibike respirer un peu, mais ça n'aide pas. C'est comme si je portais un tablier en plomb, comme si mes membres s'endormaient l'un après l'autre. Sur ma carte, je repère deux ponts à distance de vélo. Puis la première commande du jour arrive. Une course de supermarché ordinaire, sauf qu'en parcourant la liste (coton, beurre de cacahuète, bisque de homard fraîche), je vois qu'il y a une deuxième adresse, un magasin de bricolage, où l'on me demande d'acheter une scie circulaire.

À l'épicerie, il n'y a que trois autres personnes, et l'une d'elles est le caissier. Je croise une femme au rayon crustacés, qui me sourit mais sous ce sourire, je la vois qui se demande où tout le monde est passé. Je ressens notre bêtise, ma dépendance à la densité de la ville, que j'ai passé tant de temps à haïr mais qui s'avère être le dernier rempart entre moi et un concentré de solitude de compétition. Tout en versant la bisque dans le grand gobelet, j'essaie de me concentrer seulement sur la soupe et pas sur mes dents, sur ma peau et sur l'effritement graduel de mon corps qui tombe en poussière. Au magasin de bricolage, le vendeur ne pose aucune question et pendant la première moitié du chemin, je ne regrette pas mon achat, avant de me rendre compte que ma destination est un hôpital. Quelques centaines de mètres plus loin, une voiture grille un stop, me forçant à freiner brusquement et la bisque se renverse. J'ai assez d'expérience dans le métier pour avoir connu toutes les galères en matière de soupe, mais en arrivant à l'entrée, je remarque du homard dans mes chaussures à l'instant même où Rebecca franchit la porte au petit trot en tenue médicale et bottes en caoutchouc. L'espace d'un instant, je me dis que je peux peut-être les enlever avant qu'elle arrive, mais trop tard. Si elle est choquée, elle n'en montre rien. Elle retire ses gants et jette un œil dans les sacs. Elle examine la scie et soupire. Elle me demande de la suivre à l'intérieur. Nous traversons la salle d'attente, tous les fluides corporels sont déjà détectables dans l'air ambiant malgré le désodorisant à l'ananas vaporisé par le service hôtelier, un homme avec une prothèse de bras réclame une dose d'OxyContin et un énorme poisson rouge flotte dans ses excréments. Dans l'ascenseur, quand j'essaie d'aborder le sujet de la soupe, Rebecca m'interrompt d'un geste.

– Ce n'est pas grave, dit-elle en m'entraînant vers la cafétéria.

Elle tire une chaise et me demande de m'asseoir. Elle s'installe en face de moi, sort le beurre de cacahuète. Extrait une cuillère de sa blouse et la frotte contre son col.

– Pourquoi n'as-tu pas rappelé ? Je t'ai laissé un message, dit-elle en ouvrant le bocal et en trempant le doigt dans l'huile amassée à la surface.

– J'étais occupée, je réponds.

Mais je repense à son message, à la voix rauque sous les mots, à mon impression qu'elle était peut-être en train de sourire. Elle n'a pas la même voix maintenant. Maintenant, elle a la voix de tout le monde.

– Sur l'appli, ça disait « Becky Abramov ».

– Mon nom de jeune fille.

Elle se suce le doigt et regarde à l'intérieur du pot, sourcils froncés.

– C'est un métier dangereux pour une femme, dit-elle. Comment peux-tu savoir qui tu vas trouver de l'autre côté de la porte ?

– La ville n'est plus vraiment dangereuse.

Je savoure le plaisir d'un mensonge millésimé. Un truc que je disais à mon père de son vivant, quand il faisait l'effort d'appeler.

– J'ai perdu mon boulot, dis-je en pensant que ce serait cathartique avant de me rendre compte aussitôt que non.

– Désolée.

Elle pousse le bocal vers moi et me tend sa cuillère.

– La scie, c'est pour quoi faire ?

Je retourne la cuillère pour y voir mon reflet. J'ai beau savoir que l'image sera déformée, ça me surprend.

– Je travaille ici, aux anciens combattants, en tant que légiste. Le type d'aujourd'hui a le crâne le plus dur que j'ai jamais vu. Mon mari ne t'a pas dit ce que je faisais ?

– On ne parle pas de vous, je réponds tout en me demandant si ça va la blesser.

Je lui en veux d'avoir envisagé que nous aurions pu le faire, jusqu'à ce que je voie sa déception.

– Nous, nous parlons de toi, dit-elle.

Manifestement je suis censée demander ce qu'ils se disent, alors je ne le fais pas. Mais j'ai envie de savoir. J'ai envie de savoir ce qu'il a dit et je lis dans son sourire qu'elle le voit sur mon visage.

– Et vous aimez ça ? Entendre ce qu'on fait ensemble ?

– Ce n'est pas que j'aime ça. Mais j'aime être informée. Contrôler les variables. Je sais que ce n'est pas ton truc.

– Ah bon ? Et comment vous savez ça ?

– Parce que tu te fiches de savoir qui tu vas trouver de l'autre côté de la porte.

Elle marque un temps d'arrêt et pose sur moi un regard distant, studieux.

– Laisse-moi te montrer quelque chose, dit-elle, en refermant le bocal de beurre de cacahuète.

Je la suis dans l'ascenseur, tapissé d'affichettes avec des messages du genre, *Besoin d'aide ? La guerre est rentrée au pays avec vous ?*

Nous descendons sous le parking souterrain. Nous entrons dans une pièce noyée dans la lueur des néons, ça me fait penser à la section des bonnes affaires d'Ikea, tout y est sans fioritures mais un peu bancal : une petite table jonchée de feuillets roses perforés, une chaise de bureau sans accoudoir, esseulée, et dans le coin, une petite douche couverte de calcaire. Elle fouille dans une caisse en plastique, en extrait une tenue grise en Tyvek.

– Tiens, enfile ça, dit-elle en se débarrassant de son manteau blanc

Elle s'attache les cheveux avec un élastique ordinaire, retire ses vêtements et passe sa tenue à elle. Elle a un tatouage à la base du cou qui dit *the grateful.*

– Tu n'es pas obligée de te déshabiller, c'est juste que je ne supporte pas la chaleur.

Ce n'est pas que je me sens menacée par son corps, mais l'idée de me dévêtir devant elle me met mal à l'aise maintenant que je l'ai vue - la chair marbrée de ses cuisses qui, même sans l'aide de vêtements, semblent monter jusqu'à son cou, son soutien-gorge beige déprimant et sa culotte taille haute brodée d'un *Mercredi* dans le dos. Sa nonchalance absolue à être vue comme ça. J'ai exhibé mon corps pour rien. Pour un pourboire, pour un déjeuner, pour une main attachée à un homme que je ne voyais pas. Mais en attrapant ma tenue, je me dis qu'avoir lavé à la main ma culotte n'est pas suffisant. Je la sens faire l'inventaire des endroits où son mari s'est trouvé. Je garde mes vêtements et enfile la tenue. Elle me tend un masque en me disant, *Charbon actif* et place deux piles dans un petit transistor. Elle se lave les mains et sort une paire de gants violets. Elle me demande de prendre la radio. En l'allumant, j'entends une voix suave dire *Hall and Oates et dans quelques minutes, nous prendrons vos appels.* Au moment où elle tourne la tête et s'avance vers la porte métallique, j'ai envie de lui dire d'arrêter.

– As-tu déjà vu un cadavre ? demande-t-elle en pénétrant dans la salle où est étalé le corps d'un homme noir, scalp proprement décollé de son crâne.

– Oui, ma mère, lui dis-je sans avoir le temps de me raviser, et elle interrompt un instant une tâche qui consiste à enrouler un tube en caoutchouc bleu autour de son bras.

– Je ne savais pas, dit-elle en reprenant aussitôt où elle en était. Eric est au courant ?

– Non.

– Tant mieux.

Elle bascule le corps sur le flanc pour nettoyer les déchets qui se sont amoncelés autour des jambes.

– Garde un jardin secret, ajoute-t-elle.

Elle enfonce du coton dans l'anus du cadavre. J'essaie de regarder le corps en face. Je me persuade qu'il n'y a rien d'extraordinaire, que j'ai déjà en moi un catalogue d'hommes exactement comme celui-là, prostrés, taches sombres sur la chaussée s'évaporant pour n'être plus que du contenu à partager. Mais c'est trop de voir sa bouche ouverte et son sexe, le dessous blafard de ses pieds.

– Il est mort comment ?

– Renversé par une voiture. La famille avait perdu sa trace. Démence.

Elle déroule le cordon d'alimentation de la scie.

– Tu veux bien monter le son de la radio ?

J'obéis. La même voix dit, *Un ethno-État blanc réussi. Ce morceau-là est pour Gerta, à Williamsburg. Et c'est parti pour* Private Eyes. Tandis que la chanson se lance, elle pose sa paume ouverte sur la partie exposée du crâne. Elle lance la scie, l'approche de l'os.

– Pourquoi vous m'avez appelée ? je demande, surtout pour faire quelque chose de mes lèvres.

– Je ne sais pas. Je crois que j'essaie de comprendre.

– Comprendre quoi ?

– Pourquoi il t'a choisie toi, dit-elle doucement, son attention concentrée sur la main qu'elle place sous le cerveau.

Cerveau qui, lorsqu'il sort, est plus petit et moins rose que ce à quoi je m'attendais. Elle s'attarde, pose le doigt contre le bord du crâne. Mais d'ici, elle n'est que mémoire musculaire, une artillerie mobile en tenue de protection, les scies, les ciseaux et les entérotomes se succédant dans les mains. Sous ma combinaison, mon corps est vapeur, mais je ne sais pas comment partir. Je risque de manquer quelque chose. À cause d'une suture invisible le long d'une paupière, et des cheveux humides contre le cou de Rebecca. Parce que dans une heure, un homme sans cerveau aura la tête d'un homme capable de rêver. Nous ne disons plus un mot mais je sais qu'on veut de moi que je sois exactement là, la radio dans les mains, dont je monte et baisse le son au rythme de ses marmonnements d'approbation, et un faible évident pour « Rich Girl », vu la façon dont elle tape du pied. Et les mêmes pubs qui reviennent inlassablement. Son travail terminé, nous retournons dans l'autre pièce. J'ôte ma tenue et change de station pendant qu'elle se douche. Une voix dit, *Acceptez le Seigneur Jésus-Christ, votre vrai* et elle remet sa veste et éteint la radio. Dehors, la plupart des voitures sont parties. Nous partageons une cigarette. Comme ça, me dit-elle, elle a l'impression que ça ne compte pas. Elle dit être consciente de l'ironie qu'il y a à fumer quand on est médecin légiste, mais que malgré tous les poumons noircis qu'elle a vus, il est plus perturbant de trouver des poumons immaculés dans la cage thoracique d'un ancien combattant.

– Imagine-toi vivre si prudemment qu'il ne reste pas le moindre indice que tu as vécu, dit-elle. Je voulais devenir chirurgienne. Puis, pendant ma première année de médecine, nous avons vu nos premiers cadavres et il y avait toutes ces informations à l'intérieur. Un patient, tu peux être sûre qu'il va mentir sur ce qu'il boit ou ce qu'il fume, mais avec un cadavre, toute l'information est là, disponible.

Elle allume une autre cigarette et soupire.

– C'est la même chose que visiter la maison d'une inconnue et toucher à toutes ses affaires.

– Je suis désolée, dis-je, et elle se met à rire.

– Non, tu ne l'es pas.

Elle me fixe un instant et démarre sa voiture à distance avec son porte-clés. Je suis des yeux le faisceau des phares jusqu'à un SUV gris métallisé.

– Tu as remarqué notre fille. Quand tu es venue chez nous, finit-elle par dire – et c'est là que je prends pleinement conscience que, malgré cette complicité de toute une soirée, elle se dirige vers la conclusion la plus naturelle qui lui vient : celle de s'adresser à moi non pas comme à une personne qui l'a regardée disséquer un homme, mais comme à une personne qui est noire, et qui, de ce fait, est disponible pour le soutien qu'elle peut apporter.

– Oui.

– Qu'as-tu pensé d'elle ?

– Je ne sais pas. Elle avait l'air bien, dis-je, même si bien sûr c'est faux car elle avait l'air seule, comme si personne n'avait pris soin de ses cheveux depuis des années.

– Elle n'a pas d'amis, dit-elle, la cigarette oubliée entre ses doigts.

Je la lui prends et tire une bouffée.

– Oh, dis-je, en essayant de rendre mon désintérêt palpable, mais le principe de la chose malgré tout me dérange, cette chose qu'Eric a omis de mentionner, le regard d'Akila quand elle gravissait l'escalier.

Mon envie de refuser à Rebecca ce lien qu'elle essaie de créer là où il n'y en a aucun est moins pressante que ma gêne pour leur fille, qui est peut-être ou peut-être pas le genre d'enfant à vouloir des amis, mais qui détesterait probablement que sa mère en parle. Mais je regarde Rebecca, puis je regarde la cigarette qui pend entre ses lèvres, et soudain il me paraît possible que la femme qui m'a poursuivie dans l'escalier et la femme qui vient de scier un crâne de 8 millimètres d'épaisseur soient une seule et même femme, une femme encline à résoudre les problèmes par tous les moyens nécessaires, si compétente que tout échec dans son périmètre devient le sien propre. Évidemment, ça m'échappe complètement. Je m'accorde un instant pour savourer cette joie maligne, mais surtout, je me sens pigeonnée, obligée d'admettre que ça ne m'est pas égal, que j'y ai pensé, à l'isolement apparent de leur fille, à cette chose qui ne peut que me sauter au visage vu que je suis pareille, hypervisible et invisible : noire et seule. Mais en même temps, je n'aime pas ça. Je sens mon désespoir en concurrence avec le sien, alors je dis à Rebecca que je n'ai nulle part où aller, sur un ton que j'aurais voulu neutre mais qui sort de ma bouche sous la forme d'un truc hideux et dégoulinant, la bisque entre mes orteils devenue soudain l'emblème de mes galères en série, que Rebecca accueille sans ciller et sans mot de condoléances, en fumant sa cigarette les yeux rivés sur ses ongles. Elle s'accroche au silence, comme elle l'avait fait après son karaoké, puis elle jette sa cigarette et me dit de monter dans la voiture.

Alors je mets le vélo dans le coffre et nous partons sans un mot vers la station d'accueil la plus proche. Nous quittons Manhattan et je tombe amoureuse de la climatisation, des douces lumières orange le long du tableau de bord, du Fréon et de la cerise sauvage dans l'odeur de voiture neuve. Des spasmes de la fréquence radio autour de la station FM présélectionnée par Rebecca, et des longs et sulfureux kilomètres de ciel au-dessus de Weehawken quand je rouvre les yeux à la sortie du tunnel, avant que Rebecca se gare devant chez elle au milieu d'un morceau de REM et marche jusqu'à la boîte aux lettres où il est inscrit Walker, et sa façon de récupérer son courrier est si douce, si quotidienne que je fais semblant de dormir.

Elle m'accompagne à l'étage jusqu'à une chambre d'amis où elle fait un truc avec un drap tout en marmonnant des explications sur l'équipement, le dentifrice bio et le chien d'un voisin qui refuse de se taire. Je lui réponds par un éclat de rire consciencieux qui jaillit sec et sonore, exacerbant le spectacle de nos efforts mutuels pour créer du naturel. Parce que je sais à quel point la maison est grande, malgré ma volonté de me faire la plus petite possible. Je sais que la chambre appartient à quelqu'un, que chaque mètre carré y est soigné et probablement sans souris. Dans cette chambre où personne ne dort, il y a néanmoins des preuves de vie. Des natures mortes de supermarché représentant des galets mouillés et des fruits à noyaux, des photos de femmes avec leurs cigarettes signées Helmut Newton, des doubles rideaux de la même nuance de mauve que celle dont ma mère avait peint la cuisine le jour où elle s'est suicidée, des meubles au bois délibérément vieilli, bardé de cicatrices trop régulières pour être naturelles, et j'ai envie de détester ce besoin de payer pour abîmer les choses, mais en réalité je comprends. Et puis il y a le ficus, la vannerie et le verre décoratif avec toutes les cerises, une vie domestique cohérente que je trouve bizarre et légèrement menaçante, mais qui me donne terriblement envie d'aller chercher mon toaster au garde-meubles pour le brancher quelque part.

Que Rebecca ait aussi l'air mal à l'aise me rassure, parce que même lorsqu'elle se penche, me laissant conclure que je suis plus belle qu'elle, je suis consciente de sa compétence, de sa charité satisfaite, même à l'instant où elle s'arrête sur le seuil et me dit, *C'est provisoire*, comme si elle acceptait ma présence chez elle à contrecœur et n'était pas en réalité à l'origine de tout ça. Pendant un moment, elle reste juste là, à me regarder enlever mes chaussures, puis mes chaussettes. Je me détache les cheveux en essayant de ne pas sentir son regard. Puis elle revient dans la pièce. Elle se met à parler, mais son regard fuit, elle se tord les mains. Elle m'explique qu'elle est une femme évoluée, qu'il n'est pas évident que la monogamie soit saine d'un point de vue biologique, et que sur le papier, la liberté dans un couple peut être une bonne chose, sauf qu'Eric ne sait pas bien gérer son temps alors s'il me plaît, est-ce que cette chose avec son mari pourrait s'arrêter. Puis elle s'en va, apparemment aussi soulagée que moi que ce moment se termine. Je reste un peu allongée dans le noir, à me demander ce que ça me ferait de mettre fin à cette histoire avec Eric, et la réponse est que ce serait super, pas seulement parce que de toute façon je l'ai emprunté à quelqu'un, mais parce que j'aurais le dernier mot. Il a peut-être été le seul homme de mémoire récente à m'avoir fait jouir, mais il n'est même pas sur Twitter. Je pourrais trouver quelqu'un de mon âge. Quelqu'un comme il faut et qui ne boit pas, pour qui Dieu est une femme et dont je pourrais suivre le cheminement existentiel en ligne. Et puis je repense à tout le travail déjà accompli avec Eric. Je pense à notre correspondance, aux confessions fiévreuses du petit matin dans lesquelles nous nous sommes vautrés sans honte. À ces choses qui font que lorsqu'il m'appelle à trois heures du matin pour me dire, *Je ne suis pas un homme violent*, peu importe que ce soit vrai ou pas. Et quand il me dit, *Je sais que tu es une personne* avant de raccrocher, peu importe si les mots étaient mal articulés. Ce qui compte, c'est qu'il reste une trace, la trace d'un appel, d'une conversation, d'une fille à l'autre bout du fil.

5

Le matin, je reçois un SMS d'Eric : *Je serai de retour dans quatre jours, avec une surprise*. Je ne lui réponds pas, parce qu'alors que je m'assois dans le lit en remarquant le tartre sur mes dents, j'entends le son caractéristique de quelqu'un qui s'entraîne au Tae Bo au rez-de-chaussée et je me rappelle où je suis. Je me rappelle Rebecca me demandant de lui rendre son mari, et maintenant que j'ai dormi plus de quatre heures, je me sens moins encline à honorer cette requête.

Comme ma mère, capable de me réveiller avec une chorale de l'église de Brooklyn Tabernacle les vendredis soir où ma seule fonction consistait à stériliser les toilettes, Rebecca est un réveille-matin passif-agressif. Ses claquements de mains, réponses dociles aux sommations de Billy Blanks à la télé, sont là pour signaler qu'il n'est plus acceptable de dormir. Mais pour une fois, j'ai eu ma dose de sommeil : je suis ravie de voir que mon corps est toujours capable de produire sa propre dopamine. Puis, voyant mes baskets fanées dans le coin, je me souviens que je devrais être gênée. Je balaie la chambre du regard, espérant y trouver quelque chose à redire, mais tout est impeccable. Pas beau, mais soigné. Sur ma table de chevet : un savon en forme de rose, une brosse à dents neuve, un jean et un T-shirt portant le logo de la Fête de la tulipe de la vallée de l'Hudson. L'espace d'un instant, je fais comme si cette chambre était la mienne. Je fourre le visage dans l'oreiller à mémoire de forme et quand je relève la tête, Akila est sur le seuil. Nonobstant notre appartenance au même peuple, j'ai du mal à sympathiser avec une enfant qu'on n'entend pas arriver. Je ne l'ai même pas entendue ouvrir la porte. Comme sa mère, elle est agressive par l'aisance de son silence et même si j'ai souvent du mal à communiquer avec les enfants des autres, son aplomb m'encourage, alors je prends le temps de vraiment la regarder : ses lunettes à verres épais et ses joues brunes et luisantes, sa moue délicate et sa chemise de nuit *Adventure Time*, la masse imposante de ses cheveux et ses petits poings serrés. Parce qu'il fut un temps où mon étrange poitrine adolescente était partout soumise à la surveillance de tatas noires, un temps où mon IMC était un sujet brûlant pour les diaconesses de notre Église adventiste du septième jour, j'aimerais ne pas avoir à donner mon avis sur les cheveux d'Akila. Néanmoins, ces soixante centimètres d'épaisseur sont une condamnation en règle de ses parents au cheveu mou, lesquels ont clairement tenté quelque chose qui n'a pas marché.

– Tu es la petite amie, dit-elle, sans colère ni jugement, ce qui est pire, bizarrement.

Je veux sortir du lit, mais à un moment donné de la nuit, je me suis entièrement dévêtue. Ma culotte gît par terre entre nous, à l'envers. Je suis l'adulte dans cette pièce. J'ai des factures à payer. Je ne peine pas comme une esclave sous le joug de ma glande pituitaire. Mais lui demander de ne pas m'insulter, exiger qu'elle me respecte, est si absurde que les mots ne viennent pas.

– Ouais, dis-je, et elle referme la porte avec un froncement de sourcils.

Dans la douche, la pression de l'eau est excellente. Je me sens gagnée par une vénération inattendue pour mes nouveaux articles de toilette. Je me sers du savon, mais en essayant de ne pas émousser les contours plissés des pétales. Je me sers de la brosse à dents et savoure le contact de ses poils drus, les nuances répugnantes de bicarbonate de soude de leur dentifrice pour vieillards, qui rompent opportunément avec le goût sucré de ma marque Peppa Pig préférée. Ne me rappelant même plus quand je me suis brossé les dents pour la dernière fois, j'ai soudainement l'impression d'être une personne responsable. J'enfile la tenue que Rebecca m'a laissée et décide que la seule manière de la remercier pour son aumône ou de quitter cet endroit avec un semblant de dignité consiste à ne rien toucher et à me montrer aussi discrète que possible.

Je rends à la chambre sa forme originelle et écoute le silence de la banlieue chic, le doux ronron des moteurs hybrides, les aboiements monastiques des chiens gardiens de la terre, le rire des enfants à peau claire, le battement inlassable des portes moustiquaires, et les insectes qui mettent toute leur énergie à baiser avant de mourir. Le calme tue mon péristaltisme, mais j'ai un besoin urgent d'accéder au wifi, alors je descends et trouve Rebecca en train de faire des pompes. Elle jette un regard vers moi mais ne dit rien. En fait, elle a l'air en colère, à moins que ce soit son expression quand elle fait de l'exercice. Je ne bouge pas, espérant qu'elle va me tendre une perche, mais l'intensité de sa concentration est si pénétrante, si difficile à regarder que je me réfugie dans la cuisine, où Akila mange un bol de corn-flakes. Elle m'ignore et j'essaie de faire pareil, mais je ne sais pas où sont rangées les tasses.

– Où vous rangez les tasses ? je lui demande, d'une petite voix qui me surprend.

Akila soupire et se traîne jusqu'au placard, plonge la main derrière les verres et en sort un mug orné d'un logo fané de Captain Planet. Je le rince, tripote un long machin attaché au robinet et remplis la tasse à ras bord. J'aimerais oublier notre échange de tout à l'heure, mais quelque chose dans sa lassitude pré-adolescente m'empêche de voir cette maturité dont je me targue autrement que comme une imposture et m'empêche aussi d'ignorer le fait que j'ai vu le pénis de son père. Cela dit, je suis tellement abasourdie par la clarté de l'eau que j'oublie un instant qu'elle est là et me ressers une fois, puis deux. Quand je lui demande le mot de passe du wifi, elle me désigne le réfrigérateur. Entre une photo d'Eric en Grèce et une autre d'Akila déguisée en tournesol, il y a un mot : deeppurple. Je le tape dans mon téléphone et repose les yeux sur la photo d'Akila, sur les longs pétales jaunes autour de sa petite tête maussade. Elle porte un T-shirt Superman aujourd'hui.

– Tu aimes Superman ? je lui demande de cette horrible petite voix. Moi aussi.

– Personne n'aime Superman, rétorque-t-elle avec un dédain exaspéré qui, bizarrement, illumine ses traits.

Par bonheur, Rebecca fait son entrée en tenant dans ses bras ce qui doit être le chat de la famille. Il bondit et disparaît par une chatière. Je suis impressionnée de voir que cette grosse boule de poils tigrée est un chat d'extérieur. C'est lui que j'avais vu se frotter contre la jambe d'Eric cette première nuit. Le souvenir m'arrache un pincement au cœur.

– D'accord, va-t'en, dit Rebecca en ouvrant le freezer et en fourrageant à l'intérieur.

Ça me rappelle ma mère lors de nos premières années à Albany, ma mère qui avait toujours trop chaud. Qui partait en voiture s'empiffrer de donuts sur le parking du Walmart quand trente centimètres de neige fraîche venaient de tomber, gelés par une pluie verglaçante. Même sobre, elle transpirait tout le temps et adorait les activités qui aggravaient la situation, les cassettes vidéo de capoeira, de judo et de respiration diaphragmatique. Rebecca sort la tête du freezer, engloutit un litre d'eau et attrape la boîte de corn-flakes.

– N'oublie pas d'aller courir aujourd'hui. Au moins un kilomètre et demi, d'accord ? lance-t-elle à Akila qui sort de la pièce.

Elle prend un yaourt, me regarde et s'en va sans rien ajouter. De retour dans la chambre d'amis, j'entre le mot de passe du wifi dans mon ordinateur et postule à quelques annonces. J'élargis mon périmètre, candidate pour un poste de relectrice dans un magazine d'armes à feu à Staten Island, et un autre de secrétaire pour une école de clowns à Jersey City.

Je retourne dans la cuisine, où Rebecca met ses chaussures. Elle sursaute en me voyant puis se reprend aussitôt. Elle m'annonce qu'elle va faire des courses et ça me fait un drôle d'effet. Je n'ai pas besoin de savoir où elle va, mais c'est l'une des conséquences malheureuses de notre cohabitation. Je sens déjà la pression d'en avoir trop dit, de devoir promettre que je cherche du travail, et maintenant de signaler mon arrivée dans une pièce par un bruit. Je vois bien qu'elle la sent elle aussi, cette absurdité de devoir me rendre des comptes. Elle s'accorde un instant pour me montrer où ils rangent l'eau minérale et les vitamines. On dirait presque qu'elle m'en veut pour quelque chose. Elle ouvre le garde-manger et dit, *Si tu as besoin*, puis le referme. Une fois qu'elle est partie, je fais le tour de la maison pour me familiariser avec les lieux. Je repère les interrupteurs et prends le temps de faire connaissance avec leur cuisine chic et high-tech pleine de boutons lisses et lumineux. J'ai du mal à m'habituer à la moquette sous mes pieds, et dans chaque pièce, je la sens entre mes orteils. Je suis en train de parcourir les livres de cuisine quand Akila rentre de son jogging. Elle ne m'adresse pas un regard. Elle prend un soda dans le réfrigérateur, jette un œil aux calories et le repose.

– Comment c'était, ton jogging ?

– Je sais pas. Bizarre.

– Bizarre ?

Elle attrape une pomme, la contemple un instant.

– Les gens me fixent. Quand je sors.

– Qu'est-ce que tu veux dire ?

– Quelquefois, quand je cours ou que je fais du vélo, je me retourne et je vois un des voisins en train de me regarder.

– Tu devrais le dire à tes parents, dis-je.

Elle repose la pomme, me jette un regard noir.

– Non. Je ne veux pas qu'ils pensent que… ça fait que deux ans que je suis ici.

– C'est chez toi.

– Ouais, bon, j'ai habité dans trois familles avant celle-ci, dit-elle, et elle paraît si jeune que ça me semble impossible.

– Tu as quel âge ?

– Douze ans. Presque treize. Et toi, t'as quoi ? Vingt-deux ?

– Vingt-trois.

– Et t'as pas d'appartement ?

– Plus maintenant, dis-je, et ses traits s'adoucissent.

– Tu devrais avoir un plan B.

– Comment ça ?

– Tu sais, pour quand ce truc avec mon père se terminera.

Je sors prendre l'air en essayant d'oublier ce qu'a dit Akila. Le quartier est odorant et étranger, tous les hameaux de West Orange sont nichés entre des parenthèses d'herbe douce couleur émeraude. Tous les six cents ou sept cents mètres, il semble y avoir un green de golf à la faune improbable, des grues et des lièvres qui tournent autour des petites voiturettes blanches le long des fairways. Il y a une brève averse et mes cheveux se mettent à boucler. Il y a un oiseau qui n'est pas un pigeon. Une vieille Blanche qui m'observe à travers deux lamelles de ses stores. Je me connecte au site de ma banque, la mensualité de remboursement de mon prêt étudiant n'a laissé que trente dollars sur mon compte. Je laisse un mot sur le frigo, prends le train pour Manhattan mais descends à Gladstone où mon appli indique une forte demande. Par forte demande, ici, il faut entendre deux livraisons de l'heure. Faute de vélo en libre-service, je fais la première à pied. J'ai parcouru la moitié du chemin quand le client annule.

Une grosse commande de pierogis arrive juste après. C'est un soulagement, mais quand je me présente au restaurant, la propriétaire se vexe de voir que je ne ris pas à la blague qu'elle me raconte pendant que je cherche la carte prépayée. Peu importe si après ça j'essaie de me rattraper avec des gentillesses, à ses yeux je reste impardonnable. De son accent marqué, elle poursuit sa litanie de critiques sur « l'appli », que je reçois d'abord comme une attaque des millenials en général, jusqu'à ce qu'elle pointe le doigt sur moi en disant, *Obama*, et si ce n'est pas en soi une raison de m'inquiéter, c'en est une bonne pour jeter un regard autour de moi et remarquer tous les types d'Europe de l'Est au teint rougeaud qui me donnent brusquement envie de partir. Les pierogis en remorque, je parcours au pas de course les trois kilomètres qui me séparent de ma destination, pour constater en arrivant que l'allée elle-même est encore longue de près de sept cents mètres. Mon client ouvre la porte et me tend une main si douce qu'elle est presque sans texture. Je le reconnais, c'est le docteur Havermans, le célèbre dermatologue de Park Slope dont les publicités tapissent les rames du R, du Q et du M depuis 1986. Il est plus petit en vrai, il a les yeux cernés mais c'est la première célébrité que je rencontre, alors quand il me propose d'entrer, évidemment je dis oui. Il me tend trois cents dollars et me demande d'enlever mes chaussures. J'empoche l'argent et fais ce que j'ai à faire. Et ce que j'ai à faire, en l'occurrence, c'est écraser des tomates et des œufs crus sous mes pieds sur une musique d'Arvo Pärt. Il me renvoie chez moi avec une crème aux algues pour le visage, et de tout ce que j'ai pu faire pour de l'argent en ce bas-monde, cette chose est loin d'être la pire, mais ça ne m'en plombe pas moins.

Je prends le PATH pour aller récupérer dans mon garde-meubles deux ou trois pinceaux, un laxatif en suppositoire, quelques vieux vêtements et un vieux tube de cyan. Dans le train du retour, je me rends compte que je ne sais pas si je vais pouvoir entrer dans la maison. Je me demande si c'était présomptueux de laisser un mot, si j'étais censée être là pour dîner et si, du coup, je suis en retard. De ma vie, je n'ai presque jamais eu à dire à quiconque où j'allais. Je pouvais arpenter Broadway de bas en haut sans visage. Périr inaperçue dans un incendie, avant qu'un pompier ne tombe sur mes dents au milieu des cendres. Je marche vers la maison et arrivée sur la véranda, je m'arrête pour savourer l'air dense de la fin du mois d'août. La vie est étrange : il y a à peine trois mois Eric me faisait remarquer mon usage de la virgule entre des propositions juxtaposées. Je frappe, et comme personne ne répond, je décide d'entrer. En passant, je vois Akila assise devant sa coiffeuse, en train de tirer sur un peigne coincé dans ses cheveux.

– Commence par les pointes, je lui dis.

Elle se lève et ferme sa porte. Je bats en retraite dans la chambre d'amis et extrais un bout de coquille d'œuf de ma chaussette. Je désinstalle l'appli de livraison, attrape le tube de cyan et commence un autoportrait, mais chaque fois quelque chose cloche dès les premières couches. Rebecca apparaît sur le seuil en peignoir, long cou et longues jambes, indissociables de la soie.

– Ce chien a aboyé toute la journée, dit-elle doucement.

On dirait qu'elle s'adresse à quelqu'un d'autre. La façon qu'elle a de se tenir, penchée vers moi, attendant une réponse, c'est ce qu'on fait dans une conversation déjà suffisamment engagée pour être élastique. J'étais plus à l'aise quand elle m'ignorait. Quand je pensais qu'elle regrettait de m'avoir invitée à rester.

– Je n'entends rien, dis-je, et elle fronce les sourcils.

– J'ai besoin de ton aide, dit-elle, alors je la suis dans leur chambre.

J'essaie de me montrer moins à l'aise avec les lieux que je ne le suis en réalité, mais je sais qu'elle m'observe. Malgré la lumière tamisée, je sens qu'elle peut lire sur mon visage que je connais bien cette pièce, et il y a des journaux étalés partout par terre. Elle me tend l'extrémité d'un drap-housse.

– Ça fait une heure que j'essaie, tu le crois ? dit-elle, et en effet, je ne le crois pas.

Je baisse les yeux vers le lit et pense à eux ensemble. Ce n'est pas parce que je le veux pour moi seule que l'idée est horrible, mais parce que toutes les images d'eux dans ce lit qui me viennent sont sans intérêt : les fins de soirée devant l'écran de télé, l'haleine du petit matin, l'amour automatique, en cuillère, ensommeillé. Nous bataillons d'abord un peu avec le tissu, avant de nous synchroniser et de décider que la meilleure option est de soulever le matelas pour le glisser dans le drap.

– Vous ne lui avez pas dit que j'étais là, je lui dis, et elle s'allonge en plein milieu du lit, bras et jambes étendus, comme une étoile de mer.

– On n'a pas vraiment abordé le sujet.

Le lendemain matin, Eric m'envoie par SMS, *Trois jours, et tu ne vas même pas essayer de deviner ce que c'est ?* Je ne lui réponds pas, je voudrais éviter de gâcher la surprise en envisageant quelque chose de plus impressionnant que la réalité, et la teneur de sa question, son mécontentement patent face à mon absence de réponse, sont un moment que je veux savourer. Depuis mes premières relations avec des hommes, il y a quelques années, j'ai eu droit à un certain nombre de cadeaux. Des cadeaux achetés en hâte au duty free, qui faisaient grossir ou qui déséquilibraient le pH vaginal, des cadeaux qui surestimaient mon intérêt pour Lyndon B. Johnson et pour les New York Mets. Jamais je ne le prends personnellement, mais avec Eric, c'est différent. Il sait ce que je faisais à mes poupées. Il sait que j'ai laissé mon amoureux de l'école primaire m'arracher trois dents de lait. Alors, même s'il m'offrait du whisky d'aéroport, je serais obligée de mal le vivre.

– J'ai un entretien d'embauche, dis-je à Rebecca après avoir reçu un mail de l'école de clowns.

Je n'ai rien préparé mais leur page « à propos de nous » est informative et soigneusement décontractée, pleine de termes tels qu'*entrepreneur de soi-même*, *disruption*, et *Anakin, le chien du bureau*. Rebecca est dans la cuisine, penchée sur une orchidée, avec une paire de ciseaux en argent. Quand elle lève les yeux vers moi, je suis étonnée de voir qu'elle porte des lunettes.

– C'est comme ça que tu t'habilles ? dit-elle en se tournant de nouveau vers l'orchidée, les verres de ses lunettes rendus opaques par le soleil.

On dirait une savante folle, tendue et hésitante, les lames courbes des ciseaux monstrueuses contre la tige longue et gracile de l'orchidée.

– Je voulais juste que vous sachiez que je ne serai bientôt plus dans vos pattes, dis-je au moment où elle coupe l'une des plus grosses fleurs.

– Nom d'un chien, s'exclame-t-elle en posant les ciseaux. Mais qu'est-ce que tu racontes ?

– J'ai un entretien.

Maintenant qu'elle me regarde droit dans les yeux, je comprends qu'il n'y avait aucune raison de partager ça avec elle, même si, étrangement, j'espérais que ça la réjouirait, qu'elle verrait à quel point tout ça est temporaire et tairait peut-être à Eric mon passage ici. Parce qu'il n'existe aucun scénario où le lui dire se termine bien. Je me suis servie du savon de Rebecca et j'ai laissé un tas de cellules cutanées sur les draps de la chambre d'amis, alors ce n'est peut-être pas très charitable de considérer son hospitalité comme un piège, et pourtant, nous avons maintenant un secret. Maintenant, j'ai vu sa femme et sa fille à des stades de dénudement divers et variés, j'ai joué avec la séparation de l'Église et de l'État, rendu impossible toute réalité alternative crédible. S'avouer sur internet des choses horribles est facile, presque hypothétique. Être au chômage et vêtue du jean de sa femme est concret. On sonne à la porte. Rebecca ôte ses lunettes et va voir. Elle revient avec un garçon portant une pile de livres.

– C'est Pradeep, dit-elle, tandis qu'il lisse son polo et s'assied à la table de la cuisine.

Elle n'en dit pas plus et appelle Akila, une fois, puis deux.

Comme celle-ci ne descend pas, elle monte en courant, nous laissant seuls, Pradeep et moi. Il ne me regarde pas. Il pose un café glacé, ouvre trois livres à des pages qu'il a cornées et les aligne devant lui. Je n'aimais pas les garçons de mon âge quand j'étais moi-même adolescente, pourtant, malgré son pantalon en toile et sa ceinture qui me dépriment, j'ai terriblement envie qu'il m'apprécie. Il termine son café et me tend le gobelet vide.

– Tu peux jeter ça ? dit-il sans me regarder.

Akila descend, une perruque sur la tête, verte cette fois. Rebecca la suit, l'air épuisé, mais elle a mis du mascara et détaché ses cheveux.

– Désolée, Pradeep, dit-elle avec un grand sourire.

Elle flirte. C'est tellement déstabilisant que je remonte dans la chambre d'amis et essaie de calmer le trac de l'entretien en regardant en streaming *Mister Rogers' Neighborhood*. Pendant quelque temps, ça marche. Dans le quartier de Trompe-l'Œil, le roi Vendredi juge un concours artistique, mais Lady Elaine Fairchilde refuse de se plier à sa décision. Elle soutient que l'art est subjectif, et théoriquement, la morale de l'histoire est là, mais dans ladite histoire, on comprend aussi que tout le monde s'accorde pour trouver ses peintures subjectivement laides, et ainsi s'en va le confort de la subjectivité du public. Mister Rogers nous emmène ensuite dans une usine de crayons, et quand deux mains sans corps versent de la cire jaune dans une auge pleine de trous et que le son d'un piano s'élève, ça devient juste trop. J'appuie sur pause et m'en vais lire la page Wikipédia consacrée aux loulous de Poméranie, histoire d'arriver à mon entretien armée de détails sur le chien du bureau qui, selon l'encyclopédie, est une race hypersexuée. Comme il fait quelques degrés de plus dans la chambre d'amis que dans les autres pièces, je descends rassembler mes esprits, mais dans l'escalier, sans voir d'Akila autre chose que l'arrière de son crâne et le halo vert de frisettes synthétiques, j'entends Pradeep lui dire, *Un singe pourrait faire ça.*

– J'essaie, se défend-elle, la voix tremblante.

– Non, tu n'essaies pas. C'est un calcul simple.

J'entre dans la cuisine et commence à chercher le mug Captain Planet - mon excuse pour m'attarder. Je regarde Akila du coin de l'œil : elle a l'air contrarié, même si je sens bien que le fait que je l'observe aggrave les choses.

– Eh, dis-je de ma petite voix en me tournant vers Pradeep, tu ne peux pas...

– S'il te plaît, non, me coupe Akila, alors je me tais.

J'attrape mes affaires et prends le train pour Jersey City. L'école de clowns est un immeuble trapu de style néoclassique. Il a un côté insolite et hors du temps au milieu des vendeurs de bagels et des espaces de coworking délabrés. Dedans, les murs sont couverts du genre de fresques dorées pleines de triceps et de postures bibliques qu'on trouve généralement dans les chapelles, mais en y regardant de plus près, on se rend vite compte que tous les personnages sont des clowns. Au-dessus de la réception, une maxime : quand le clown fait le poirier, il voit le monde dans le bon sens. La fille de l'accueil, une Asiatique incroyablement chic aux longues mains tatouées, est visiblement atteinte d'une sorte de rhume de cerveau. Bien sûr, voir des couleurs m'encourage, mais en me conduisant à la salle d'attente, la fille m'annonce en éternuant que je ne suis pas assez bien habillée. C'est un euphémisme. En lisant vite fait la charte de la société, en voyant les photos de la piscine à boules, de la salle de ping-pong et du chien, j'avais conclu à un dress-code décontracté. Mais les cinq autres candidates en train de compulser frénétiquement leurs notes dans la salle d'attente portent toutes des ensembles veste-pantalon. Et toutes sont asiatiques. Je m'installe et attrape mon téléphone pour aller de nouveau jeter un œil sur le site de l'école. Le type chargé du recrutement m'appelle et son regard glisse sur moi, indifférent. C'est humiliant, mais un vague élan de solidarité avec tous les autres Noirs du pays me pousse à aller jusqu'au bout, alors je m'assieds en face de lui et aussitôt, nous sentons tous les deux que l'entretien sera purement machinal. Le type est blanc, look cadre dynamique en week-end de la tête aux pieds, et il me demande de l'appeler Maestro. Il se lance dans un petit topo sur l'établissement en commençant - clairement sur la défensive - par une condamnation des frères Ringling et des tours de magie décoratifs qui représentent les plus petits dénominateurs communs du genre - cartes, bouquets de fleurs et poignées de mains vibrantes, dont il exclut cependant, tient-il à préciser, l'art compliqué des sculptures de ballons. L'entretien semble avoir pour objectif principal de lui permettre de vider son sac, ce qui me convient puisque de toute façon, je ne suis pas le choix numéro un. Plus il palabre sur la place du bouffon italien au fil des âges, plus je me rends compte que j'ai mal évalué les exigences du poste. L'idée me traverse que cet entretien est en soi une farce qu'il appartient aux candidats de démasquer pour décrocher le poste, mais comme il enchaîne bille en tête sur les gants marionnettes et la récupération éhontée des rituels clownesques par les mimes, je m'en veux d'avoir si désespérément besoin de ce job, d'être aussi noire et de ne pas m'être préparée.

Comme il me dit virer la réceptionniste actuelle parce qu'elle est trop fantasque avec les visiteurs, je lui avoue avoir toujours cru que la fantaisie avait sa place chez les clowns. Il se laisse basculer contre le dossier de son fauteuil et ferme les yeux, réponse très théâtrale à une observation d'une extrême banalité. Je profite du silence prolongé qui s'ensuit pour noter qu'Anakin, le loulou de Poméranie, est assis dans un coin de la pièce, hiératique, pas en rut du tout. Puis le maestro se penche en avant et pose un nez de clown sur le bureau. Il me demande de le regarder. Il me demande si j'ai envie de rire. Comme je lui réponds que non, il sourit, avant de m'expliquer qu'être clown, c'est explorer la condition humaine, que c'est de l'art, et que ce sont des choses sérieuses. Il m'explique que l'art qui importe est l'art mûrement réfléchi, l'art difficile, dévorant, l'art qui ronge. Il me dit que le rire est quelque chose de facile. Et quand priorité est donnée à la fantaisie, être clown n'est plus un art mais du divertissement. Puis il me serre la main d'un air grave, sans petit objet qui vibre dans le creux de sa paume, et m'annonce que mon temps est écoulé. Sur le chemin du retour, dans le train, je n'arrête pas de penser au nez, tellement bizarre sorti de son contexte. Sa condescendance ne m'a pas gênée et je ne me souviens plus de la dernière fois que j'ai ri.

Il fait sombre quand j'arrive. Rebecca fait du yoga dans le salon face à une vidéo sans le son. Je m'apprête à aller ne rien ressentir un peu plus longtemps dans ma chambre, mais le canapé me fait de l'œil plus efficacement que l'escalier. Alors je m'y vautre et je la regarde : son Tadàsana crispé, son Shavasana, sa planche irréprochable. Elle est efficace mais imparfaite, fluide mais toujours consciente de chacun de ses gestes, ses efforts pour tendre le pied et contracter ses abdominaux la font sortir de la posture. Elle tremble en demi-lune, s'effondre et frissonne sur le tapis. Elle jette un regard sur moi, mais ne me demande pas de partir. Comme elle enchaîne avec la posture suivante, je me rends compte que j'aurais bien voulu qu'elle le fasse. Ça me rappelle la façon qu'elle a eue de se déshabiller à la morgue, et j'envie la nonchalance de son rapport à son corps.

Ce n'est pas un corps parfait, en fait le mien est mieux, même si le sien est plus petit d'une taille ou deux. Dans ce besoin que j'ai de me comparer à elle, je me sens d'une fadeur crasse, et même un peu méchante, mais sa sérénité m'agace. Ça m'agace qu'elle ne porte pas de sous-vêtements plus jolis, que leur couple soit si insondable, et de les voir tous les deux si impliqués dans leur relation, et ça m'agace de me savoir quelque part à l'intérieur. Je la rejoins, à genoux sur la moquette, et ce petit geste suffit à faire de mon corps une sale source de bruit. Rebecca me fait de la place mais sans me regarder. Nous nous mettons en posture du cadavre, allongées côte à côte. Son souffle est court, irrégulier, signe d'un effort important. Je me sens visée. L'oxygène en quantité limitée, l'odeur de mycose et de sel, de déodorant et de shampoing, le corps dans ce qu'il a de plus ouvertement organique, cette chose apte à la décrépitude et aux larmes. Je lève le bassin avec elle pour une posture appelée le dauphin, qui me paraît ridicule, avant de me faire mal. Je faisais de l'exercice avec ma mère. Un nouveau guide nutritionnel ou une nouvelle lame pour le mixeur arrivait par la poste et une semaine durant, on ne mangeait plus que de la soupe de chou. On suivait scrupuleusement le régime Atkins, ma mère émergeait du cellier de l'église adventiste du septième jour les bras chargés de viande végétale. On achetait en grandes quantités, mais on mangeait toujours finalement très peu, café et viennoiseries au beurre une semaine puis uniquement des aliments jaunes ou verts la suivante. Pendant que mon père accueillait des femmes dans son bureau, on déferlait dans le salon en lycra pour des séances de zumba, huit minutes non-stop d'abdominaux ou tout ce que les programmes à la demande avaient en magasin pour travailler les fessiers en douceur - anciennes obèses en larmes devenues gourous de la barre, capitalistes blanches adeptes du rara *body positive* aux relents yoni suspects, ainsi que les plus classiques conférenciers coachs de vie qui vous giflaient à coups de boîtes de fondant au chocolat en vous enjoignant de nous accroupir. Nous haïssions toutes les deux notre corps et c'était ce qui nous liait, même si ma haine à moi était adolescente et la sienne infiniment plus développée, amplifiée par les tours que lui jouait un cerveau sobre depuis peu, lequel trouvait dans la nourriture un substitut aux narcotiques auxquels elle avait dû sa minceur passée. Il lui restait, lorsqu'elle s'est suicidée, encore cinq kilos à perdre pour atteindre son objectif.

Nous restons pour une mesure de plus dans la posture du cadavre, puis je suis Rebecca dans la cuisine et la regarde découper les ingrédients. Elle pousse une gousse d'ail vers moi et me tend un couteau, la lame en premier. En le prenant, une pensée m'envahit, nette et précise, riche en texture et lourde de conséquences : je pourrais, si j'étais dans cet état d'esprit, l'assassiner et poursuivre ma vie. Ce serait elle, la responsable, pour de vrai, car elle avait invité une étrangère sous son toit et lui avait fourni le couteau. Son flegme me met hors de moi. Je m'apprête à lui raconter que lorsque je baise avec son mari, c'est moi qui le baise lui. Mais la pulsion s'en va et je verse l'ail dans l'huile. Le steak suit, et au moment de sortir les pommes de terre du four, Rebecca perd un de ses gros gants de cuisine qui tombe par terre. Elle suce son doigt brûlé puis l'oublie pour goûter le steak. Elle m'offre sa fourchette et je goûte à mon tour, la viande est saignante et ferme. Je n'ai rien mangé d'aussi bon depuis des semaines. Je ferme les yeux. Quand je les rouvre, elle est en train de sourire.

– Pradeep, vous le connaissez depuis combien de temps ? je demande, et elle penche la tête sur le côté.

– Je ne sais pas. Quelques années. C'est un bon petit gars, dit-elle, le « petit gars » un petit plus sirupeux que le reste.

– Vous l'aimez bien.

– Il est jeune. Il n'a pas encore été déçu. Il m'arrive parfois d'oublier à quoi ça ressemble, tu sais, l'optimisme, dit-elle, et j'ai envie de lui demander quel âge elle a mais je me retiens. Pourquoi tu poses la question ? demande-t-elle.

– J'ai juste trouvé qu'il était un peu dur avec Akila.

– Elle a besoin de fermeté, même si elle ne mange plus et ne sourit plus.

– Ce n'est pas ça, c'est juste que sa façon de lui parler, ça avait l'air… spécifique, dis-je, et il n'y a pas d'autre mot molletonné qui puisse rendre ce que j'essaie de dire, rien qui soit susceptible d'expliquer efficacement des infractions implicites.

C'est un enfer rhétorique. Un appauvrissement bon enfant tellement commun qu'il en devient insignifiant. Presque trop insignifiant pour que puisse s'y déployer ce mot qui commence par un *r*, puisque avec une certaine secte de Blancs Bien Comme Il Faut l'accusation éclipse l'acte. Racisme ! Voilà ce que je devrais crier, parce que Rebecca le recevra en lettres majuscules quoi qu'il advienne, c'est certain, et déjà je la sens qui se saisit du drame de ses implications, même si le racisme est souvent si banal qu'on en a la tête qui tourne : la main de l'ordinaire dans la mort lente de votre psychisme, si sournoise et si absurde que vous finissez par ne plus faire confiance à vos yeux. Il m'a donc fallu longtemps pour en arriver là. Pour dire, oui, c'est ce qui s'est passé. Ça s'est passé exactement comme ça. Mais quand Rebecca se retourne pour vider les restes de son assiette dans la poubelle, j'ai l'impression d'être une connasse. Elle me regarde, toute la bienveillance qui existait entre nous brusquement disparue.

– Je suis sa mère, dit-elle fermement, même s'il y a un nœud dans sa voix et de la couleur sur ses joues.

Tu es mon invitée, dit-elle avant de quitter la pièce la tête haute, et je me dis quelle bonne blague - quelle bonne blague qu'on m'ait en partie invitée ici parce qu'on a absurdement pensé que j'aurais su quoi faire avec Akila parce que moi aussi je suis noire, et quelle bonne blague qu'on me rabroue maintenant parce que je n'ai pas assez bien joué le rôle du guide spirituel de confiance. Je remonte dans la chambre d'amis rassembler mes affaires. J'attends qu'elle vienne m'interrompre. Allongée dans le noir, mes chaussures aux pieds, je me demande si j'ai eu tort de parler. Je dresse la liste de tout ce que j'aurais pu dire si j'avais été plus rapide, plus futée. Quand arrive minuit, j'ai un scénario digne de Spike Lee soigneusement assorti de notes de bas de page, un traité entier sur la conspiration des oppresseurs, mais à une heure du matin, une fois révisées mes données et après avoir réimaginé la scène pour en faire une conversation dans laquelle je ne déçois pas Martin Luther King, je me dis brusquement qu'elle n'a qu'à aller se faire foutre, que selon mon traité, le travail intellectuel que je fournis devrait être subventionné et qu'il n'échoit pas à l'opprimé de prendre en considération l'oppresseur, même si le lendemain, après ma douche, en regardant par la fenêtre, je la vois qui traîne un sac de paillis à travers le jardin, avec ses effroyables grosses baskets et sa compétence flippante, et je m'en veux de nouveau. Toutes les fenêtres sont éteintes dans l'impasse, elle est seule dehors, déjà assez absorbée par sa tâche pour émettre maints petits bruits tout à fait tue-l'amour. Et sa solitude ardente me saute soudain au visage.

Je traîne discrètement dans la maison en essayant d'être racialement neutre. Je fais de mon mieux pour l'éviter, même si je l'entends partout : en train de faire la vaisselle, son Pilates, et je ne sais quoi avec une perceuse. À force de vouloir savoir en permanence où elle se trouve, je m'aperçois que c'est quelqu'un d'extrêmement bruyant. Je ne sais pas si ça m'est destiné, mais même à l'autre bout de la maison, les sons ont l'air chargé d'une violence indirecte. La façon qu'elle a de marcher sur ses talons et les *yes !* qu'elle pousse devant son DVD du programme Insanity pour sportifs aguerris sont intimidants, même si elle pourrait tout à fait nier qu'elle le fait exprès. Alors je passe la plupart de mon temps à parcourir les annonces d'emploi dans la chambre d'amis. Au départ, je ne cherchais qu'en ville, mais je n'ai rien trouvé. Et même si j'ai décroché un entretien, je ne sais pas à quelle distance je serai du boulot. Sur StreetEasy, je me rends compte que tous les quartiers dans mon budget grouillent de prédateurs sexuels. Par pure curiosité, je regarde ce que ça donnerait si je cantonnais mes recherches au New Jersey. Je vérifie quel temps de transport j'aurais entre la maison et un petit éditeur de livres scolaires d'Hoboken, et c'est direct. J'imagine ce que ça ferait de ne devoir prendre que le PATH, bien moins dégueulasse que le Q. Je lis les exigences listées pour les postes junior, qui sont moins des exigences que de vagues demandes que les postulants aient « un bon sens de l'humour » et une connaissance de base des outils informatiques, le tout pour 41 000 dollars par an. J'ajuste mon CV, omets le « assistante » dans mon titre et donne l'impression que je rencontrais souvent les auteurs. J'insiste sur mon implication dans l'éditorial, même si l'auteur de la série « Poissons » a cessé de m'appeler après la compilation que je lui ai faite.

Je retrouve l'échange de mails dans lequel figurait ladite compilation. Je l'ai envoyée à 1 h 43 du matin, après avoir reçu de lui un message m'informant que les poulpes sont dotés d'un cerveau en forme de donut. Je parcours la liste de titres en me demandant où j'ai merdé. *L'œsophage passe par un trou au centre du cerveau. S'ils mangent trop, ils risquent des dommages cérébraux*. Je me demande si j'en ai trop dit, si je me suis trop reposée sur Mazzy Star. Je laisse tomber les petites annonces et me rabats sur un site de cam-girl respectable, même si j'ai du mal à y connecter mon Paypal et malgré la rareté du trafic. Pendant une demi-heure, je reste assise en soutien-gorge devant la caméra et ne décroche qu'un seul client. Le type passe la majeure partie du temps à lire le journal, puis il le plie et m'envoie un message par le tchat qui dit, *Suicide-toi, sale pute de négresse*. Je me déconnecte et pense au nez de clown. Dehors, Rebecca et Akila sont toujours dans le jardin, coiffées de chapeaux à larges bords. Elles sont agenouillées devant une unique tomate et l'espace d'un instant, elles se ressemblent tout à fait, la plante au centre de leur communion silencieuse. Puis Akila retire un gant et pose la paume de sa main sous la tomate. Elles se tournent l'une vers l'autre et rient. J'essaie de comprendre en quoi c'était drôle, mais je n'y arrive pas, alors je pars fouiller l'armoire à pharmacie de leur salle de bains : que du générique et presque tout est expiré sauf les narcotiques. Je prends deux OxyContin et me garde un patch de fentanyl pour plus tard. Tous les flacons de pilules sont au nom de Rebecca, même si le triazolam est le seul à indiquer son deuxième prénom, qui se trouve être Moon. Sous le lavabo, il y a une poire vaginale à l'ancienne, tiède au toucher. Un vibromasseur violet sans prétention à trois vitesses, des Cotons-Tige, de l'eau oxygénée, de la teinture pour cheveux et du vernis à ongles noir. Je prends le vernis. Je n'arrive pas à l'imaginer en train de s'en appliquer, mais je peux l'imaginer sur le carrelage, enduisant la poire de vaseline. Dans mon imagination, elle est indifférente, sa vulve défie toute étymologie - ni chatte ni foune, juste une violence abstraite, à la manière d'un xénomorphe ou d'un test de Rorschach. Pour ma part, je n'ai pas eu vraiment le choix. Dès le jour où je suis partie de chez Clay, ma vulve est devenue un trou.

Je vais à la fenêtre m'assurer qu'elles sont toujours dans le jardin. Je prends quelques photos d'elles et efface celles où le soleil est trop vif. Je jette un œil sous le lit. Il y a des jeux de plateau et des sacs d'argile rouge pas ouverts. Il y a un Cluedo abîmé, un Boggle au couvercle fendu et un plateau d'échecs de luxe équipé d'un compartiment pour les pièces où sont rangés deux reines et un sachet de graines de tulipes. C'est étrange de ranger tout ça sous un lit, étrange même qu'ils aient des jeux de société. Tout est trop ordinaire, trop mignon. Je ne peux pas me représenter Rebecca adhérant à un univers imaginaire assez longtemps pour bouger un pion, je ne peux pas me représenter Akila tolérant les encouragements de son père, et pourtant elles sont là, dehors, en train de rire ensemble. Ma mère n'était pas une femme qui riait. Elle ne riait pas parce que 1/ elle voyait bien que le son de son rire gênait ceux qui l'entendaient et 2/ quand nous avons déménagé *upstate*, plus rien n'était drôle. Elle racontait les cours d'éducation ménagère proposés en désintox, parlait de la plante grasse en forme de main qu'on lui avait donnée et des leçons sur l'art de faire sa valise. Ses récits n'étaient pas sans humour. Elle souriait à l'évocation de la cellule de détention provisoire à Harlem, des policiers en civil qui faisaient le guet devant chez elle dans des voitures banalisées. Elle m'assurait que les cow-boys pouvaient être des femmes, et qu'elles pouvaient être noires. Elle ne regardait que des sitcoms multi-caméras, laissait la télé allumée la nuit, le son au minimum, pour que mes rêves improvisent, deviennent élastiques, intègrent les rires en boîte qui flottaient dans la pièce. Elle était déçue de voir que j'avais hérité de son horrible rire de glotte, qu'elle m'encourageait à retenir d'une main.

À l'église, nous frappions doucement dans nos paumes sur un instrumental de « He Lives! ». Nous portions des vêtements unis et informes et nous nous lavions mutuellement les pieds. À un kilomètre et demi de là, dans une autre église plus séculière, le pasteur délivrait ses sermons derrière sa batterie. Dans notre église à nous, ma mère essayait de se faire des amies parmi les végétariennes apeurées qui détournaient la tête dès qu'elles sentaient l'odeur de la ville. Le soleil se couchait et la télévision s'allumait. Toutes les semaines, nous allions à la librairie Waldenbooks où ma mère m'achetait mon carnet de croquis hebdomadaire. Elle parcourait le rayon Développement personnel la main dans les cheveux. Chez nous, elle mettait « Dancing Queen » et ça couvrait le son de la télé. Pendant qu'Abba chantait, Suzanne Somers sortait de la douche dans *Vivre à trois*, sa sitcom préférée, et John Ritter apaisait le proprio de ses petits poings mollassons. Ma mère dansait et se lançait dans de grandes envolées poétiques sur 1977, l'année de ses dix-sept ans. Elle s'allongeait par terre et disait, *Qu'est-ce que je m'ennuie quand je ne suis pas défoncée*, et les rotations du ventilateur se reflétaient dans ses yeux.

En remettant le plateau d'échecs à sa place, je remarque un autre jeu un peu plus loin, sous un short vichy sale. Je le prends et reconnais immédiatement un Monopoly, le jeu préféré de mon père. Préféré parce qu'il gagnait toujours. Et il gagnait toujours parce qu'il jouait contre moi. Il croyait en la pureté de la compétition. Un enfant ne méritait pas de l'emporter simplement parce que c'était un enfant. Il s'emparait de mes maisons et de mes hôtels avec un sourire carnassier qui révélait les amalgames en or dans ses dents. Un jour, en pleine nuit, j'ai caché quelques billets bleus dans ma maison de poupée. Quand ma mère les a trouvés, elle m'a prise par les épaules et m'a secouée en disant, *L'argent est le dieu de ton père*. Alors si j'ouvre maintenant la boîte, c'est parce que j'ai envie de trouver son pion préféré, la botte. Mais le plateau et les pions sont manquants, remplacés par un Glock 19. L'un des pistolets préférés de Clay. Il en possédait trois et en avait toujours un à portée de main chez lui. Quand il le prenait, c'était toujours avec nonchalance. Moi, quand je le prends, ça n'a rien de nonchalant. L'arme elle-même est laide. Elle est lourde et inélégante, mais maintenant qu'elle est dans ma main, comme ça, je comprends à quel point la technologie est létale et ingénieuse. Rebecca m'envoie un SMS depuis le jardin pour m'annoncer qu'elle part faire des courses de rentrée scolaire avec Akila, et tout d'un coup je me rends compte qu'on est en septembre. Je me mets à la fenêtre et regarde la voiture s'éloigner. Je regarde de nouveau le pistolet et m'aperçois que quelqu'un est en train de m'appeler sur mon téléphone.

– Eric, dis-je, embarrassée par le soulagement dans ma voix.

– Elle est vivante, dit-il, et je sens son irritation.

Ça devrait me réjouir, mais quand elle n'est pas théorique, sa colère est différente, alors je panique.

– Je suis désolée.

– Je te croyais morte.

– C'est vrai ?

– Bien sûr que non. Mais j'étais inquiet. Je m'inquiète pour toi dans ce quartier.

– Tu t'inquiètes pour moi ?

J'aime l'idée que quelqu'un quelque part se demande si je suis morte, même si sur le moment sa blanchité m'est insupportable. Je sais aussi qu'il veut juste que je culpabilise de n'avoir pas répondu, mais réelle ou pas, son inquiétude fait du bien.

– C'est juste Bushwick, j'ajoute.

– Tu as regardé la carte des crimes ? Ils la mettent à jour régulièrement. Pas mal de sodomie non consentie dans ta zone. Rebecca s'est fait agresser en sortant du supermarché il y a huit ans. À trois kilomètres de chez nous. Le type lui a piqué sa bague et j'ai dû lui en racheter une.

– Comment ça se passe, ta conférence ?

– Bien. Plein d'intellos coincés des archives nationales, je suis comme un poisson dans l'eau. Mais tu me manques.

– Je ne te crois pas, dis-je en mettant le haut-parleur pour pouvoir tenir le pistolet.

– Si, c'est vrai. Je suis sincère. J'ai eu du temps pour réfléchir, ici. Imagine un hôtel avec des serviettes de bain tellement bien lavées qu'elles sont rêches, la lunette des toilettes scellée et certifiée désinfectée par un autocollant ? Eh bien, c'est Toronto. Propre. Tout le monde a une peau superbe.

– Et ta réflexion portait sur quoi ? je demande, n'ayant jamais mis les pieds dans un hôtel.

– Sur beaucoup de choses. J'ai bossé sur des plaques photographiques. Lawrence d'Arabie. Tellement écaillées que j'en ai trouvé des morceaux dans mon gant. Je les ai mises sous une lampe et il n'y avait rien sur la plupart, mais sur une ou deux d'entre eux quand même, on voyait le désert, le sable en négatif. Et je me suis dit, *Putain, c'est exactement ce qui m'arrive, tu sais, d'un point de vue cellulaire.*

Il rit. Il est embarrassé, ça se sent. L'espace d'un instant, je me dis que je l'aime, sans avoir la moindre idée du film dont il parle. Je tiens l'arme à deux mains.

– Je vois tout à fait.

– Je pourrais quitter ma femme, dit-il.

– Quoi ?

– Je pourrais la quitter. Facilement.

– D'accord

– Écoute, il faut que je file, mais je serai de retour dans trois jours. On en parle à ce moment-là, d'accord ?

Il raccroche et un bref instant, je reste assise là, l'arme sur les genoux. J'ouvre ma galerie photo et regarde la photo de Rebecca et Akila dans le jardin. Je remets le Glock dans sa boîte, pousse la boîte sous le lit, et m'en vais errer dans la maison. J'imagine que tout est à moi. Mais même en prenant mes aises, même en prenant une orange que je mange au-dessus de l'évier, j'ai l'impression d'être dans la peau de quelqu'un d'autre. Si Eric quitte sa femme, nous allons devoir changer de ville. Trouver une banlieue avec du lait frais local et des lycées qui se tirent la bourre. Un petit appartement plein de papier sulfurisé et de bananes. Une voiture d'occasion récente qu'on partagera. Un endroit où nos chaussures seront côte à côte. Un placard plein de sacs en plastique de chez Price Chopper, et un vieux chien nerveux qui l'aimera lui plus qu'il ne m'aimera moi. Je pourrais le faire, même si en jetant la peau de l'orange à la poubelle, mes yeux se posent sur ces preuves de vie - corn-flakes détrempés, gras de poulet -, et je me dis que sa déclaration, la carotte sous laquelle toutes les maîtresses ouvrent bêtement la bouche, c'est du flan. Croire qu'il va quitter Rebecca est l'un des rares échecs personnels dont je tiens absolument à me préserver, mais je retombe sur cette photo de lui en Grèce, avec ses auréoles sous les bras, son passeport autour du cou et sa barbe de trois jours, et je gobe. Parce que je n'ai pas baisé depuis un mois et parce que tout semble parfait. Les hommes qui dans les magazines sont en chemise chambray et font semblant d'arroser des plantes. Cet autoportrait de Rembrandt avec le col relevé. David Palmer et Stringer Bell. La dernière fois qu'Eric et moi avons baisé, c'était il y a trente jours et je n'en peux plus. J'enlève la photo de la porte du réfrigérateur et retourne dans ma chambre, mais en passant devant celle d'Akila, je remarque que la porte est ouverte.

Ça sent le beurre de karité et les calzones industriels, la bougie parfumée nubile et nauséabonde, mais sinon c'est la pièce la plus fantastique de la maison. L'adorable pancarte Accès interdit paraît décalée, presque ironique. Avec ses murs couverts de posters de dragons, d'imagerie wicca et de jeunes Coréens graciles, avec ses quartz, ses cristaux de roche et ses zircons sales pendus au mur par des punaises, avec ses draps imprimés d'elfes des bois, ses lunettes steampunk attachées à un porte-perruque où sept perruques sont rangées dans l'ordre des couleurs de l'arc-en-ciel, l'endroit est moins le produit d'un stoïcisme grognon qu'une ode à la fanitude. Plusieurs figurines sont posées sur le téléviseur, mais je n'en reconnais que deux : Robin et la miniature de la fille qui fait jaillir du lait de ses seins signée Takushi Murakami. À l'époque où je ne baisais pas, ma carrière d'usagère des studios d'art au lycée m'a amenée à côtoyer de près les prototypes de filles de ce genre, des filles avec des écussons et des badges qui postaient sur le web leurs auditions pour Suicide Girl depuis les macs translucides du labo informatique, des filles gothiques *light*, qui écumaient les boutiques de fringues avec leurs gars guimauves au teint cireux, des dilettantes du manga et de Donjons et Dragons, même si je vois que depuis que je l'ai quitté, cet univers est devenu à la fois plus lugubre et plus sexy. Entre les autels à Guillermo del Toro et à

Tim Burton dressés par Akila : des images encadrées de films d'exploitation sanguinolents, des bas résille, une botte gogo fatiguée, des parchemins de magie et des posters de gars glabres aux hanches biseautées, descendants des comics en images de synthèse, ainsi que plein d'autres objets à la gloire de l'irréel et de la perfection.

Bizarrement, tant d'intensité assumée met ma conscience à rude épreuve. Je fouille dans son placard et je m'en veux terriblement. Je tombe sur des carnets secrets que je parcours. Tout y est à vif : portraits cruels et envieux de ses camarades de classe, liste soigneuse des calories ingurgitées, et dans un cahier complètement quelconque, des pages et des pages de fanfiction Batman. Je reste à la lire un moment, car c'est plutôt bon. Les personnages sont crédibles, Bruce Wayne déambulant dans Gotham sous sa forme playboy, assistant à une vente aux enchères du dernier modèle de l'arme qui a tué ses parents, mais devant s'incliner face à un esprit noir omniscient, clairement une Akila de substitution, même si Clark Kent gagne en importance au fil de l'histoire, reprenant des forces dans la Batcave après sa rupture avec Lois Lane, qui ne le prend pas au sérieux, ni en tant que journaliste, ni en tant qu'homme. Je ne m'attends pas à ce que cette fanfiction m'explique comment il reprend possession de sa virilité, et je ne m'attends pas à cette description détaillée des savons de la baignoire de Bruce en forme de chauve-souris. Il y a quelques problèmes de personnages, les points d'exclamation dans les dialogues de Batman sont au final moins crédibles que sa jalousie et l'admiration qu'il voue à l'hypermasculinité de Clark, freluquet intergalactique doté d'une force infinie quand lui-même n'est qu'un humain pourvu d'une ceinture compliquée. C'est tellement cochon et captivant que je n'entends pas Akila arriver jusqu'à ce qu'elle m'arrache le cahier des mains. Elle le plaque contre elle et baisse les yeux. L'embarras évident sur son petit visage me fait le même effet qu'une pub pour Olive Garden quand je viens d'avaler deux pleines assiettes de fettucini. Après une gâterie, le photoréalisme cru est toujours plus violent, et dans le cas présent, c'est une invasion de son intimité que j'avais décidé d'ignorer en tant qu'extension de l'intimité de Rebecca, même si bien sûr, j'avais tort. Maintenant qu'Akila est replacée dans le contexte de sa chambre, sa vulnérabilité, son statut de personne, devient concrète. Sans un mot, elle remet les cahiers exactement où ils se trouvaient. C'est étrange de voir que même ces choses secrètes occupent un endroit précis. Si je détruisais ce couple, je détruirais ça aussi.

– Tu peux partir s'il te plaît ? dit-elle d'une voix haut perchée, sans se retourner.

Je sors sur le perron fumer une cigarette. Je suis une saleté. Mes intestins ne fonctionnent pas, et peut-être que d'autres choses en moi sont mortes, mais il y a tant de vie alentour, des tomates qui survivent aux insectes et pourrissent, attendent qu'une main vienne les prendre. Je regarde le coucher de soleil. Je ne sais plus quel jour nous sommes. Sur le papier, début septembre n'est pas encore l'automne, mais bon nombre d'arbres sont déjà nus. En face, la même Blanche me surveille à travers ses volets. Je lui fais un signe et elle disparaît. Rebecca sort et jette un œil vers moi tout en cherchant ses clés dans son sac.

– Un corps vient d'arriver. Je dois aller bosser, dit-elle, et même si c'est à moi qu'elle s'adresse, je sens que notre dernière conversation plane toujours entre nous.

Ses yeux s'attardent sur ma cigarette. Je me dis qu'elle va me demander de l'éteindre, au lieu de quoi elle m'en demande une. Je l'allume pour elle.

– Akila a taekwondo dans une heure, dit-elle en se retournant pour ouvrir sa voiture. Tu peux prendre la Volvo. Suis la route, le studio est à un kilomètre et demi, dans le centre commercial.

Elle monte dans sa Lincoln Navigator et s'en va. À l'intérieur, Akila a déjà mis son dobok.

Plus tard, nous allons à la voiture. Elle pose son équipement sur la banquette arrière et nous nous asseyons côte à côte en silence. Ce n'est qu'une fois derrière le volant que je me rends compte qu'il s'agit de la voiture d'Eric. Je démarre en essayant de ne pas penser à la dernière fois où j'étais là, sur ses genoux, le souvenir de son poing chauffe derrière mes yeux. J'ouvre la boîte à gants et y trouve une poignée de bonbons à la pastèque. Il y a aussi une flasque. Je referme en vitesse et jette un œil vers Akila pour voir si elle a remarqué. Mais elle regarde dehors, déjà tout occupée à m'ignorer généreusement. Je n'ai pas conduit depuis trois ans. Je m'engage dans la rue et m'arrête à un feu. Je me tourne vers Akila et, derrière elle, il y a un vrai chevreuil. Je baisse la vitre pour le faire fuir d'un cri, parce que j'ai déjà trop d'éléments mobiles à prendre en compte. Elle me fusille du regard puis son visage se radoucit, et elle se tend. Je sais que c'est parce qu'elle sent que je suis moi-même tendue, ce qui aggrave les choses.

– Tu sais conduire ?

– Oui, dis-je, pourtant j'ai du mal à trouver la manette de l'essuie-glace quand la pluie se met à tomber.

Elle se penche et le fait à ma place, calmement. Pliée en deux sur le volant, je poursuis mon chemin. Treize longues minutes plus tard, nous arrivons au centre commercial. Le dojang est coincé entre un supermarché Hannaford mal éclairé et une onglerie qui a commencé à baisser son rideau métallique. Elle attrape son sac et disparaît à l'intérieur. Je me gare et, pendant un moment, oscille sans savoir ce qui serait le plus bizarre : rester dans la voiture ou entrer à mon tour. Je finis par entrer parce que j'ai besoin d'aller aux toilettes. Après quoi je vais m'asseoir derrière un groupe de parents au visage fermé qui lèvent les yeux de leur téléphone pour applaudir du bout des doigts lorsque leur enfant met un camarade au tapis. Mais globalement, l'entraînement est si structuré qu'il est presque non violent. Le maître, un type râblé et terrifiant, tourne autour des élèves qui travaillent leurs étirements des jambes, puis leurs abdominaux, avant d'enchaîner sur des exercices d'endurance pendant lesquels ils comptent jusqu'à dix en coréen, les quelques adultes du groupe surjouent les étirements, et tout le monde se livre à des exercices d'ouverture de hanches qui déclenchent probablement une tempête de pets. On dirait, vu l'odeur, que le dojang sort tout droit du nombril de quelqu'un, mais au bout d'un quart d'heure, je ne sens plus que le désinfectant et le plastique desséché des équipements. Il y a d'autres co-instructeurs qui traînent dans la salle, des types surtout enthousiastes et quelconques, mais l'un d'eux est noir, et comme je croise son regard, il marque un temps d'arrêt et sourit. Comme chez la plupart des Noirs hypersymétriques, ce sourire est un spectacle de contrastes désarmant, ancré dans ce cas précis au visage par une paire de fossettes obscènes. Je lui rends son sourire en songeant amèrement à mon abstinence. Il a des yeux vifs et doux, alors bien sûr, j'imagine nos enfants, notre loyer et notre divorce à l'amiable pendant qu'il circule entre les élèves courant pieds nus autour du tapis, enchaînant les Bandal Tchagui, les Nelyo Tchagui et s'assénant au passage quelques coups sans violence, sous les grognements approbateurs que le maître adresse aux plus agiles en s'occupant de la chaîne hi-fi d'où jaillit la BO de *Matrix Reloaded*, fond sonore des souffrances du groupe.

Au milieu, Akila suit les consignes avec assurance et même un peu de style, sa place dans la hiérarchie est claire même sans le signifiant de la ceinture, un violet sombre que je ne vois que sur une seule autre élève. Elle est si concentrée que la regarder embarrasse presque, même si, lorsqu'on apporte les petites planches en pin pour les exercices de casse, la voir en fendre trois d'un coup me coupe le souffle. Le maître fait venir l'autre ceinture violette, une petite Blanche aux yeux cernés, et le reste du groupe fait cercle autour d'elles, à genoux, pour assister au combat. Ça ne dure pas longtemps. Akila tombe une fois sur le dos mais se relève aussitôt, sinon, elle reste sur la réserve, moins intéressée par la force que par la précision de ses frappes, si froides et si légères qu'on la sent compter les points, consciencieusement, attitude exaspérante pour sa partenaire, pas mauvaise mais trop énervée par le sang-froid d'Akila pour rivaliser.

– C'est un peu injuste de les avoir mises l'une face à l'autre, regarde-la, commente un parent.

Ça n'a rien d'injuste, bien sûr, elles portent la même ceinture et ont peu ou prou le même âge. Akila tend la main et la fille se détourne. Dans la voiture, elle engloutit une bouteille d'eau et sort son téléphone pour enregistrer les calories brûlées.

– Tu as été incroyable, dis-je, mais elle monte le son de la radio.

Je suis ravie d'entendre que c'est Sister Sledge.

– Je déteste, dit-elle en branchant son téléphone au cordon auxiliaire pour mettre ce qui ressemble à du ska japonais.

Nous roulons en silence. Je jette un regard vers elle : de nouveau, elle s'est tournée vers la vitre. Elle a l'air plus petite maintenant, plus semblable à la gamine qui serrait son cahier contre elle. Le morceau s'éternise au-delà de dix minutes, implacablement exalté, la trompette et le gargouillis des basses se relaient sur du japonais débité en rafales.

– J'ai trouvé ça bien, dis-je en m'engageant dans l'allée.

– Quoi ? répond-elle, un pied déjà dehors.

– Ton histoire, je réponds, et elle se retourne et me lance un regard doux.

Puis elle met son sac sur son épaule et, d'un pas décidé, se dirige vers la maison sans un mot. Rebecca n'étant toujours pas rentrée, je peux prendre mon temps dans le garde-manger. J'y trouve une boîte de lait en poudre que j'emporte dans ma chambre. Je la mélange avec de l'eau dans ma tasse Captain Planet, avant d'y ajouter un petit peu de cyan. J'attrape ma palette et y mélange quelques autres nuances de bleu. J'ouvre mes images et clique sur la photo d'Akila et de Rebecca. Dans le salon, je prends un livre et en arrache la page blanche avant les copyrights. Je travaille quatre heures après le coucher du soleil, le temps de les dessiner toutes les deux sur la feuille jaunie et déchirée, penchées sur une unique tomate. Dans mon sommeil, Clark Kent arrive seul sur la planète et se vautre dans une opulence sans fin, tandis qu'à l'autre bout du pays un jeune Bruce Wayne est adopté par des parents du Midwest. Il n'y a pas de Batman, mais il y a toujours un Superman, surhomme ramolli qui impose à la Terre entière sa conception de la pureté.

Le matin, je me réveille paniquée. Pas seulement parce qu'Eric rentre dans vingt-quatre heures et que je n'ai toujours pas trouvé le moyen de partir, ou de lui dire que je suis là. Non. Surtout parce que j'ai oublié quelque chose. Je rince le lavabo et m'habille en vitesse. En bas, Rebecca dort sur le canapé sans avoir ôté son blouson. Je m'arrête un moment pour m'imprégner de la scène, de sa bouche ouverte et de son léger ronflement. Dans le train pour Manhattan, j'envisage d'autres hommes. Tous sont endormis, exotiques dans leur inertie, si immobiles et distants que j'ai tout le loisir de remarquer leur gorge et leurs ongles. La voiture est plongée dans le silence et pleine de déchets inoffensifs : un journal ouvert sur une photo montrant de jeunes écoliers du privé se lançant des balles de softball dans Ditmas Park, un parapluie déplumé aux baleines retournées, semblable à une fleur en aluminium. Les portes s'ouvrent à toutes les gares mais personne ne monte. Lors d'un arrêt plus long, deux Suédois passent avec leurs valises à roulettes bleues et un violoniste fatigué affalé contre le mur se redresse, cale son violon sous son menton, puis se ravise.

Une fois là-bas, je ne ressens aucune tendresse pour mon ancien appartement. La cage d'escalier continue à pourrir et les cafards savent toujours voler. Ma propriétaire est là, dans ce qui était présenté sur la petite annonce comme une laverie, mais qui sert d'officine au dealer de coke de l'appartement 4C, les murs grouillant de robustes abeilles citadines. Je les entends bourdonner pendant que je lui parle. Je lui explique que j'ai oublié quelque chose qui a une grande valeur sentimentale et que, vu que je n'étais pas la meilleure des locataires, je suis prête à lui graisser un peu la patte avec deux billets de cinq dollars mais, arrêtant un instant de touiller son matcha, elle me dit de monter. *On aurait dû faire plus souvent la fête*, dit-elle, et elle sourit, m'ouvrant ce faisant à de nouvelles informations, à savoir qu'à un moment donné j'étais quelqu'un d'assez éminent dans son monde pour faire la fête avec elle, et qu'il lui manque une dent. Pendant qu'elle fouille dans un tiroir plein de clés, j'essaie de trouver quelque chose à répondre. Je m'en veux d'avoir tout fait pour l'éviter chaque fois que venait l'heure de payer le loyer, et je songe à nos hypothétiques moments de défonce partagés, à ce que ça m'aurait fait de lui tenir les cheveux en arrière. Elle ajoute, *J'étais dégoûtée de devoir te virer*, et je monte. Les murs repeints sont lisses, un bref instant l'écru mouillé laisse entrevoir, derrière les fenêtres à barreaux et la brique, la possibilité d'un soleil. Je ferme les yeux et savoure l'odeur de la peinture fraîche, la précision avec laquelle la résine synthétique déchiquette les sinus. Il ne reste plus aucune trace de ma présence ici et c'est en quelque sorte un soulagement. Je plonge le bras au fond de mon placard. Pour être honnête, j'espère presque que le tableau n'y sera pas. Mais il y est, et quand je rends les clés à ma propriétaire, je fais bien attention à ne lui présenter que l'envers de la toile. Dans le métro, ce n'est pas si simple. Quelques passagers décollent les yeux de leur téléphone et me fixent, il y a un type assis dans un coin qui ne peut pas s'empêcher de fixer la toile, comme s'il n'avait jamais vu de femme morte.

Le temps que j'arrive à la maison, l'après-midi est fichu. Akila est enfermée dans sa chambre devant un *drama* coréen et Rebecca s'active, un tapis de yoga humide déroulé sur le sol. Elle sort de la salle de bains, un rouleau de papier alu à la main, pose les yeux sur mon tableau et ne fait aucun commentaire. Elle demande si je peux l'aider à se teindre les cheveux. Alors que je commence à appliquer la teinture, elle ajuste la serviette autour de son cou et se regarde dans le miroir avec un dédain si intime que je me sens de trop dans la pièce. Nos regards se croisent dans le miroir et je ne détourne pas les yeux, même si une telle attitude a tendance à devenir rapidement inamicale. Alors que sur n'importe quelle autre femme, la cape miteuse en tissu éponge et l'iroquoise en alu forment une combinaison touchante, sur elle, c'est un peu flippant. Je lui dis de se mettre à genoux. Je pose la main sur sa nuque et la penche au-dessus de la baignoire. Elle plaque la serviette sur son visage et ce n'est qu'en commençant à rincer que je pense à la couleur, au blond devenu noir, qui la rend plus pâle, un peu dissonante, comme une actrice adulte à qui on aurait confié le rôle de Blanche Neige. Elle découvre le résultat et sourit, avant de disparaître dans sa chambre et d'en ressortir habillée en noir de la tête aux pieds. Elle me demande si j'ai des projets pour la soirée, mais ce n'est pas une question, alors elle me pousse dehors, dans un furieux crépuscule orange.

Nous montons dans la voiture sans rien dire. Elle se cale sur une radio grandes ondes. Une voix somnolente parle de l'acoustique des sous-marins, décrit dans le détail la façon dont les ondes sonores creusent leur sillon sur des kilomètres et des kilomètres d'eau, et fonctionnent à la manière d'un œil. Elle baisse la vitre et se détache les cheveux, et alors que nous nous garons dans une petite station-service ouverte en continu, les étoiles commencent à poindre dans le ciel. Elle lace ses Doc, s'enfonce trois clous d'oreille dans le cartilage - un cœur, un poing et une étoile de David, dans cet ordre et de haut en bas - et nous continuons à pied, le long d'une armurerie et d'un dépôt de cars scolaires mal éclairé, avant de couper à travers une rangée d'arbres épais, aux branches tronquées gorgées de pluie, pour découvrir une grande scène dressée au milieu d'un champ sur laquelle on distingue trois hommes derrière leurs cheveux. Elle m'offre une goulée de whisky et avale la sienne avec une détermination qui lui assombrit le visage, la foule autour de nous est effervescente et homogène, des hommes blancs soulagés à l'idée qu'ils méritent d'être en colère, même si – et ça se voit quand ils crachent et s'agitent – ils sont tout à fait conscients du spectacle qu'ils offrent, alors pour combler le fossé qui les sépare d'un traumatisme qu'ils envient, ils ont intérêt à tout donner dans la fosse, bon sang ! intérêt à faire voler quelques dents, énergie on ne peut plus rebutante quand on est sur le papier une représentante de la pitié dont ils jugent avoir été privés.

Rebecca a l'air déçue par le public. Elle se tourne vers moi et me dit que tout le monde est vieux. Elle dit qu'elle ne sait pas à quel moment c'est arrivé. Elle m'offre un truc à boire qui ressemble à de l'eau de rivière en me disant que c'est un martini. J'en prends une gorgée et ça n'a pas très bon goût, le vermouth et le gin sont étouffés sous un résidu graisseux qui, je m'en rends compte brusquement, vient des olives farcies au fromage. Le gobelet en carton est déjà en train de rendre l'âme. Elle ôte son alliance, la glisse dans sa poche et me demande de ne pas en faire toute une histoire. Elle m'assure que tout ne veut pas Dire Quelque Chose, qu'en fait, beaucoup de choses ne veulent rien dire du tout, et que techniquement c'est toute la beauté de ce genre de musique, qui mise tout sur l'énergie. Et par énergie, elle entend vigueur. Elle entend vitesse. La scène est enveloppée d'un rideau de brume. À cause sans doute de l'éclairage et des quelques machines à fumée discrètement positionnées, pendant que le guitariste y va d'un petit laïus sur les transports publics à Helsinki, je vois l'humain participer à l'humidité – le dioxyde de carbone et la poussée salivaire, la centrifugeuse de cheveux et de sel.

Au moment où le groupe embraie sur le morceau suivant, Rebecca me raconte que, dans le temps, elle assistait toujours à ce genre de concerts en tant que petite amie de quelqu'un. Il n'était pas tant question pour elle d'avoir sa propre opinion que de se plier à la façon dont ses petits amis faisaient étalage de leurs goûts, ce qui impliquait, pour cette secte de fans de thrashcore de Hyde Park, celle que Rebecca préférait, d'avoir toujours sur soi quantité d'épingles de sûreté et de gaze, ce qui impliquait aussi de la colle blanche et des tatouages maison à l'aiguille et à l'encre de Chine, des conversations dans des toilettes mobiles sur les dragons et la bourgeoisie, des réquisitoires sur les augmentations de capital tenus par des Blancs issus des belles bourgades sages d'*upstate* New York et bardés de piercings, qui pestaient contre leurs parents et contre les banques et contre *la société*, un mot qu'elle prononçait si souvent qu'il se mit à sonner comme s'ils l'avaient inventé. À quinze ans, Rebecca nettoya le sang sur les Doc et s'aperçut qu'en fait, elle se souciait peu du capitalisme, qu'elle se souciait peu de l'authenticité, parce qu'à ces concerts, même si on dénonçait l'uniformisation, il y avait toujours un *dress code*, et la seule chose qui valait la peine, c'était l'énergie de la musique, c'étaient les coups qu'elle prenait dans ses oreilles, c'était l'entropie et la cristallisation de la violence collective impossible à contenir. Elle se passe une main dans les cheveux pour dégager son visage et m'explique qu'Eric lui est apparu comme une aberration bienvenue. Un type qui disait « boisson gazeuse » au lieu de soda, qui n'aimait pas les piercings et qui écoutait sans deuxième degré ce chancre éblouissant qu'on appelle disco. Il avait l'air sincère, pas comme ses autres petits amis, qui bien sûr avaient fini par bosser pour des banques. Je suis son regard jusqu'à la tente des secouristes où l'on est en train d'allonger un homme sur une civière. Elle pouffe et commande une autre tournée, puis on s'enfonce dans la foule, où elle montre les dents et ôte son T-shirt d'un geste vif. Un homme fonce vers nous, le lui arrache et disparaît. Ça n'a pas l'air de la gêner. Elle m'entraîne dans le *moshpit*, retire son soutien-gorge et le jette vers la scène. J'essaie d'honorer l'esprit du geste sans trop prêter attention à ses seins, qui sont tout mignons, petits et légèrement asymétriques. Exactement le genre de seins qu'il faut avoir pour un *mosh* et, alors que le guitariste crie *Grind !*

en faisant tourner son index, Rebecca, avec ses petits seins tout mignons et immobiles, me tire encore plus vers le cœur de l'action où tout crisse en mode mineur, et brusquement deux murs de bras foncent l'un vers l'autre, j'en ressens l'impact dans mon utérus qui se comprime, un type en T-shirt de l'Union nationale des retraités me saisit par les cheveux et m'envoie voler sur la pelouse dure et marron, pleine de mégots, de pansements et de gobelets écrasés. En m'agrippant aux corps autour de moi pour trouver de l'air, je m'aperçois que je l'ai perdue, et même si pendant que j'étais par terre, je n'ai pas complètement détesté que quelqu'un me marche sur la nuque avec sa Doc de deux kilos à semelles compensées, même si la musique est atroce comme une déviation de la cloison nasale, comme un reflux gastrique, ou comme une patte de singe, le préjudice appelle forcément l'assouvissement d'un petit plaisir, celui de prendre un type par les oreilles, de le pousser au sol et de piétiner sa gueule ouverte et consentante, moment jubilatoire un peu écourté par la vision de Rebecca en un seul morceau, près de la scène, de la boue séchée entre les nichons. Peut-être qu'à cet instant précis, nous sommes au diapason. Mais tout est temporaire, une heure plus tard, elle s'est payé un nouveau T-shirt au merchandising et nous retournons en silence à la voiture, la fraîcheur de l'air venant me rappeler que c'est bientôt l'automne.

– J'ai annoncé à Pradeep qu'on arrêtait, dit-elle une fois sur la route. J'ai parlé à Akila. Je ne savais pas. Je croyais qu'elle détestait juste les maths.

Je regarde mes ongles. Ils sont maculés de terre.

– Je peux te demander ce que tu as entendu ? continue-t-elle, hésitante. Qu'est-ce qu'il lui a dit ?

– Il a dit, *Un singe pourrait faire ça.*

– Mon Dieu, murmure-t-elle.

Nous poursuivons notre route en silence jusqu'à la sortie Teaneck.

– Ce tableau que tu avais ? Qu'est-ce que c'était ?

– Un portrait de ma mère.

Nous descendons de voiture et elle se met une main devant le visage, éblouie par les phares qui approchent. Le taxi se gare sur le bord du trottoir. Je pense à notre apparence, à la boue sur notre visage, à l'herbe dans nos cheveux, au sang sur nos fringues. Elle me regarde et m'adresse un sourire mélancolique, et quand Eric sort du taxi, les phares l'enveloppent un instant et il reste planté là dans la nuit, en avance d'une journée entière, presque méconnaissable, l'ombre d'un homme.

6

Une fois rentrée, je prends la pleine mesure de ce que Rebecca a subi dans le *moshpit*. Elle a un bleu dans le cou, assorti d'un jeu complet de marques de doigts, quoique dans la pénombre, ça ressemble à des traces de bijoux fantaisie. Tout le monde a faim. Eric vide ses poches d'une main tremblante et quelques billets canadiens froissés tombent par terre. Il scrute l'intérieur du frigo un moment, puis entasse des restes de steaks dans une assiette. Rebecca dénoyaute un avocat et me fait signe de partir. En montant à l'étage, j'entends Eric qui dit, *Qu'est-ce que tu as fait à tes cheveux ?*, et son refus de prendre acte de ma présence vient me rappeler une fois de plus que dans le grand ordre des choses, je ne suis qu'un bref *addendum* à l'emprunt contracté pour la maison, aux peignoirs conjugaux, aux deux voitures garées côte à côte. Je m'assieds sur la dernière marche pour écouter. Au début de la conversation, le ton est léthargique, professionnel, plein d'affirmations telles que *oui, je te comprends* et *oui, argument valable*, on dirait un couple d'extraterrestres qui a vu l'agitprop anti-invasion et tient à réaffirmer qu'ils viennent en paix. C'est en fait bien plus déconcertant que l'inverse. Leurs murmures sont polis et inorganiques, les efforts d'Eric bien plus démonstratifs que ceux de sa femme, puis au milieu d'une digression sur son passage par la douane, il lance, *Qu'est-ce qu'elle fiche là, à quoi tu joues ?*, et je n'ai pas besoin d'en entendre davantage : je file dans la chambre d'amis rassembler mes affaires. Je consulte les horaires d'ouverture de mon garde-meubles et parcours les conditions d'occupation, mais c'est incompréhensible de bout en bout. Au moment où je quitte la pièce avec mon sac, Akila ouvre sa porte et me fait signe de la rejoindre. Elle me prend mon sac des mains et me dit d'enlever mes chaussures.

– Tu as des pieds horribles, dit-elle sans me regarder, en allumant la télé.

Je m'assieds par terre en essayant de soustraire à ses regards mes extrémités plates et chroniquement sèches.

– Ça va durer toute la nuit, ajoute-t-elle.

– Quoi ?

– Leur conversation, dit-elle, visiblement un peu agacée que je ne suive pas. C'est le truc qu'ils ont appris en thérapie - la candeur radicale.

Elle met deux doigts en croix.

– C'est un axe. Il y a aussi le copinage inefficace, la manipulation hypocrite et l'agressivité contre-productive.

– Je ne savais pas qu'ils étaient en thérapie.

– Ben si. Des fois, on y va tous les trois. C'est horrible.

Elle coupe le son de la télé et se tourne vers moi d'un air solennel.

– Ce n'est pas parfait ici, mais ça va. S'il te plaît, ne viens pas tout gâcher.

– Écoute, je ne suis pas là pour ficher ta vie en l'air. Tout ça, c'est juste arrivé, dis-je, et elle attrape son téléphone, ouvre Twitter et lâche un petit rire sans joie.

Elle fait un peu défiler son fil d'actualité avant de reporter son attention sur moi.

– Parce que si je dois de nouveau déménager, je préfère le savoir. Je suis du genre « attachement insécure », et je commence juste à les appeler maman et papa. L'école, c'est une torture, mais j'ai une chambre pour moi toute seule et ils me laissent fermer la porte. Tu t'en fiches sûrement, mais…

– Je ne suis pas un monstre, je l'interromps, et elle hausse les épaules.

– J'en sais rien, dit-elle. Comment je pourrais savoir ? Par contre, je suis sûre d'une chose : il suffit d'un rien pour que tout s'envole. Ma dernière famille était très heureuse. J'avais un aquarium intégré dans le mur. Je croyais que ça durerait toujours, même si c'était à l'essai. Et puis Carol est partie en résidence dans la forêt et quand elle est revenue, elle n'avait plus envie d'être mariée. Je n'ai rien vu venir, alors que d'habitude si.

– Désolée, lui dis-je, et elle met la télé sur pause pour me regarder.

– Pourquoi tu me dis que tu es désolée ? C'est bizarre, dit-elle. Je veux juste pas avoir à revivre ça, d'accord ?

– D'accord, je promets, et elle appuie de nouveau sur la télécommande.

C'est un animé sous-titré, aux dessins déliés et aux couleurs vives. Tous les personnages habitent dans un village vaguement est-européen assiégé par des géants à poil. Tout le monde crie. Un géant fonce sur le village et pose le pied sur une digue. Une cavalerie entièrement composée d'adolescents lance la charge sur un deuxième géant qui vient de débarquer et qui gobe un cheval et sa cavalière. Les hennissements sont associés à un plan en contre-plongée révélant le dessous des jupes de la colonelle, brusquement arrachée du sol, qui sectionne les artères dans le cou du géant de son épée

Claymore. Au moment où je ferme les yeux, le forgeron et le fabricant de bougies qui regardaient la scène se prennent une giclée de sang en plein visage.

Sept heures plus tard, je me réveille roulée en boule sur le sol de la chambre d'Akila. Akila dort dans son lit, une manette de jeu vidéo à la main. La chambre est plongée dans la pénombre, simplement éclairée par la lueur bleue d'un écran de veille qui tourne en boucle. J'éteins la télé et pose la télécommande sur le haut de la console. J'attrape mon sac et mes chaussures puis descends. Il est cinq heures du matin et la lumière est douce et grise, il reste sur le sol une empreinte de pas boueuse qui, à elle seule, métamorphose le porte-clés mural, les tomates cerises, les horloges digitales muettes. À peine plus loin, il y a les Doc de Rebecca, la position dans laquelle elles sont restées figées dit tout de la façon dont elles ont été ôtées, sans les mains, un pied retenant l'autre le temps de s'extirper du cuir. J'attrape les languettes du bout des doigts et en les tirant je m'aperçois qu'elles sont pleines de poussière. Je bois quelques verres d'eau avant de m'avancer vers la salle de bains du bas, que je pense déserte, sauf qu'en ouvrant la porte, je tombe sur Eric qui se rase en écoutant la météo.

Nous nous regardons dans le miroir, et toutes les choses que je veux lui dire – les excuses et les accusations – fusionnent dans ma gorge en un son étranglé, inarticulé, même si je suis surprise de le voir détourner les yeux, secouer le rasoir dans le lavabo, monter le son de la radio et continuer comme si je n'étais pas là, et même si ma surprise cède aussitôt le pas à la déception d'avoir été prise au dépourvu par quelque chose de tout à fait prévisible, alors je croise mon reflet dans le miroir et prends conscience que je respire par la bouche. Je tourne les talons et me rabats sur la salle de bains des invités pour m'y faire couler une douche brûlante et essayer d'oublier la tête que j'avais. L'eau qui dégouline est marron de la crasse du *moshpit*, il sort de mes cheveux une quantité d'herbe impossible, mais l'amas de crasse autour de la bonde ne m'empèche pas de m'allonger dans le bac et de surjouer le drame, l'humiliation étant parfois telle qu'elle mérite que l'on s'offre un petit spectacle personnel – que je m'offre avant de sortir de la douche pour passer à l'étape suivante de l'amour-propre rudoyé. Laquelle étape, pour moi, est le déni.

Je vide mon sac et dispose à nouveau mes affaires dans la chambre d'amis. Assise à la table de la cuisine, je bois un café dans ma tasse Captain Planet. Rebecca apparaît, les cheveux mouillés. Il reste des traces de teinture sur le haut de ses oreilles. Elle met des fruits dans un Tupperware qu'elle glisse dans un sac en kraft sur lequel elle note 305 *calories*. Akila dévale l'escalier, s'empare du sac et se rue vers la porte. Dehors, j'aperçois la vieille femme qui m'observait. Elle ouvre son journal et lève la tête pour suivre des yeux une page qui s'envole. Eric descend avec une valise et un bout de papier à rouler au-dessus de sa lèvre supérieure. Il m'ignore, alors je monte dans ma chambre me coller un patch de fentanyl. Je choisis un livre dans la petite bibliothèque du salon. À la trentième page, un duc, le mouton noir d'un duché hollandais dysfonctionnel, initie une servante myope aux principes de l'aristocratie, écrasant sous sa botte ses lunettes à double foyer avant de saisir entre ses mains son visage enfin joli. J'essaie de m'occuper. Je fais des pompes, classe les livres par ordre alphabétique. Me bricole quelques sandwichs avec ce que j'ai glané dans le frigo. J'enveloppe un sandwich de papier paraffiné et pars prendre le bus pour Manhattan. J'arrive à la bibliothèque pleine de regrets. Le fentanyl m'a détraqué le bide et je dois filer aux toilettes. Je traverse une exposition sur les systèmes linguistiques de la vallée du Nil et les flux génétiques en Nubie, avant de me rendre compte que je me suis trompée de destination. Je m'attarde quand même parce que j'aime l'odeur de l'endroit. Il y a un grand schéma explicatif sur les génomes mitochondriaux et l'échantillonnage des populations. Il y a le dessin d'un Nubien, sans perspective, mais l'eau autour du personnage est encore éclatante, alors je songe à ce pigment, le lapis-lazuli, qui a tenu bon à travers les âges.

Je prends un autre bus jusqu'à la bonne bibliothèque, et là-bas, je perçois l'odeur du pourrissement naturel des choses, la fermentation, la colle, la ficelle et le cuir, le papier qui se dégrade et trahit son origine en vous rappelant qu'il provient des arbres. Les lieux sont presque déserts, mais les rares personnes présentes sont absorbées dans leur travail : un groupe d'étudiants à la recherche d'une référence dans la section O-P, une femme penchée sur un lecteur de microfiches. Je fais un tour complet de chaque étage et finis par arriver à une exposition sur la dissonance cognitive en temps de guerre et la physiologie du dissentiment. Après une brève dédicace aux donateurs, suivent une enfilade de casques - fendus, en morceaux, couverts de noms d'épouse, d'enfants, de désaveux ironiques du bon dieu -, une bicyclette Viet Cong exposée dans une lumière chaude et orangée, des soldats nettoyant leurs lunettes et réglant des transistors, les pales d'hélicoptère en mouvement et les broussailles sombres de la jungle déjouant l'ouverture du diaphragme, des enfants nus, des immolations, des prisonniers de guerre en train de dépérir sur des tarmacs, une marguerite dans le canon d'un fusil, qui ne vaut pas le sourire contre nature d'un soldat, un sourire qui n'a pas réussi à synthétiser dans son entièreté le combat ou la fuite, le sourire d'un système limbique incapable de donner du sens. Mon père ne souriait jamais autrement, comme si tous les matins, il devait se couler dans cette peau qui était la sienne et adhérer à un code de conduite qu'il ne comprenait pas, un ensemble très performant de pathologies, avec éclats d'obus dans le dos et plombages en or sur les dents.

Il était démobilisé depuis des années quand j'ai été assez grande pour égarer sa Purple Heart, mais pendant les réunions de prière et les fêtes d'anniversaire, on voyait que, d'un point de vue moléculaire, il était différent, comme si un composé fondamental de l'être humain avait été soit vidé de sa substance, soit gonflé à bloc les mauvais jours : le 4 juillet, ou bien lorsque quelqu'un pénétrait trop silencieusement dans sa chambre, sa réaction - un réflexe de survie - était si disproportionnée qu'enfant j'avais du mal à comprendre ses accès de fureur et les périodes où il se repliait sur lui-même, même si aller voir le feu d'artifice sans lui, juste avec ma mère, me permettait de comprendre à quel point ce qui l'excluait et le tenait à distance était terrifiant - et triste. Quand mon père était soldat, son cortex préfrontal ne s'était pas encore complètement développé. Ses poils étaient trop clairsemés pour qu'il puisse en faire une moustache, et il est rentré au pays avec une canne et le nom d'une femme tatoué à l'arrache sur la peau. La canne était surtout pour le style. Quant à la femme, c'était sa première épouse - ma mère fut la troisième.

Il avait grandi dans plusieurs familles de la Bible Belt auprès de tantes sinistres qui pouvaient faire remonter leur arbre généalogique jusqu'au premier acte de vente. Il élevait des poules pendant qu'en Louisiane sa mère, la sœur dont ses tantes ne parlaient jamais, laissait les araignées lui envahir le plafond. C'était comme ça qu'il me le disait en m'apprenant à nager, un vocabulaire dépourvu de la vitalité clinique du DSM-5. Il y avait des asiles, il y avait la folie, et à la place des Allemands, il y avait des Boches. Sa mère ne souffrait pas d'un déséquilibre chimique, elle avait un truc qui ne tournait pas rond, un truc de femme, alors on la lui a rendu amputée d'un bout du lobe frontal. Il avait peur d'elle comme j'aurais un jour peur de lui, parce que les enfants sont comme les chiens, ils sentent venir l'orage. Il devint un de ces hommes qui avaient toujours des petites amies sans les aimer beaucoup, un marin baraqué à la voix traînante, à la tignasse rebelle domptée à la gomina. Puis vint la guerre, la merde, la boue, et un mélange des deux, la centrifugeuse du naufrage et les axones effilochés, mon père le civil dont les promenades nocturnes inquiétaient les voisins, mon père qui astiquait ses médailles et s'entraînait à boiter pour blouser les médecins. Il touchait une allocation d'invalidité, mais ça ne suffisait pas. Et il l'avait fait, cette chose que font presque tous les animaux mais dont seuls quelques-uns tirent du chagrin, il l'avait approchée de près et avait trouvé ça fétide et étrange : tuer pour son pays – un pays qui à son retour lui rappela qu'un patriote pouvait être traumatisé, enveloppé d'étoiles sous l'herbe d'Arlington, mais qu'en aucun cas, il ne pouvait être noir. Quand on s'est promené avec le sang d'un enfant sous les ongles, les banques, les églises, les femmes de son pays ne représentent plus rien. Dans son pays, les gens ne voyaient pas les Noirs comme lui, ils n'y étaient pas préparés. Alors il s'installa à New York armé seulement de son assurance, et deux veuvages plus tard, ma mère lui apparut sur Broadway, à hauteur de la 143e Rue, jolie, jeune et défoncée.

Arrivée à la fin de l'exposition, je me rends compte que les fonds spéciaux se trouvent au sous-sol. Je descends par l'ascenseur. J'ai les mains qui tremblent. Je retire le patch de fentanyl et le glisse dans mon sac. Au sous-sol, une douzaine d'archivistes travaillent derrière un épais panneau de verre. Toutes des femmes. Elles ne portent pas d'uniformes, mais elles bougent uniformément, les microfilms et les négatifs en équilibre dans leur main, sans contact avec la paume, le visage arrosé par la lumière des scanneurs et des réflex numériques. Derrière elles, Eric retire son masque et enfile un gant en coton. Il ouvre un livre sous une lampe et en soulève une page presque translucide, pareille à une peau d'oignon. D'un geste, il indique la reliure à l'archiviste la plus proche. Elle ôte son masque et lui sourit. Il pose une main sur son épaule et n'est-ce pas merveilleux, hein, que dans ce sous-sol de bibliothèque miteux, il soit chaleureux et impliqué, apparemment le genre de boss qui est aussi votre ami.

En me retournant, je trouve une femme assise derrière ce qui était quelques instants plus tôt un bureau vide. C'est une Noire solaire et un peu perchée, complexe et expressive comme savent l'être les gens d'Afrique de l'Ouest, ses yeux font le boulot de la bouche, une grappe nébuleuse d'améthystes lui pend autour du cou. Elle me demande si j'ai besoin d'aide et je lui réponds que je dois parler à Eric, mais quand je regarde de nouveau vers la vitre, il a disparu. Comme je lui explique que je lui ai apporté un sandwich, elle me regarde de la tête aux pieds et m'annonce qu'il est sorti.

J'emporte mon sandwich et fais un saut dans une pharmacie Duane Reade. Je m'achète un jus de fruits et une petite bouteille de Formule intestinale du Dr Schultz numéro 2, 35 millions de souches bactériennes actives et demande ma remise. Je consulte mes mails : un message des Pains Panera qui dit, *Aucun poste n'est à pourvoir dans la société pour l'instant, mais n'hésitez pas à nous recontacter prochainement*, un message du ministère de l'Éducation nationale, un message de la Bank of America, un de ma proprio qui a de mauvaises nouvelles au sujet de ma caution, un autre d'un prince nigérien, et puis un dernier de mon assurance santé qui souhaiterait me rappeler par la présente qu'à la suite de mon licenciement, mes droits à une couverture médicale expireront dans onze jours. Dans le bus qui me ramène à la maison, je regarde la route. Il pleut à verse et un homme court sur le bas-côté avec un bidon d'essence. Je pense à ma mère, qui savait faire preuve d'une grande compassion pour certaines choses, pour les chlorophytum aux feuilles brunies, pour les chats souffrant d'alopécie et, plus encore, pour les conducteurs en panne. Jamais elle ne refusait un auto-stoppeur, ni d'apporter son aide au conducteur d'une SAAB fumante. Quand j'étais dans la voiture avec elle, je la suppliais de ne pas s'arrêter. La présence de ces types me stressait et je ne savais jamais quoi leur dire. Le chimique et le cosmique de ses expériences passées de dealeuse, de droguée et d'adventiste du septième jour l'avaient adoucie au fil des ans. Elle avait acquis le charisme d'une rock star septuagénaire dont les derniers albums, insipides, viennent rappeler au monde qu'elle est toujours en vie, le genre de charisme qu'on trouve dans un foie sur le point de rendre l'âme, un charisme fait d'acceptation, concept central de la doctrine des Narcotiques anonymes comme de l'adventisme, doctrine selon laquelle la mort est à la fois totale et inévitable. Sauf que la petite dévote que j'étais alors ne savait pas prendre la mort avec nonchalance. J'avais lu l'Ecclésiaste, et l'idée du néant me terrifiait. Un jour, nous avons pris en stop un homme qui tenait une bible. Ma mère était ravie de la coïncidence, mais moins de deux kilomètres plus loin j'ai jeté un œil vers la banquette arrière et il se tripotait.

Je rentre à la maison pour midi et vais m'asseoir dans le jardin. En creusant un trou, je trouve un galet gris et lisse. Je le nettoie dans la salle de bains, puis le prends dans ma bouche et finis par le poser sur le rebord de la fenêtre, avant d'aller me masturber rageusement dans ma chambre devant la photo d'Eric en Grèce, mais ça ne me soulage pas, alors je déambule sans but dans la maison. Rebecca dort la porte ouverte, je m'arrête et la regarde un moment. Je prends des photos de différents objets un peu partout - le KitchenAid, un bol de fruits à coques, dont une grande quantité d'orteils de nègres, le surnom des noix du Brésil aux États-Unis. Je photographie un tiroir plein de vieux sachets de sauce orange et de stylos. Je prends quelques-uns des stylos et deux ou trois feuilles dans l'imprimante, qui est débranchée depuis que je suis arrivée. Je retourne dans ma chambre et essaie de reproduire les photos le plus fidèlement possible. À quinze heures, j'entends Akila qui revient de l'école et se rue dans sa chambre. Quand Eric rentre du boulot, je suis plutôt contente de mon KitchenAid, même si le fouet est un peu bizarre. La maison est silencieuse. Quand Eric n'était pas là, elle était pleine de sons. Les routines d'Akila et de Rebecca, texturées et discordantes : l'eau et le verre, les bruits poisseux de poubelle, les équipements sportifs et les montants de portes gonflés par la chaleur, le facteur sur le perron, puis le démocrate socialiste avec sa planche à pince et ses cuticules en lambeaux, toutes les salles de bains abandonnées à une maisonnée de femmes, l'effet sur les méridiens sensoriels des bijoux emmêlés, des pinces à cheveux et du linoléum, des animés doublés et du chien du voisin, de la douceur d'un courant électrique et d'un bruit digital. Quand Eric est là, il n'y a rien de tout ça. Je tends l'oreille sans distinguer aucun mouvement dans la maison. Pas de robinet qui coule ou de plancher qui grince, annonçant des bruits de pas. On se matérialise et c'est tout. Pendant une longue douche, je distingue la silhouette d'Eric à travers le rideau. Je ne l'entends pas entrer, mais je l'entends verrouiller la porte derrière lui. Il reste là, sans un mot, pendant que je me lave les cheveux. Et quand je sors de la douche, il a disparu.

Les matins sont calmes et tous les soirs ressemblent à un vendredi soir, ils ressemblent au sabbat, lequel, malgré mon hédonisme, reste le quartz qui imprime un rythme à mon corps. Quand j'ai commencé à faire le sabbat, mes seins n'existaient pas. Il y avait des concombres pieux dans un dessin animé, et les représentations de Lucifer de ma mère m'agaçaient parce que je n'avais pas encore le vocabulaire pour comprendre qu'ils m'excitaient. Dans mon nouveau collège public, j'étais ravie d'expliquer les préceptes de l'adventisme à mes camarades. J'admettais que notre créateur avait inventé les corn-flakes comme remède à la masturbation, mais j'assurais que méditer sur la nature permettait de s'aimer soi-même. Il m'a fallu un an pour m'apercevoir que leurs questions étaient de la provoc. Je ne me suis pas vexée. J'ai travaillé plus dur, fourbi mes arguments. Tous les soirs, je préparais de nouvelles fiches pour contrer un garçon du lycée voisin, un athée de quatre ans mon aîné, qui relevait mes contradictions. Le sabbat lui-même était parfait. Je m'autorisais des écarts, bien sûr. Il m'arrivait de dormir ailleurs pour échapper à l'ennui, il m'arrivait aussi de passer douze heures à compiler des morceaux de rock chrétien. Je n'avais pas le droit de danser et les autres s'amusaient sans moi, c'est vrai, mais j'appréciais le calme, la langueur d'une heure en train de s'écouler, d'une journée menée exactement comme on l'entend, où l'on est reconnaissant de tout ce qui a été créé de manière si réfléchie, les rétines et les navets et les volutes d'étoiles si denses, toutes ces choses si complexes que je parviens à peine à les reproduire en peinture. Et puis il y a le reste, les choses qui ne sont pas complexes, elles, qui sont des accidents, comme nous l'avions indiqué sur le formulaire de la société d'assurance le jour où ma mère a plié la voiture. Elle est restée cloîtrée quatre jours. Ça sentait le fauve dans sa chambre et elle me disait que Dieu était mort. Mon père m'a emmenée manger au Friendly's. Il me tenait par la main, et quand une serveuse a lâché un plateau de sundaes, en entendant le bruit il m'a écrasé les doigts. Il appelait les épisodes de catatonie de ma mère des *humeurs*. Il n'osait pas suggérer qu'on lui remonte le moral par la prière. S'il régalait toutes les diaconesses timbrées avec des récits de ses missions à l'étranger, à moi, il ne me la faisait pas. Mon père ne croyait en rien et j'étais la seule à le savoir. Pour tous les autres, c'était un homme pieux. Un serviteur du divin bourré de charisme, dont l'épouse était perturbée et qui savait écouter les femmes. Le vendredi soir, lesdites femmes faisaient la queue sur notre perron et, derrière chacune d'elles, la porte de son bureau se fermait.

L'athée et moi, on se parlait au téléphone, d'abord de nos devoirs puis d'autres choses. Le jour où je suis allée chez lui, il écoutait du King Crimson et je lui ai annoncé que ma mère ne croyait pas en Dieu. Je l'ai embrassé sur la bouche et il ne m'a pas rendu mon baiser. Je m'étais attachée à quelqu'un qui ne faisait que semblant et je me suis sentie si humiliée qu'on ne s'est plus jamais reparlé.

J'ai changé, maintenant. J'ai appris à ne pas être surprise quand un homme rentre brusquement dans sa coquille. Tradition que Mark, Eric et mon père m'ont aidée à respecter. Alors j'endure le silence d'Eric, même quand nous nous croisons le matin et au milieu de la nuit. Je n'essaie pas de le rompre, et le regarde qui mute au fil du temps. Pendant un jour ou deux, ce silence est hilarant, puis un peu érotique – chose étouffante, bouillonnante qui me rappelle que personne ne m'a touchée depuis longtemps. Je pourrais trouver un type dans le coin pour arranger ça, mais c'est trop de boulot. Ce boulot, je l'ai déjà fait avec Eric. Il sait quand j'ai eu mes premières règles et je sais qu'au restaurant il est poli avec le personnel. Sucer la bite d'un inconnu qui a potentiellement mis une serveuse en larmes ne m'intéresse pas. J'ai peu d'options pour sauver la face. Je vis sous leur toit et je me sers dans leur frigo, je suis presque fauchée et je ne sais pas combien de temps ils vont laisser traîner cette situation.

J'essaie de me faire discrète. Je passe mes journées à peindre de petites natures mortes d'objets trouvés dans leur maison et à jouer aux jeux vidéo avec Akila, qui a un faible pour les combats où des femmes s'étripent à mains nues. Elle m'explique les règles mais elle est sans pitié : si je gagne, je ne l'aurai pas volé. Nous choisissons nos costumes et nos armes, puis elle m'arrache la colonne vertébrale. En une semaine, j'ai les pouces calleux. Je prends le livret de jeu et parcours la biographie des personnages, chaque histoire commence par un seul d'entre eux, présenté sous la forme d'une silhouette et qu'il faut déverrouiller. Pendant qu'on cherche cette silhouette, Akila m'apprend qu'elle n'aime pas septembre et qu'en Louisiane, c'est le mois des ouragans. Elle me raconte que sa mère a été emportée dans une inondation. Dans son placard, il y a une veste de la Sécurité civile qu'elle portait tout le temps, mais elle a vu une psy pendant un moment et ne la porte plus qu'une fois par an.

Je tourne en rond dans l'impasse, en longue conversation téléphonique avec des employés de Sallie Mae pour mes prêts étudiant. Je diffère les remboursements, prends rendez-vous chez un gastro-entérologue de Hackensack. Dans la salle d'attente, je me renseigne sur les conditions d'attribution des aides sociales, et lorsque arrive mon tour, le médecin me met un doigt dans le cul et me dit qu'il pense que ce serait une bonne idée de programmer d'autres examens. Quand je lui annonce que dans quatre jours, je n'aurai plus d'assurance, il me prescrit un laxatif que je peux mélanger à du thé. Il insiste pour me revoir dès que je serai à nouveau couverte, et son plaidoyer est si sincère qu'en allant chercher mon médicament, j'erre dans le rayon vitamines de la pharmacie en pleurant.

Je suis soulagée de voir que les dîners en famille n'existent pas. Ça me rappelle chez moi, cette façon qu'ils ont tous de manger chacun de leur côté. Akila en bas devant la télé, Rebecca debout dans la cuisine. Deux ou trois fois, je vois Eric qui se prépare une assiette et disparaît au sous-sol, le seul endroit de la maison qui est fermé à clé. Rebecca boit son café avec moi le matin, mais elle ne parle pas. La plupart du temps, elle est soit endormie soit à la morgue. Depuis qu'Eric est là, elle est plus sombre, plus rigide, son circuit dans la maison bref et prémédité, une mécanique si précise qu'elle paraît précaire, vulnérable au moindre mot mal choisi. J'ai envie de parler des choses telles qu'elles étaient avant qu'Eric revienne. De lui dire que deux semaines ont passé depuis que j'ai rincé la teinture dans les cheveux de sa femme et qu'il en reste encore des traces sur les joints du carrelage de la salle de bains.

Quand la maison est déserte, je prends d'autres photos des affaires de Rebecca. Avec les trente derniers dollars sur mon compte, j'achète une boîte de douze Prismacolor et du papier bristol épais. Le soir, fenêtre grande ouverte, je travaille à partir des photos, à partir d'un défilé de verre, de métal et de soie, des textures qui se révèlent par leur relation capricieuse à la lumière, ce qui les rend aussi difficiles à reproduire que les jointures des doigts. Son parfum, palette froide et étriquée de senteurs, ses bijoux, chauds et généreux, et ses vêtements quelque part entre les deux, en reproduire la trame ou le grain ressemble au travail que l'on fait sur des cheveux. Entre ces esquisses, il y a une maison. Bardeaux, cuivre et pelouse dans lesquels je les vois eux mais ne me vois pas moi. Pour la première fois, j'arrive à dessiner les doigts et le plastique, mais il reste le problème de mon visage. Je n'arrive toujours pas à réaliser un autoportrait. Chaque fois que j'essaie, la communication se grippe, une défaite des synapses reliant le cerveau et la main. Je tente autre chose. Porte fermée, je mets ma chambre à sac avant de prendre le désordre en photo. J'aborde le dessin avec optimisme, mais je ne suis pas là. La fois suivante, lorsque la voie est de nouveau libre dans la maison, je fais l'inverse et récure. Je sors les poubelles et prends une photo des sacs noirs sur le trottoir. J'astique la salle de bains et prends une photo de la langue de cheveux que je retire de la bonde. Le soir, je les reproduis en espérant m'y voir. Comme je ne m'y vois pas, comme au terme d'une série de dessins de piles de linge plié et de crasse je ne suis toujours pas là, je continue à faire le ménage. Et puis un matin, alors que j'astique les robinets, Rebecca m'annonce qu'elle veut organiser une fête et qu'elle désire mon aide. Il s'agit d'une fête pour Akila dont Akila ne veut pas. Cette dernière me le fait savoir expressément pendant que nous progressons dans un nouveau jeu de rôle au tour par tour, dont le protagoniste est un postier militaire amnésique. Son seul souvenir est celui d'un garçon dans une petite ville de montagne. Alors que nous approchons du premier conflit de la guerre, la base est dressée à l'ombre de grands sommets. Les personnages non jouables ne font pas dans la subtilité. Un colonel dont nous avons vidé les poches plus tôt dans le jeu désigne l'ombre et dit, *C'était là avant ?* Nous commençons à gravir la montagne et Akila m'annonce que Rebecca lui prépare une fête d'anniversaire. Elle me dit qu'elle aimerait mieux le fêter seule. La manette vibre dans sa main. Vibration signalant la genèse d'un nouveau souvenir, une femme qui tente d'éteindre un feu.

Mais Rebecca campe sur sa décision. Dimanche, nous allons tous à la patinoire en SUV. Nous nous garons à l'entrée de derrière pour décharger les décorations. Manifestement, la patinoire est la propriété d'une famille heureuse. Aucun des membres qui la composent ne fait plus d'un mètre cinquante. Pendant qu'Eric règle la bonbonne d'hélium, le père essaie de lier conversation, mais c'est une telle galère que le rire poli d'Eric trahit surtout son envie de voir le type s'en aller. Quant à Rebecca, même si tout ça était son idée, elle ne s'en sort pas mieux. Elle se ronge les ongles en écoutant l'un des ados de la famille lui expliquer le règlement de la salle de réception. Pendant que je dispose les serviettes en papier et les assiettes en carton, elle est au téléphone. Elle menace à mi-voix les mères des invitées d'Akila, qui avaient visiblement toutes quelque chose à lui dire à la dernière minute. Et tout ça en présence d'Akila, qui aide à accrocher les banderoles et le papier crépon, avant de se baisser pour mettre ses patins, ce qui décentre sa perruque. Eric la rejoint pour l'aider à nouer ses lacets, et même sans avoir vécu une relation idéale avec mon père, je reconnais leur regard : c'est un regard complice, qui ne fait temporairement plus la différence entre parent et enfant pour convenir de l'existence d'une épreuve partagée, dans ce cas précis un anniversaire auquel ni l'un ni l'autre ne veut assister. L'effet secondaire d'une telle alliance est qu'elle jette forcément l'autre parent sous un bus, et c'est ça qui est génial quand on est enfant. Petite, je n'en voyais pas la cruauté. Les remarques de mon père sur les humeurs de ma mère et sur ses séances d'études de la Bible me semblaient inoffensives et détendaient un peu l'atmosphère, son ambivalence vis-à-vis de Dieu passait pour une désinvolture souhaitable et non pour ce qu'elle était - une béance profonde à l'endroit où Dieu avait l'habitude de se tenir. En tuant pour son pays, mon père avait aussi tué Dieu et il était rentré déterminé à se fabriquer le sien propre.

Seules deux filles se présentent. Elles arrivent en même temps et échangent un regard en s'apercevant qu'il n'y a personne d'autre. En plus, elles sont en retard. Rebecca sort de la salle de réception en courant, les ongles en sang et des confettis plein les cheveux, elle les invite à entrer. Akila les attend, coiffée d'un chapeau en carton bleu. Il y a une autre fête de l'autre côté, une bande de retraités extrêmement bruyants. Rebecca va les trouver pour leur demander s'ils peuvent baisser d'un ton, mais ils lui répondent que non, ils ne peuvent pas. Des membres de la famille heureuse viennent sans arrêt nous demander si nous attendons d'autres invités, et comme le benjamin rapplique une fois de plus, la silhouette massive d'Eric sort de l'ombre et dit, *Non, on est tous là, d'accord ?* Il n'a même pas eu besoin d'élever la voix. Les deux invitées font des efforts touchants pour parler à Akila, mais la conversation ne prend pas, et elles finissent par ne plus discuter qu'entre elles. Impossible de dire à quoi la piñata ressemble exactement. Akila tape dessus pendant trois minutes. Elle que j'ai vue casser trois planches d'un seul geste ne parvient pas à la briser. Rebecca finit par l'arracher du plafond et l'éventrer avec les mains. Au même instant, la mère de la famille heureuse arrive avec le gâteau mais pas le bon nombre de bougies. La fureur de Rebecca est déjà si palpable que tout le monde retient son souffle. Elle reste plantée devant le gâteau et, pendant un instant, il ne se passe rien. Puis Eric se met à rire. Alors Akila rit à son tour et tout le monde suit. Soulagés, nous chaussons nos patins. La fête d'à côté bat son plein. Il est quinze heures et ils sont tous bourrés. Akila part la première sur la glace, je la rattrape pour ne pas la laisser seule, mais elle sent ma pitié et s'en va. Comme les fêtards d'à côté soudoient le DJ à coups de barres chocolatées, les morceaux des Spice Girls et de Drake alternent avec de vieilles chansons de Paul Anka et de Nat King Cole. Rebecca fait semblant de s'amuser. Elle virevolte autour d'Eric, essaie de l'entraîner dans son jeu, mais il ne tient pas assez bien debout pour s'éloigner du bord. Et bien sûr, il y a du disco. Les tubes : « YMCA », « Bad Girls », « Ain't No Stoppin Us Now », des morceaux qui ont transcendé le genre pour en faire un concept, des chansons qu'on se passe moins pour les écouter que pour projeter nos souvenirs sur le vinyle, des titres à la joie si fasciste que, quand « That's the Way » se lance, je suis obligée de regarder Eric pour voir s'il se souvient avec moi, et ce n'est pas le cas. Il est arrêté sur le côté, les yeux sur son téléphone. Quand « Whip It » embraye après « Smoke Gets in Your Eyes », une boule à facettes ébréchée descend du plafond. Mais quelque chose cloche. Le bras motorisé est à la peine, et quand je me tourne vers la famille heureuse, je les vois tous penchés sur le tableau de commandes à côté de la caisse, tripotant des boutons. Tout le monde s'arrête pour regarder, si bien que lorsque la chaîne se rompt, on dirait moins qu'elle le fait à cause d'une avarie technique que par égards pour nous tous. Les bras tendus devant elle, Akila attend. L'impact lui fait plier les genoux. Elle serre la boule contre sa poitrine et regarde dans le miroir. Un murmure ébahi parcourt l'assistance et personne ne bouge, sauf elle, le visage moucheté de lumière recyclée. Je repense à la première fois que je l'ai vue, à son côté légèrement irréel, comme un bug, avec ses yeux noirs et ses cheveux synthétiques et brillants. Maintenant, la dissonance a quelque chose de sinistre. La regarder glisser le long du bord de la patinoire, poser la boule, ôter ses patins et demander si elle peut rentrer me plombe.

À la maison, chacun disparaît dans sa chambre. Les cadeaux d'Akila, qu'on a remportés dans le SUV, puis déposés dans la salle à manger, n'ont pas été ouverts. À minuit, Akila frappe à ma porte. Elle me dit qu'elle a des raisons de croire que la femme qui essaie d'éteindre le feu est la mère du postier. Comme le postier ne prend pas part aux combats, son niveau de performance dépend entièrement de la gestion de son humeur. Pour ne pas le perturber, nous pénétrons dans la tente des officiers et discutons avec les personnages non jouables jusqu'à la fin de leur script. Pourtant, de mauvais choix pourraient s'avérer plus dommageables que ne rien faire : boire un café au lieu d'un thé, engager la conversation avec le lieutenant qui risque de nous montrer une photo de son chien. Je suggère qu'on essaie d'ouvrir le courrier, mais le niveau d'humeur du postier n'est pas assez élevé pour tolérer l'illégalité de la manœuvre et ça le tue instantanément. Je me lève et m'en vais, mais Akila m'appelle. Elle me dévisage puis retire sa perruque, qu'elle pose à l'envers sur le sol. Il y a une étiquette cousue dans la trame, qui dit *Fournitures pour fête*. Je pose les yeux sur elle, et un court instant, je crois voir un bonnet, alors qu'en réalité c'est son crâne, nu et couvert de cicatrices chimiques.

– Tu l'as laissé posée trop longtemps, je dis.

– Je croyais que c'était censé brûler, répond-elle et ça aussi, ça fait partie de notre langue commune - l'hydroxyde de sodium et le crâne en tant que domaine foncier.

La première fois que j'ai perdu mes cheveux, j'avais dix ans et j'étais seule à la maison. Mes mains étaient trop petites pour les gants fournis avec le produit. Et le défrisant, acheté en secret dans l'un des rares magasins de la chaine Beauty Supply du coin, m'a roussi la nuque. J'ai caché mes cheveux perdus dans une poubelle près de la piscine municipale, et quand ma mère a compris le pourquoi de mon intérêt soudain pour les foulards, elle ne m'a plus adressé la parole pendant une semaine. Je vais chercher mon beurre de karité et mon foulard en soie dans ma chambre. En revenant, je fais asseoir Akila entre mes genoux pour examiner les dégâts et constate que les boucles des cheveux qui lui restent sont intactes. Elle me raconte qu'elle a paniqué. Qu'elle voulait changer de tête pour la fête. Pendant que je noue le foulard, j'ai une conscience trop vive de sa tête. Une conscience trop vive de son crâne, de la vulnérabilité de ses os de treize ans. Je laisse le jojoba et le beurre de karité sur sa commode et pendant un moment, je n'arrive pas à dormir. Parce qu'elle a treize ans et que je repense à ce que ça faisait de l'intérieur. Je repense à ce que je croyais connaître sur les gens, et à la fierté que je tirais de ma solitude. Mais de l'extérieur, la solitude est palpable, et je me dis qu'Akila est trop jeune.

Le silence persiste. Eric revient me voir alors que je suis sous la douche et, cette fois, je ne l'entends que lorsque la lumière s'éteint. Je ne sais pas s'il est tout près ou loin du rideau, ni même s'il est encore là, mais je fais comme si. Je me caresse en me demandant s'il écoute. Pendant les semaines qui suivent, je continue ma série d'« autoportraits ». Je ne prélève que des choses qui ont peu de chances de leur manquer. Une ampoule, une assiette, un gant dépareillé. Des choses que je peux écraser ou tenir au-dessus d'une flamme, même si pour finir ces portraits de tessons et de cendres sont moins sincères que lorsque je dessine des zones de la maison que j'ai soigneusement nettoyées. J'essaie de passer inaperçue, mais le soir où je brique l'intérieur du système de climatisation à la brosse à dents, Rebecca descend me dire en blouse médicale qu'il y a une deuxième machinerie à l'autre bout de la maison. Je ne sais pas si elle est sérieuse, ou si c'est sa façon de me demander d'arrêter. Par principe, je fais une pause de quelques jours. Quand nous nous croisons, je scrute son visage pour savoir si c'était ce qu'elle attendait. Mais je finis par céder et pars dépoussiérer à la brosse à dents les bouches d'aération de l'autre côté.

Le lendemain matin, il y a de l'argent sur ma commode. Je ferme la porte et le compte. Je le fourre dans ma poche et repars m'acheter du matériel de peinture : toile brute, tasseaux, gesso Lascaux, et de l'huile essentielle de *tea tree* pour Akila. Je prends une carte de transport et me rends en bus à la bibliothèque. Assise entre les rayonnages, je compte la monnaie. Comme l'os, l'argent - papier, nickel et zinc - semble toujours plus fragile à l'intérieur d'une main. Il a l'air fini, lié à sa source d'une manière qui le rend explicitement transactionnel, et donc humiliant. Mais c'est tout aussi humiliant d'être fauchée. Je descends au sous-sol regarder à travers la vitre les archivistes des fonds spéciaux. Elles travaillent à la réalisation de l'image en trois dimensions d'une urne dorée. Entre les boîtes à lumière et les parapluies, elles posent l'urne sur un plateau rotatif en plastique. Une archiviste fait pivoter le plateau, tandis qu'une autre capture l'image. La première est plus âgée et elle a la main qui tremble. Aux derniers soixante degrés, elle perd ses repères. Eric apparaît à la porte de son bureau et prend sa suite en souriant. Il regarde vers la vitre et soutient longuement mon regard, avant de me tourner le dos et de disparaître dans son bureau. Je remonte et parcours les certificats de décès. Un homme, un jour, a fait une chute mortelle par une fenêtre alors qu'il essayait de prouver à un groupe de touristes que la vitre était incassable, un autre dans une usine de textile est tombé dans une machine et il est mort étouffé dans huit cents mètres de laine, un autre encore a été écrasé par un compacteur à déchets pendant qu'il cherchait son téléphone dans une benne, et puis il y a les morts ordinaires, crises cardiaques, cancers, suicides. Je cherche le certificat de décès de mon père sans succès, mais trouve quatre Ivan Darbonnes morts à New York entre 1975 et 2018. Tous à Brooklyn. Mon père, lui, est mort à Syracuse, cinq ans après ma mère. On ne s'était pas parlé depuis six mois, parce qu'on avait (pour notre plus grand bien) coupé les ponts, mais aussi parce que sa nouvelle femme filtrait mes appels. La dernière fois que je l'ai vu, deux ans avant sa mort, il est venu me rejoindre à Manhattan en Metro-North et nous sommes allés voir le dernier film d'Aronofsky avant d'aller dîner. Au restaurant, il n'arrêtait pas de dire que tout était cher, mais il s'interrompait de temps en temps pour m'expliquer ce qu'il avait compris du film. Il avait arrêté le sucre et se baladait avec son propre bidon d'eau « chimiquement transformée », que j'avais dû planquer dans mon sac pendant le film. Il était devenu maigre et naïf. J'ai perdu patience avec lui sur le quai du métro pendant qu'on attendait le *downtown A*. Je lui ai expliqué les électrolytes en hurlant et on n'a pas échangé un mot de plus de tout le trajet. Quelques années plus tard, je suis tombée sur les messages de condoléances de sa page Facebook.

J'arrête complètement de faire le ménage pendant deux semaines, mais l'argent continue d'arriver. Il m'arrive dans une enveloppe blanche cachetée et à chaque fois le montant est différent. Cent dollars. Quarante-huit dollars et quinze cents. Trois cents dollars au cours d'une semaine où je ne fais absolument rien. Je le dépose sagement à la banque, en dépense une partie pour m'offrir une bouteille de polyéthylène glycol pas donnée. J'emmène Akila choisir son premier style Protecteur. Nous prenons le train pour Manhattan et optons pour un coiffeur afro sur la 125e rue. Ça sent bon le yaki, l'hibiscus et l'huile essentielle de lavande. Au-dessus des mèches malaisiennes, il y a un sitcom trinidadien à la télé. Quand les acteurs parlent, on entend les mouches voler. Trois femmes s'affairent autour d'Akila. Elles fixent les mèches yaki et conversent à voix basse en anglais de la reine. Toutes les demi-heures, un homme entre pour réclamer de l'argent. En son absence, l'une des coiffeuses me demande de payer avant qu'il revienne. Elle m'explique que c'est son petit ami. Quatre heures plus tard, une femme arrive avec une casserole d'eau bouillante pour sceller les pointes des torsades sénégalaises. Lesquelles imprègnent tant le T-shirt d'Akila dans le train de retour qu'elle se change dès notre arrivée.

– Nouvelle coiffure ! Très joli ! lance Eric en passant devant sa chambre.

Il s'attarde sur le seuil, lui demande combien de temps il lui a fallu pour obtenir ce résultat et fait une blague sur sa tête qui doit peser lourd. Il mentionne une Noire à son boulot qui change sans arrêt de coiffure et, avec son petit air joyeux et désolé, pose une ribambelle de questions légèrement indiscrètes. Je ne compte plus les fois où j'ai eu cette conversation, mais ne parviens pas à savoir si Eric fait tous ces efforts parce qu'il est blanc ou parce qu'il est papa. Une fois qu'il est parti, Akila me regarde et éclate de rire.

Je parcours mes autoportraits sans m'y voir, mais je connais par cœur tous les recoins de la maison. Tous ces dessins de verres et d'argenterie sont techniquement réussis et très beaux. Une habitude a pris corps. Je fais les carreaux, lustre l'argenterie, fume quelques cigarettes. Je m'allonge dans le noir et me laisse aller à toutes les hallucinations hypnagogiques : vitesse et bitume, falaises aux lèvres chancelantes et déserts qui bâillent. Je déambule dans la maison après minuit et trouve la porte de la chambre d'Eric et Rebecca entrouverte. Ils sont en train d'avoir ce qu'on peut, dans leur cas, qualifier de relation sexuelle. Une chose qui n'a rien à voir avec le porno mais qui n'en défie pas moins la description : Eric imposant et rectangulaire, Rebecca sauvage et souple. Malheureusement, ils sont beaux. Et leur doux bavardage, la tendresse avec laquelle ils ajustent leurs corps indiquent qu'ils sont au moins un petit peu amoureux. Je prends quelques photos avec mon téléphone et regarde l'heure. J'ai envie d'aller me coucher mais je me sens obligée de rester jusqu'à la fin, et une fois que cette fin arrive, Rebecca se laisse rouler sur le côté et allume la télé.

De retour dans ma chambre, je fais défiler les photos et esquisse trois croquis préliminaires. Je me touche en essayant d'imaginer ce que ça fait d'avoir ce genre de relation confortable, familière, d'être tendrement secouée pendant que Conan O'Brien fait son monologue sur TBS. Je me réveille dans l'après-midi et retourne à la patinoire à pied. Je me paie une glace et donne un bretzel à un pigeon à la patte atrophiée. Puis je continue jusqu'au centre commercial, joue aux jeux d'arcades de l'espace restauration et, après avoir causé pneus tout-terrain avec un vendeur de chez Sears, je m'achète une robe bleue.

De retour à la maison, je passe la robe, et pour la première fois depuis longtemps, je me sens dans la peau de quelqu'un que je voudrais peut-être embrasser. Je m'assieds devant le miroir pour me maquiller, ma main tremble un peu, le trait de khôl est trop épais autour de mes yeux. Je mets du rouge à lèvres, que j'enlève, avant d'en mettre de nouveau. Je suis des yeux Rebecca qui part en voiture, puis descends au sous-sol, où Eric est en train de parcourir la plus grosse collection de vinyles que j'ai jamais vue. Le trouver là me coupe le souffle. Je me fige dans l'escalier, à deux doigts de rebrousser chemin. Il jette un regard vers moi puis sort un disque d'une épaisse pochette en plastique. Tout est organisé et stratégiquement classé, sous film plastique et, dans certains cas, réfrigéré, tous les boutons réglés sur treize degrés. Du disco et de la house. Philadelphie part à la rencontre de ses descendants et les sons français rejoignent les quatre temps et les artistes du South Bronx, les fins 33 tours allemands sont de toute évidence les plus manipulés ; la pièce entière est flippante avec son côté hors du temps, son tapis sale à poils longs, le lambris sur les murs et le gros fauteuil en cuir vert. Eric laisse descendre l'aiguille, et je continue ma visite silencieuse tandis que quelque chose naît du polymère et de la spirale du sillon, quelque chose de préservé mais de préhistorique, un son opaque et plein de grain, qui tient lieu à la fois de certificat d'authenticité et de sentence pour mes oreilles, car ces dernières trouvent ça cool mais sans plus. Il me tend un verre de gin et, du dos de la main, m'ôte mon rouge à lèvres. Le gin est tiède et le disque portugais, très dépendant du thérémine. Il se sert un verre et fait le tour de la pièce, ne s'interrompant que pour tripoter la platine, un bel objet mais qui représente une franche digression, avec son affichage digital et son aluminium aux lignes pures. Aucun disque ne convient. Eric attend deux minutes avant d'en changer, une fois, puis deux, réduisant chaque fois un peu plus l'intervalle entre les morceaux, si bien que la cinquième fois, c'est un effacement : l'entreprise de remplacement du vinyle met entre crochets la voix et les cuivres indécis. Ayant trouvé un album qui lui convient, il traverse la pièce et me plaque contre le mur. Il retrousse sa manche et me saisit le cou, une pression d'abord prévenante, comme si la main n'était pas la sienne. Puis il essaie avec l'autre main et celle-ci, la gauche, semble mieux lui convenir. Il me dit, *C'est ce que tu veux ?* d'abord comme une question, puis comme une affirmation, et je m'aperçois que j'avais oublié le son de sa voix - le prix le plus immédiat de nos deux semaines de silence. Elle m'apparaît maintenant trop douce et trop aiguë. De près, les détails s'amoindrissent. On se jauge. Sa main se détend alors qu'il cherche sur mon visage l'endroit où le souvenir s'est corrompu, puis elle serre, prémédite, chaque doigt articulé et distinct, tout est réduit, anatomique, mon cartilage et mes glandes salivaires explicites, mon souffle contracté est devenu quelque chose de tranchant et d'inexprimé dans ma poitrine. Je ne peux pas respirer mais sur le moment, je ne le ressens pas comme un problème. Dans l'intervalle, il se passe des choses, une porte qui s'ouvre en haut, un cil sur sa joue, et avant de mettre toute sa force dans son geste, il prend le verre de gin que je tiens. Je lui dis presque merci. Mais ma voix a disparu, la pièce a disparu, même si en partant, je m'aperçois que le disque a commencé à sauter.

7

Dans les semaines qui suivent, nous sommes neufs. Eric tente mollement des excuses dont je ne veux pas, et le soir venu, chacun derrière une fenêtre, nous attendons que la voiture de Rebecca s'éloigne. Il entre dans ma chambre sans frapper et nous trébuchons l'un sur l'autre en nous déshabillant, le contact ténu et inexact, les baisers gâchés par l'ardeur, plein d'air et de dents et toujours à côté, mais je suis contente qu'on me touche. Nous guettons les moments où Akila et Rebecca sont absentes, mais l'ardeur est une forme de négligence. Les pièces sont choisies indistinctement et il arrive que les portes restent entrouvertes. Il me tire dans sa chambre où toutes les photos sont à leur place. Les jours sont plus courts en octobre, et nous profitons bien de la nuit.

Nous ne parlons pas de ce qui nous a menés là, l'asphyxie spontanée flotte entre nous deux comme un rêve silencieux. À la place, nous nous retrouvons dans le noir, et toutes ces choses insipides et trop généreuses que les hommes sont sujets à proférer avant de jouir ont l'air troublantes et vraies. Des mots tendres, cucul la praline. Un vocabulaire qu'on reçoit, belle joueuse, et qu'on renvoie à la volée les yeux fermés. Parce que lorsque c'est fini, lorsqu'il se penche pour ramasser son pantalon, de l'autre côté de la porte il y a un monde avec des embouteillages, la rougeole et nulle place pour ces mots optimistes et capiteux.

À Princeton et à Hoboken, nous écourtons nos dîners. Je dessine une ancre sur son avant-bras et toute la soirée, nous faisons comme s'il allait partir en mer. Nous allons à Jersey City regarder des bateaux de fête à Paulus Hook dessiner des courbes souples autour de barges marron à fond plat, et quand l'eau redevient immobile, il me dit qu'il m'écrira une lettre par jour. Nous rentrons toujours à la maison séparément. Quand Rebecca est là, nos échanges sont secs et à propos de rien, du temps qu'il fait ou du nettoyage de la cafetière, mais cette langue prudente, prosaïque, devient une intimité en soi, le linge sale et tout ce qui est indigne de l'argenterie une ironie qui adoucit son visage quand il fait passer ma robe au-dessus de ma tête. Bien sûr, j'attends la tuile. Des épingles à cheveux finissent par traîner, un centre de table en cristal est cassé. À quatre pattes en sous-vêtements, nous cherchons les morceaux. Eric dit qu'il trouvera une explication, mais Rebecca n'a pas l'air apaisée. Elle dit qu'elle a un tesson dans le pied, et n'en démord pas pendant une semaine entière. Elle assure qu'elle ne parvient pas à l'enlever et m'envoie acheter de l'eau oxygénée et de la gaze. En inspectant son pied, je ne trouve rien. *Regarde mieux*, dit-elle, alors la fois suivante, Eric et moi sortons. Je suggère de prendre une chambre.

Je sens que Rebecca est en train de reconsidérer ma présence chez eux. Si j'ai appris à me servir d'une serpillière et si je donne toujours l'impression d'enseigner à leur fille la méthode Ananas et tout l'afro-américain pour les nuls, j'ai tant de fois révisé mon CV que ma carrière dans l'édition et le fromage à pâte molle ont cédé la place à une carrière de journaliste scientifique. Mon enquête sur les essais cliniques sur les poissons zèbres au centre de recherche pour le cancer Sloan Kettering est étonnamment facile à improviser au téléphone, mais difficile de faire aussi bien en face à face quand la personne qui vous reçoit, un parent éloigné de Jonas Salk, veut discuter des implications morales de l'administration de cocaïne à des souris. Chez CVS, j'essaie de convaincre mon interlocuteur qu'indiquer aux jeunes le rayon pilules du lendemain a toujours fait partie de mon plan de carrière à cinq ans, mais en sortant de l'entretien, j'engloutis une bonne dose de sirop contre la toux sur le parking et remarque un des managers dans sa voiture, qui me regarde.

Et l'argent continue d'arriver. Il apparaît sur ma commode sous la forme de billets plus ou moins gros sans indications de l'expéditeur. Je dépose sur mon compte tout ce que je ne dépense pas en peinture. Je suis tentée de demander des explications à Eric quand nous passons du temps ensemble. Si c'est lui, j'ai peur que notre relation ne devienne transactionnelle, pas dans le sens où elle l'est actuellement – ma chatte de vingt ans et des poussières se mêlant à ses télomères effilochés –, mais dans le sens où je devrais mesurer l'irrégularité des paiements, quatre cents dollars une semaine et à peine cinq la suivante, à l'aune de mes performances.

Eric fait un break au boulot pour pouvoir pique-niquer avec moi. Je le vois avant qu'il me voie. Il est à quatre pattes, en train de lisser la nappe de pique-nique, et la scène manque tellement de dignité que je retourne à l'arrêt de bus pour revenir dix minutes plus tard et le trouver qui m'attend avec une bouteille de vin. Quand je m'assieds, il prend mon visage entre ses mains et je sens le salaire dans ce geste, la quarantaine et l'aisance relative qui l'accompagne. Il sort les crudités et le fromage, pendant que je roule un joint sec et mal tassé. Quand nous l'allumons, le papier s'enflamme trop vite, alors nous nous le passons en catastrophe. À l'instant où il commence à pleuvoir, un 747 vire vers Newark. Eric me tire sur ses genoux, et c'est un peu plus bizarre dans l'après-midi, comme ça, quand il peut voir mon visage. Je me laisse tomber sur la couverture et savoure le soleil sur mes bras. Je me dis que je vais lui demander pour l'argent, mais il couvre mes paumes de baisers en me racontant un pique-nique en famille où il s'est rendu compte qu'il était allergique à l'argent. Le métal, précise-t-il. Nous vidons la bouteille et il me raconte que ses parents sont vivants et toujours ensemble, que dans la banlieue de Milwaukee où il a grandi, il y avait une authentique sorcière de quartier qu'on appelle *völva* dans la tradition scandinave, et que cette sorcière lui avait offert sa première guitare. Je lui parle du dernier cadeau d'anniversaire offert par ma mère, un Polaroid, et je lui ôte son alliance pour la glisser dans ma bouche. Il me regarde un moment goûter le métal et la sueur, rouge et heureux, avant de se redresser brusquement pour m'asséner qu'il faut toujours que je dépasse les bornes. Nous partons séparément, et à la maison, nous ne nous parlons pas. Je n'ai pas oublié de lui demander d'où vient l'argent, je me suis simplement rendu compte que j'espérais qu'il vienne de Rebecca.

Elle est en grande partie inaccessible. Le matin, elle écrase du Zolpidem dans son café en se plaignant du chien de la voisine, et le soir, quand un nouveau vétéran arrive à la morgue, elle s'en va. Par moments, je sens de la prévenance dans notre relation : le petit ballot ficelé de tampons bio dans ma salle de bains, les annonces d'emploi et le stylo rouge sur ma coiffeuse. Mais, à d'autres moments, je suis sommée ne pas oublier que sa générosité est assortie d'un astérisque : ses questions qui sont toujours des ordres, ses SMS me priant de rester dans ma chambre pendant qu'elle médite, son insistance à me demander si je sais me servir d'une tondeuse et le masque en coton qu'elle me tend quand je lui réponds que l'odeur d'herbe fraîchement coupée me donne la nausée. *C'est un râle d'agonie*, commente-t-elle en me conduisant à la tondeuse et en ajustant les liens du masque, *l'herbe qui exprime sa détresse*, et toute la journée, le bide en vrac, je pense à ça, à la pelouse rasée et alcaline, au vinaigre dans le vin et au carnage dans la rosée, aux effluves de toutes ces choses qui veulent vivre.

Je veille jusqu'à ce que j'aie le salon pour moi seule, et en plein marathon Rocko et compagnie,

Rebecca rentre du boulot et s'endort à côté de moi, en chaussures et tenue d'hôpital. À une heure du matin, alors que les dessins animés sur Nickelodeon passent au noir et blanc, Rocky et Bullwinkle sont dans une montgolfière et je m'approche d'elle, elle sent le formol et la clope, ses cheveux sont humides et ses racines à nouveau blondes. Je repense à la paume de mes mains restée sombre plusieurs jours après la teinture. Je baisse le son de la télé et contemple Rebecca. Elle est comme moi, ordinaire, avec une tendance à piquer du nez dans des positions peu avantageuses, à la différence près que lorsqu'elle n'est pas à son avantage, elle a l'air soluble, son inertie enfiévrée, victorienne. Quand le dessin animé décrit une boucle qui envoie Jane Stetson dans l'espace, je m'apprête à me lever, mais Rebecca m'agrippe le poignet. *Tu devrais être reconnaissante*, dit-elle, le visage éclairé par la lueur de la télé, *tu as du temps à n'en plus finir*.

Quand tout est silencieux dans la maison, il m'arrive d'étaler du papier journal par terre pour y préparer ma peinture. Je mets l'épisode de *Mister Rogers' Neighborhood* qui se passe à la poste, et j'attrape mon agrafeuse et des tasseaux. J'éteins plusieurs fois mon téléphone en espérant qu'en le rallumant, j'y trouverai d'autres affreuses nouvelles que les habituels assassinats que je guette toujours avec impatience, un truc dans l'espace qui foncerait droit sur nous, une lune errante ou une machine racée pleine de céphalopodes exterminateurs. Mis à part ça, il y a des choses à peindre, les bottes de Rebecca et les granny smith qu'elle a croquées sans les finir, Rebecca dans le jardin, les six photos pleines de grain que j'ai prises d'Eric et elle un mois plus tôt.

En photo, c'est encore moins abstrait, encore plus anatomique, le scrotum d'Eric et les genoux de Rebecca, même s'il s'en échappe une tendresse qui me donne à réfléchir. J'essaie de la rendre en peinture, mais le résultat n'est jamais vrai. Ils sont choquants et embarrassants dans leur façon de vouloir emboîter deux corps si différents. J'ai vu Eric et Rebecca plus ou moins déshabillés - la splendide silhouette en V d'Eric et ses sous-vêtements hétéros, Rebecca dénudée comme une mère peut l'être, révélant sous le tissu-éponge des zones de nudité tourmentées ou l'unique crochet qui fonctionne encore d'un soutien-gorge Playtex - mais là c'est différent, une preuve qu'ils sont plus que l'endroit où ils ont échoué. J'aimerais que ça s'arrête. Tous les mardis, vingt-trois heures, Conan O'Brien sur TBS. Ces soirs-là, je me glisse dans la chambre d'Akila et mets un casque. Je recharge mon fusil et débarrasse l'église du village des soldats allemands. Je ne parviens pas à sortir de Normandie. Mes armes sont de mauvaise qualité, le recul est trop grand et mon avatar a des acouphènes. Je tire une salve et ma manette bugue. Je suis obligée d'attendre que le sifflement s'arrête. Akila lève le nez de son ordinateur et soupire, sa façon passive-agressive de me rappeler qu'il y a des activités de gaming plus nobles, des jeux dans lesquels je dois parler à des villageois, des jeux qui exigent que je me plie en quatre pour recruter des camarades essentiels mais qui n'offrent pas la satisfaction immédiate de faire voler en éclats un bunker ennemi. Négro ! hurle un petit Hollandais à un parachutiste dans le ciel. Je retire mon casque et Akila et moi reprenons nos préparatifs pour le Comic Con, qui a lieu, comme elle me le rappelle souvent, dans deux semaines.

Une fois nos billets achetés, Akila m'annonce qu'elle y assistera déguisée en Efrit. D'emblée, il y a des obstacles : adapter la forme canonique d'un seigneur du feu arabe de sexe masculin au corps d'une gamine de treize ans, fabriquer l'armure et les cornes en prenant globalement en compte la légère dysmorphie d'une silhouette depuis peu adolescente. Elle punaise la photo d'un Efrit au dos de sa porte et mesure ses cuisses. Dans sa déclinaison la plus ordinaire, le costume n'est guère plus qu'un pagne, et même avec nos adaptations, il sera trop déshabillé aux yeux d'Eric et Rebecca. Cependant, comme ils ont remarqué le dédain naissant d'Akila pour son corps, ils préfèrent ne rien dire qui pourrait aggraver les choses. Ils vont dans le jardin débattre à voix basse pour décider si leurs réticences sont anti-féministes ou pas. Assise à ma fenêtre, j'écoute Rebecca défendre l'option des collants opaques pendant qu'Eric ne sait pas comment conjuguer sa blanchité et la capacité d'Akila à agir. *On ne peut pas lui laisser faire tout ce qu'elle veut sous prétexte qu'elle est noire*, dit Rebecca, ce *n'est pas du féminisme intersectionnel, on serait juste de mauvais parents*. Malgré les protestations de Rebecca, le cosplay se présente comme prévu, parce qu'au final, ni Eric ni Rebecca n'ont envie de gâcher ce climat exceptionnel dans lequel leur fillette s'est mise à sourire. Au dîner, elle discourt à n'en plus finir sur la lutte acharnée de Stan Lee pour sauver Spiderman, en qui les éditeurs ne croyaient pas parce qu'ils ne pensaient pas possible qu'un gamin de la classe moyenne du Queens puisse devenir un superhéros, et elle continue à tenir le compte de ses calories dans le cahier consacré à son programme du Comic Con, un document tatillon et touffu sur treize colonnes pleines d'annotations en couleurs.

Eric et moi allons chercher quatre mètres de faux cuir et cinq cents grammes de mousse ordinaire chez

Joann Fabrics. Nos achats sont guidés par la paume de nos mains, nous tâtons du brocart raide et du cachemire poilu, en cherchant à nous assurer dans le regard de l'autre qu'on ressent la même chose. Nous essayons de fabriquer le feu. Eric n'est pas un artiste, mais c'est un homme exigeant, qui se montre si sérieux dans le choix des matériaux qu'avant d'aller se coucher il attend de pouvoir appeler un distributeur de latex en Chine qui nous a envoyé un jaune canari au lieu d'un jaune orangé. Nous faisons des réserves de matériaux jaunes et rouges, avons du mal à trancher entre un feu interactif ou un feu décoratif. Eric propose à Akila de nous accompagner à Mahwah consulter les archives de la ville, où deux archivistes nous attendent avec un manuscrit arabe. Ils nous tendent des gants en coton et au milieu du texte aux lignes anguleuses, il y a l'image d'un Efrit rasant une ville persane. Eric sourit de voir Akila tourner précautionneusement les pages, et de retour à la voiture, il a l'air soulagé. Quand nous arrivons à la maison, il la laisse ouvrir la portière et partir devant puis se tourne vers moi et me dit avoir besoin que tout soit parfait. Il m'avoue que Rebecca ne voulait pas adopter et qu'il se demande si Akila le sent. Nous échangeons quelques idées sur la forme que pourrait prendre le feu - carton, guirlandes lumineuses, mouchoirs noués -, et ne voyons Rebecca qu'en coup de vent car elle part travailler.

Le lendemain, Rebecca ne retrouve pas sa bague de fiançailles. Eric et elle discutent un moment dans la voiture et à leur retour, elle jubile. Eric moins. Il nous assigne à chacun des portions de la maison, et tout le monde se met en quête de cette bague. Pendant que je regarde sous le canapé, Akila descend et me fusille du regard. Je monte et trouve Rebecca en train de lire dans son lit. Plus tard dans la semaine, Eric verse une avance pour une nouvelle bague. Quand il m'annonce le prix, j'en ai le souffle coupé. Il se plaint de ne pas avoir les moyens, mais ce qu'il veut dire, c'est que ça l'emmerde. D'autant que Rebecca ne tergiverse pas, elle exige une marquise en diamant montée sur de l'or blanc, sertie de musgravite et de citrine. Un soir où elle ne travaille pas, elle me demande d'aller me renseigner sur l'état d'avancement de la commande chez le bijoutier. Personne dans la boutique ne vient me proposer son aide. Et quand je veux en savoir plus sur la bague, ils me répondent qu'ils ne sont pas autorisés à me la montrer. Ils ne me quittent pas des yeux jusqu'à ce que je sorte du magasin et le lendemain matin, j'assure à Rebecca que la bague était magnifique.

Quelques jours plus tard, Eric réserve une chambre pour l'après-midi au Marriott de Jersey City. Il se passe des choses au rez-de-chaussée qui l'ont mis de mauvaise humeur : une conférence sur le droit constitutionnel et un spectacle de jeunes enfants ayant pour thème un écureuil célèbre. Le lobby est plein d'avocats et de gamins tenus en laisse. Eric prend un appel de son assistante, qui est en train de gérer une livraison de film acétate qui a viré au fiasco. *C'est le syndrome du vinaigre, c'est ça que tu me dis ?* lui dit-il pendant que je me déshabille. Il raccroche et range ses chaussures près de la porte. Il m'examine du dos de la main, sans la paume, le contact est distant, une inspection silencieuse que j'essaie d'accueillir avec détachement, même si je n'aime pas trop mes seins, qui pendent vers l'extérieur et ont l'air mort quand je ne suis pas excitée. Il me demande de lui retirer sa montre et j'obéis, maladroitement, pendant qu'il scrute mon visage. Il fait une drôle de tête, j'essaie de ne pas m'inquiéter, mais même après avoir ôté son pantalon, il a toujours cet air de quelqu'un qui ne trouve toujours que du rien partout, et ça me donne l'impression que ce rien, c'est moi. Il y a trop de préliminaires, une salve de baisers *corporate* qui me donnent surtout l'impression qu'il pose le couvert, et ses doigts qui actionnent tous les boutons les plus fiables. Mais il n'arrive pas à bander. Je fais de mon mieux. Une branlette interminable qui me laisse le biceps en compote, une pipe condescendante et vaine et l'envie terrible que tout ça finisse un jour. Quand le moment arrive enfin, je m'allonge à côté de lui et pense aux photos, au rut muet du mari et de la femme. Je lui presse l'épaule et ça me soulage qu'il repousse ma main.

Une heure plus tard, faute d'avoir trouvé quelque chose à la télé, nous descendons nous incruster discrètement au concert. Les gamins ne sont plus en laisse et ils sont massés sur la scène pendant un prélude techno à « London Bridge is Falling Down ». Quand les lumières se rallument, un Big Ben en papier mâché de plus de deux mètres de haut se dresse sur la scène, doté de deux énormes mains mobiles. En fond, sur un écran, il y a une projection stroboscopique de la London Eye. Alors qu'Eric me tend une flasque, je remarque que Big Ben affiche la bonne heure. Il y a des parents, détendus ou maladivement vigilants, un homme qui signe quelques papiers, le dos de sa femme comme pupitre, et une femme qui se tire du lait à côté de la charrette à hot-dogs.

L'écureuil est en fait un robot, mais quand il apparaît, les hurlements fusent et quelques enfants doivent être évacués. Eric et moi essayons de garder notre flegme, mais « La fourmi m'a piqué la main » à 150 bpm, c'est plutôt pas mal quand on enchaîne les gorgées de gin, et même si l'on n'est pas dans la tranche d'âge ciblée, l'écureuil nous épate avec ses yeux sombres et mouillés. Eric se tourne vers moi et je sais que nous

nous disons la même chose : les enfants d'aujourd'hui n'ont jamais connu l'époque des prototypes et la Vallée de l'étrange a disparu.

De retour dans la chambre, nous sommes plus détendus. Il ouvre la fenêtre et met la radio, puis nous fumons un joint que j'ai trouvé aplati au fond de mon sac. Il répète sans arrêt qu'il ne sent rien, pourtant il sort un peigne de sa mallette et passe un temps fou à tester plusieurs raies dans ses cheveux. Il sort de la salle de bains la raie au milieu et me prend dans ses bras alors que tous les robinets sont ouverts. Une chanson qu'il aime passe à la radio, un titre de supermarché qui avait fait un tube dans les années 1980, et je me rends compte qu'il est défoncé et pas moi. J'ai trop tiré sur un joint pas assez chargé et je sens encore l'effort physique derrière mes yeux. Il m'invite à danser, mais le morceau est mauvais. Je crois qu'il faut avoir été vivant dans les années 1980 pour aimer ce genre de musique. Je crois qu'il faut une cartographie neuronale particulière, un accès de nostalgie pour mettre du miel dans ce genre de morceau extraverti et sans aucune puissance érotique, parfait pour les galeries marchandes. Pourtant, je danse avec lui, mais la lumière m'empêche de me détendre. J'essaie d'en faire une plaisanterie, mais, voyant la déception d'Eric, je ne sais plus comment m'occuper les mains. Il veut que je m'arrête et m'ordonne de m'allonger sur le ventre. Je lui demande si quelque chose ne va pas, alors il me soulève le bassin pour me prendre par-derrière pendant qu'à la radio, une voix somnolente introduit « Come on Eileen ». *Tu n'as nulle part où aller*, dit-il. Et il me demande de le répéter.

– Je n'ai nulle part où aller, lui dis-je, et quand c'est terminé, il prend une longue douche, puis se confond en excuses.

Il me raconte qu'enfant, il avait tout un tas de problèmes immunitaires et qu'il était quelquefois obligé de garder son nounours dans un bocal, et il ajoute que c'est cette même réponse immunitaire qui freine aujourd'hui sa production de sperme. Comme ça mérite la réciprocité, je lui raconte que j'ai avorté à peu près au moment où j'ai appris à me servir d'un fusil. Je lui reparle du Polaroid que ma mère m'a offert, des photos d'arbres et de lignes téléphoniques que j'ai prises pendant des semaines, avant de braquer l'objectif sur elle. Elle se prêtait de bonne grâce à l'exercice, jusqu'au jour où elle a vu sa tête sur les photos et m'a demandé d'arrêter. Sur le coup, j'avais trouvé ça mesquin et puéril, une réaction que j'avais notée chez d'autres femmes moins intéressantes, mais plus tard, en regardant les photos, je m'étais dit qu'elle avait raison. Ce n'était pas juste qu'elle n'était pas photogénique : elle était tellement mise à nu par la pellicule qu'elle en devenait grotesque.

À la maison, nous confectionnons une moitié de feu avec du tulle rouge et jaune. Akila s'en enveloppe l'épaule, puis déchiquette du journal pour le papier mâché. Eric va chercher des vinyles au sous-sol, et nous sculptons les cornes au son de « Dancing Queen », mais quand vient le moment de découper le plastron dans un morceau de mousse, nous en sommes déjà à des morceaux moins connus d'Abba. Une fois la colle sèche, nous sortons peindre à la bombe grise les cornes et le plastron. Akila me montre sa collection de comics, qu'elle me laisse parcourir - mis à part quelques-uns que je n'ai pas le droit de toucher. Ils sont plus ou moins vieux et plus ou moins en bon état - des numéros récents, pas épais, avec des pubs pour du lait et pour Tekken, des numéros *Girl Power !* avec davantage de personnages féminins - et un peu plus *butch* soit dit en passant - des numéros plus anciens qui, entre les pubs pour Gap et les bonbons Gushers, draguent ouvertement la génération X, le fils de Bruce Wayne version grunge-cheveux longs, la vingtaine et de la coke plein les narines, à l'étroit dans le Gotham Grande Dépression de son père.

Eric et moi commettons davantage d'erreurs. La plus notable : cette première et dernière fois qu'il m'appelle « bébé », alors qu'il essaie d'attirer mon attention sur les lettres de relance pour mes prêts étudiant, un mot qu'il veut aussitôt retirer, je le vois, parce que ça a quelque chose de grotesque, et parce qu'on s'aperçoit peu après que Rebecca est dans la pièce. Le lendemain, nous nous rejoignons à l'heure du déjeuner dans un hôtel Wyndham à Teaneck et en rentrant à la maison, je trouve Rebecca pliée en deux dans le jardin avec sa truelle. Elle fouille le fenouil et la lavande avec ses mains et inspecte ses paumes. Elle m'explique que c'était censé être un jardin à papillons, mais que cette année, plusieurs choses ont foiré. Les fleurs ont fait peu de pollen et il y a eu beaucoup de prédateurs naturels. Des chevreuils curieux. Des hannetons et des araignées qui attendaient dans le mimosa les belles-dames et les vulcains. Les oiseaux-mouches découragés par le lys stérile. À présent, le jardin est plein de mauvaises herbes et d'exosquelettes. Rebecca entame l'arrachage à la truelle. Je lui demande si elle veut de l'aide, et elle me dit que ça va. Son T-shirt est humide, jauni sous les bras. Elle marmonne dans sa barbe, parle de croissance opportuniste. Elle prend ses sécateurs et taille autour de la lavande, mais le temps d'arriver à la menthe bergamote, elle ne se sert plus que de ses mains.

– J'ai l'impression d'être la seule à entendre ce chien, dit-elle, et alors seulement je remarque les aboiements. Elle continue : C'est notre faute s'ils sont comme ça. On les a affaiblis physiquement, on les a rendus accros à notre affection. C'étaient des loups, maintenant ce sont des carlins asthmatiques.

– Je n'ai jamais compris ce qu'on leur trouvait. Aux pugs.

– J'ai vu tes toiles, dit-elle, penchée vers la sphaigne.

Elle a gentiment évité de se retourner, mais le room-service du déjeuner remonte jusque dans ma bouche.

– Lesquelles ?

– Toutes, dit-elle, et bien sûr je ne songe qu'aux plus compromettantes.

Des toiles que j'ai tout fait pour cacher. Des toiles qui parlent d'envie de reconnaissance, de désir et d'elle, de façon disproportionnée. Bizarrement, je regrette aussi de n'avoir pas été là pour la voir en train de se voir.

– Tu en as pensé quoi ? je demande, et elle jette un regard noir par-dessus son épaule.

Je ne sais pas si c'est moi qu'elle regarde ou le chien du voisin.

– Je crois qu'il y a encore du boulot.

Quand tout le monde dort, je passe mes toiles en revue et je me déteste. Je fais de mon mieux pour éviter Rebecca, ce qui n'est pas compliqué vu qu'elle a pour ainsi dire disparu. La génération silencieuse est en train de mourir en masse, et quand elle ne travaille pas, elle dort. L'oreille tendue, je me surprends à guetter son retour. Et puis brusquement, alors que je suis en train de bosser sur un nouvel autoportrait raté, je réalise que j'ai du retard. Je jette un œil sur mon appli de suivi des règles : pas de petite goutte rouge affichée depuis soixante-deux jours. Dessous, j'ai écrit - *sale nouvelle. J'aimerais être un homme. J'ai besoin de nouveaux gessos et d'ultramarine*. Je vais chercher quelques cintres en métal dans le placard et je trie les vêtements qui traînent par terre. Puis, je gratte ma palette du bout des ongles pour la nettoyer et, avec l'acrylique sèche, je prépare une roue des couleurs où dominent les nuances de bleu. Allongée sur mon lit, je me demande comment il est possible que les femmes ne le sentent pas, ce moment exact où leur corps commence à créer.

La semaine suivante, Rebecca insiste pour que j'assiste à la cérémonie de remise de ceinture d'Akila, sans évoquer les toiles. Quand je monte dans la voiture, Eric me regarde comme si c'était mon idée. Une fois sur place, il m'appelle Edith et va s'asseoir aussi loin de moi que possible. Akila rate sa ceinture de peu. À quinze pas du but, elle a un trou de mémoire et demande à quitter le tatami. Rebecca, qui discute avec l'instructeur noir, me fait signe d'approcher et me présente comme une amie de la famille.

Bien sûr, nous nous sommes déjà rencontrés, lui et moi. Nous nous sommes repérés, puis lancés dans le genre d'échange télépathique *light* nécessaire dans les endroits comme ça, nous nous sommes dit, *Voilà, on est là, noirs en douceur et avec des pincettes*. Si ce que Rebecca prévoyait pour nous, et qui l'a poussée à nous présenter, a quelque chose d'insultant, Robert se prête au jeu et nous échangeons des paroles creuses sur une éventuelle prochaine fois à laquelle nous ne croyons ni l'un ni l'autre. À la maison, Akila fait la tête. Le costume est terminé et si les éléments qui le composent avaient de la gueule tant qu'ils étaient théoriques et isolés, sur son corps, ça ne marche pas. Elle se regarde dans le miroir et son sourire s'évapore. Elle se tourne vers Eric et lui fait quelques compliments sans enthousiasme parce que ça l'a touchée qu'il s'investisse autant, mais elle a du mal à cacher son embarras. Nous aussi. On ne sait pas trop si l'on doit attribuer le désastre à nos piètres talents de costumiers, ou si c'est juste la réalité dégrisante d'un tel costume sur un corps qui n'est pas un dessin animé.

– Ça va, dit Akila, mais pendant les semaines qui suivent, ça ne va pas fort, non.

Les probiotiques et le polyéthylène glycol n'ont aucun effet sur mes intestins perpétuellement irrités, même si mon incapacité à garder quoi que ce soit dans l'estomac soulage un peu ma constipation chronique.

Je me remets à Call of Duty et soumets ce jeune Hollandais à quelques tirs fratricides. Je sors faire l'emplette de quelques tests de grossesse, tonds un peu la pelouse puis vais me planter devant la fenêtre de la petite vieille qui m'observe, planquée derrière ses rideaux, et la regarde droit dans les yeux, avant de m'apercevoir que la tondeuse est en train de bifurquer vers la rue.

Le lendemain matin, j'ai la nausée. Je reste au lit toute la journée et ne me lève que pour essayer de vomir, sans succès. Rebecca entre dans ma chambre sans frapper et me demande de m'habiller. Comme elle ne me livre aucune explication, j'enfile une robe à sequins et les plus hauts de mes talons. Dans le SUV, elle me demande si j'ai froid. C'est une remarque, en vérité, pas une question. Mais cette robe aussi est une remarque. Une remarque censée lui dire, *Ton ambiguïté me fatigue*. Censée lui asséner, *Voilà ce qui se passe si tu me laisses interpréter*. Elle met le chauffage et cale la radio sur le Top 40. Je ne reconnais aucun titre. Je me dis que j'ai traîné trop longtemps dans le New Jersey. Le temps de me rendre compte qu'on est de retour à New York, on est déjà dans Midtown. Je tourne la tête vers le sud de la Sixième Avenue et j'ai l'impression d'être sur une île, assiégée par une eau âpre et jaune qui s'enfonce lentement dans le limon.

Nous arrivons à l'hôpital. Dans l'ascenseur qui descend à la morgue, je me sens un peu conne habillée ainsi. Quand Rebecca me tend une combinaison de protection, je lui adresse un merci silencieux, déterminée à lui opposer jusqu'au bout un visage impassible. Elle ouvre son casier et en sort un chevalet, une toile noire, une palette en métal, un couteau à palette, trois pinceaux et du jaune, du magenta, du cyan. Je fais tourner le pinceau dans ma main et lis ce qui est inscrit sur le manche en lettres dorées pendant qu'elle ouvre la porte de la morgue.

– C'est du poil de blaireau, ça ira ? dit-elle.

– Oui, je murmure en contemplant la peinture, aussi belle que les pinceaux - des huiles de lin pures, saturées.

Pendant que je découvre les produits, elle fait le tour du cadavre en se malaxant les mains. Elle a déjà l'air fatigué, mais elle met la radio et attrape sa scie. Elle me jette un regard un peu impatient, alors je comprends que moi aussi, je suis censée commencer. Je déplie le chevalet et installe ma toile. Je prépare quelques couleurs tertiaires, toutes chaudes. Le magenta est si onctueux, si riche en pigments que je ne peux pas me résoudre à le refroidir. Préparer la palette est un bonheur, mais je pose ensuite les yeux sur le cadavre et mon cœur se soulève. Ce n'est pas le corps. C'est le public. Rebecca fait comme si je n'étais pas là, mais en me tournant vers ma toile, je sens ses yeux posés sur moi. Elle me dit de m'approcher et lance, à personne en particulier, *Blanc, sexe masculin, 87 ans, occlusion coronarienne*. Puis elle ouvre la cage thoracique et en sort le cœur, brillant, imposant et exsudant une plaque jaunâtre. Je réalise mon croquis initial du corps avec du cyan dilué, et au moment de colorer la chair, je me rends compte que Rebecca travaille trop vite pour moi. Un instant, le corps est entier, et l'instant d'après, il est retourné comme une couenne.

Le tableau est boueux et fibreux, mais il y a quelque chose d'exact à l'intérieur, et une fois qu'elle s'est douchée et qu'on a repris la voiture pour rentrer, une traînée de sequins conduit jusqu'à ma chambre. La fois suivante, je suis en jean et en T-shirt. J'apporte des crayons graphite et un bocal de térébenthine. Je règle la radio sur quelques-unes de mes stations préférées sans que Rebecca proteste. À l'entrée du Holland Tunnel, son tableau de bord se met à clignoter. Elle me dit de ne pas faire attention, que la voiture crie régulièrement au loup comme ça depuis deux ans. N'empêche qu'en arrivant sur le parking de l'hôpital, le moteur pousse un gémissement humain. Nous enfilons nos combinaisons et je déballe mon équipement. Elle ouvre la porte et pendant que je mélange, elle pose le gros intestin sur un plateau métallique. Je m'approche et elle dit, *Blanc, sexe masculin, 89 ans, cancer de la prostate*. Je fais de mon mieux pour ne pas trop y penser, mais c'est difficile de ne pas songer à ce que révèlent les cicatrices d'opération entre le rectum et la vessie : il a tenté, mais il a perdu. Bien sûr, c'est ce que Rebecca aime dans son travail, les histoires que les corps racontent. Pour elle, la meilleure façon de comprendre une chose est de la mettre en pièces. Elle me raconte qu'elle démontait tous ses jouets, que ça perturbait sa mère mais que son père la comprenait et qu'il s'était mis à lui acheter des objets qu'elle pouvait assembler de A jusqu'à Z - horloges, voitures, maquettes d'avion.

Rebecca sourit en découvrant ma représentation du cerveau qu'elle coupe en deux, vu du dessus il a des airs de vaisseau spatial ou de légume racine. Nous écoutons la radio et pendant les pubs, elle me raconte d'autres histoires dans son style coq-à-l'âne et avare de mots, *Il y a eu une explosion au crématorium. Quelqu'un a oublié de retirer le pacemaker*. Ou bien, *De Vinci injectait de la cire fondue dans les cavités du cerveau et posait l'image négative dans l'encre*. Je ne suis pas en train d'inventer l'IRM pour autant. Je galère avec les tendons de la main. Les maîtres étaient des maîtres parce qu'en matière d'anatomie leur vocabulaire était conséquent, parce qu'ils comprenaient l'épaule sous toutes ses coutures - latérale, postérieure et antérieure -, ce qui en bout de ligne les aidait à représenter Jésus tel qu'il était vraiment sur la croix, mais il y a même dans le système respiratoire une langue plus riche que ce que je pourrai jamais en comprendre. Une semaine plus tard, Rebecca reçoit un vétéran du Vietnam obèse qui souffrait d'une hyperinflation pulmonaire (*Blanc, sexe masculin, 63 ans, crise d'asthme*) et elle a beau avoir toute la force nécessaire à une femme pour soulever des cadavres, elle ne peut pas le faire seule. Abandonnant ma toile un instant, je suis ses instructions et attrape les jambes pour le déplacer avec elle comme on déplacerait un canapé dans un escalier.

Au-delà de ça, toute ma joie survient sous mon couteau à palette : les plis du corps sont plus marqués et tellement plus sympa à peindre, la palette de couleurs est très majoritairement caucasienne, et donc un peu lassante, même si l'intérieur du corps laisse le champ libre à l'expérimentation avec les bleus et les rouges sombres et froids. Les cadavres des tableaux de Rembrandt étaient tous des criminels. Les vrais sujets sont les érudits réunis autour du corps. Dans mes tableaux à moi, c'est une silhouette de femme vaguement articulée, trop mobile pour être opaque, penchée au-dessus du corps, des forceps à la main. Si c'est elle qu'elle voit à cet endroit, elle ne le mentionne pas. Mais il lui arrive de marmonner son approbation en jetant un coup d'œil par-dessus mon épaule, ce qui bien sûr m'agace, même si ça me fait aussi un peu plaisir.

La deuxième cause de mortalité chez les vétérans est le suicide, et c'est ce que m'apprend Rebecca alors que le corps suivant se révèle jeune. Je sors mes peintures et Rebecca n'allume pas la radio. Après la douche, nous restons assises un moment dans la voiture, les cheveux mouillés. Nous partageons une cigarette, et à trois kilomètres de la maison la voiture tombe en panne. Rebecca appelle l'assurance et sort de la boîte à gants un pistolet qu'elle me demande de mettre dans son sac. Je le fais tourner entre mes doigts comme si je le découvrais, mais elle a vu mes toiles, elle sait que j'ai tout catalogué dans la maison. L'arme me fait le même effet que la première fois, elle a un côté rudimentaire, prototypique, avec son gros canon carré. J'enlève le chargeur et le glisse dans son sac. Quand la dépanneuse arrive, nous patientons sur le bas-côté et le vent rabat sans arrêt les cheveux de Rebecca sur son visage.

– Le portrait de ta mère, c'est ton plus réussi, dit-elle, alors je repense au Polaroid, à l'excitation de saisir un sujet contre son gré, pendant son sommeil.

Je pense à la photo et à la fulgurance avec laquelle une femme endormie est devenue une femme morte.

Pendant les derniers jours de sa vie, ma mère n'a pas dormi. Tout n'était que cercles de prière et huiles essentielles dans des tupperwares, adventistes du septième jour munis de cloches dans le salon qui jouaient « Power in the Blood » pendant que mon père, privé de match des Yankees, appliquait de la myrrhe sur les maigres poignets bruns de ma mère. La nuit d'avant, une diaconesse m'a convaincue de me charger de la cloche *fa* dièse, et en regardant ma mère pendant la transition entre « Amazing Grace » et « How Great Thou Art », j'ai vu clairement son désir de mourir. Pendant que quelqu'un qui n'avait pas l'oreille musicale se lançait dans l'histoire de Lazare, les World Series tournaient sur une télé à l'étage. Une balle disparaît dans le Bronx tandis qu'un mort sort vivant de sa tombe et l'histoire en reste là, optimiste, au milieu du gué, un miracle si médiatisé qu'il devient le catalyseur de la crucifixion, un juste échange finalement – un homme contre un autre –, même si trois jours avant sa mort, Jésus est retourné voir Lazare et nous pouvons à bon droit nous interroger sur les propos qu'il lui a tenus : en voyant ce que Lazare avait commis dans l'intervalle, Jésus s'est-il demandé pour quoi il mourait ?

À la maison, Rebecca et moi galérons toutes les deux pour enlever nos chaussures, et au départ ça a l'air d'une coïncidence, mais bientôt je m'aperçois qu'en vérité je fais volontairement durer le moment, et elle aussi. Le silence dans la maison est un retour à la réalité si violent que le simple fait de la regarder me gêne. Sentant que le ridicule approche, elle finit par se débarrasser de ses chaussures. Et pour se donner une contenance, elle va s'occuper du courrier. Je le lui prends des mains, mais voyant que c'est une facture d'électricité, je ne sais pas quoi en faire. Je lève les yeux vers elle. Je l'ai énervée, mais il y a sous l'agacement quelque chose de bizarre et de plus durable, alors je la prends dans mes bras et le regrette aussitôt, jusqu'à ce qu'elle fasse pareil, mais pas tout de suite, son corps scandaleusement dur quand elle me serre contre elle et fait courir ses doigts dans mes cheveux, tous les ingrédients qui la composent - formol, cendre, gel contour des yeux - désormais identifiables à bout portant.

L'après-midi suivant, Eric et moi prenons une chambre dans un Days Inn. Nous sommes tous les deux crevés et Eric a mal au dos. Alors que nous montons dans la chambre, un type des archives nationales l'appelle, et il passe un long moment à discuter de l'intégrité d'une tapisserie polynésienne, apparemment attaquée par des mites. Au début, ces coups de fil ne me dérangeaient pas, mais comme ils se font de plus en plus fréquents, j'ai le sentiment que ce sont des conversations que je suis censée entendre, conversations qui montrent à quel point il est occupé et qui me parlent de la chance que j'ai de le voir interrompre ainsi sa journée. Quand il a raccroché, nous partageons une mignonnette de gin, puis je lui marche sur le dos un moment en réfléchissant à ce qui nous attend dans cette chambre. L'idée me traverse qu'il n'est peut-être pas si intéressant que ça, qu'il est juste plus vieux que moi, juste un type qui a claqué tout son budget déconvenues et qui a atterri de l'autre côté avec un plan d'épargne retraite. Lorsqu'on fait l'amour, ça dure tellement longtemps qu'au bout d'un moment, quand l'envie d'en finir devient plus pressante que le plaisir, d'un seul regard on jette l'éponge. Je me rhabille et lui annonce que je vais chercher de la glace, au lieu de quoi je file à la salle de muscu soulever des haltères jusqu'à ce que mon corps me lâche. En revenant, je le trouve inconscient dans la salle de bains.

J'appelle la réception, un employé se présente et me dit que ça arrive sans arrêt. En montant dans l'ambulance, je vois les secouristes essayer de donner du sens à notre asymétrie. Ils veulent savoir qui nous sommes l'un pour l'autre, ce que nous faisions là, et s'il y a eu consommation de stupéfiants. Pour sa date de naissance, je réponds au pif. À l'hôpital, il commence à reprendre conscience. J'appelle Rebecca, je n'ai pas le choix, et quand elle arrive, elle refuse de me regarder. Elle pose à l'infirmière quelques questions que je ne comprends pas. Nous attendons de l'autre côté du rideau, le temps qu'Eric leur fournisse un échantillon d'urine, puis le médecin passe nous dire que les syncopes sont quelque chose de très commun, et que vu sa faible fréquence cardiaque, Eric devrait faire attention à ne pas se lever trop brusquement et compter jusqu'à cinq avant de se mettre debout. Une fois rentrés à la maison, pas de chouchoutage : Eric sort de la voiture et Rebecca m'annonce qu'elle retourne au boulot, en me regardant dans le rétroviseur.

– Je ne voulais pas ça, dis-je.

– Ça t'arrive de faire des choses consciemment ?

– Ce n'est pas ma faute.

– Le slogan de ta génération.

– Pourquoi ma génération ? Pourquoi pas moi, spécifiquement ?

– Parce que tu n'as rien de spécifique, dit-elle. Tout ça, ça a déjà été fait.

Elle me regarde dans le rétroviseur et tapote sur le fond de son paquet pour faire sortir une cigarette.

– Ça ne m'aide plus, maintenant, dit-elle.

– Quoi ?

– Je veux que tu partes, je te donne un mois.

Puis elle met la radio - un morceau qu'on écoute souvent à la morgue, mais elle n'a pas l'air de le reconnaître. Je descends de voiture et la regarde s'éloigner, avec ce bruit bizarre que fait toujours son SUV. En entrant, je trouve Eric et Akila en train de jouer à Mario Kart. Ce n'est pas surprenant qu'il ait choisi d'être Mario et qu'il n'arrive pas à rester sur la route arc-en-ciel. Comme il ne tire aucun avantage de la discrimination positive accordée à Mario Kart et qu'il disparaît dans le noir, je le regarde en pensant au certificat de l'Association des bibliothèques américaines que j'ai trouvé avec sa carte d'assuré. Je songe aussi à la tête qu'il faisait dans la salle de bains, à sa bouche ouverte, à sa bite molle et aux veines visibles sous la pâleur de sa peau luthérienne, et alors qu'une Princesse Peach et un Luigi de synthèse traversent la ferme Meuh Meuh, je me rends compte que je ne pensais pas m'être trompée à ce point. Je pense à tous les hommes faibles que j'ai fait dieux. Alors je monte dans ma chambre me laisser happer dans un vortex Wikipédia traitant de la religion sur Tatooine. Je termine mon cosplay et reste assise dans le noir en bikini métallique, et le matin je me traîne jusqu'à la salle de bains chercher le test de grossesse. J'ai presque envie de prier, mais par principe, je ne le fais pas. Dieu n'est pas du côté des femmes. Il est du côté du fruit. Il vous fait désirante, il vous fait diabolique, et puis pendant que vous dormez il plante dans vos entrailles une graine qui ne naîtra que pour mourir.

8

Le matin du Comic Con, en rentrant de son jogging, Eric annonce que quelqu'un a abattu le chien du voisin. Le pâté de maison grouille de policiers. La vieille femme est au milieu de la rue, elle tient renversée dans ses bras une niche qu'un flic essaie de lui arracher. Derrière eux, on a recouvert le chien d'un drap. J'observe de ma fenêtre et, un bref instant, j'aperçois le haut de la tête de Rebecca qui ramasse le journal sur le perron. Quand je descends, elle est en train d'enlever les sections du journal qu'elle ne veut pas lire - politique, sport, horoscope. Je prends l'horoscope : il y a une conjonction entre Mars et Vénus, un stellium visible seulement sur la côte est. Dehors, un camion poubelle essaie de contourner les voitures de patrouille. Un éboueur stressé en descend et un flic lui annonce qu'il ne peut pas ramasser les ordures aujourd'hui.

Rebecca lisse un pli du papier de la section art et spectacles. Une starlette est morte. Une starlette donne le sein à son bébé sur la plage, la bouche ouverte et les yeux fermés. Depuis qu'elle m'a demandé de partir, je m'attends par moments à ce que surgisse un mot lourd de signification entre nous deux qui serait le mot de la fin, mais rien ne vient. J'ai envie de lui dire que je peins. Sur le front boulot et sur le front logement, je n'ai fait aucun progrès, mais il se passe quelque chose sur ma toile, un changement dû à un calcul humain infinitésimal qui rend la chose vivante, donne à l'œil peint des racines et une rétine, l'apparence d'un organe qui voit. Je veille tard avec un exemplaire d'occasion de *La Forme dans l'art*, et commence par les os du crâne puis continue jusqu'aux dents. Bien sûr, ce n'est pas pareil. Je la regarde partir bosser et je songe au bout humide de la cigarette que nous avons partagée, à la minuscule douche de la morgue et à ses pieds délicats sous le rideau, à sa scie à os, une fin de série spécialement conçue pour une main de femme. Je m'éveille d'un rêve dans lequel elle essaie de caler un poumon dans un bocal trop petit, et la journée durant, tout a une odeur de saumure, même si c'est sans doute simplement la térébenthine.

Je regarde les annonces pour des studios pas chers à Newark et Bensonhurst, mais je n'ai assez d'argent que pour deux mois de loyer. Ou pour un mois de loyer et un avortement, même si sur ce dernier point, j'hésite. Je ne me reconnais pas, ingambe et nocturne et disposée à croire que si mes tableaux sont bons, je le dois à ma grossesse. Parce que je ne peux pas dormir en sachant ce qui se passe à l'intérieur de mon corps, et quand je ne dors pas, je peins. Je n'ai jamais été si fatiguée. Je n'ai jamais été si prolifique. Et si au moment de prendre rendez-vous ils me demandent si c'est ma première fois ? Et si je suis le genre de femme à devoir le faire deux fois ?

Je monte dans ma chambre, passe le bikini en ferraille et fixe la chaîne autour de mon cou. En regardant mon ventre dans le miroir, j'ai l'impression qu'il y a quelque chose à l'intérieur de moi qui cherche déjà la sortie. Ça a beau être de la taille d'une lentille, je sens mon abdomen monstrueusement tiraillé, un tiraillement impossible à soulager avec du gingembre. Rebecca se présente dans ma chambre avec du produit à vitres et du papier journal. Elle n'a mis que la moitié de son cosplay, un seul œil est très maquillé. Depuis qu'elle m'a demandé de partir, elle vient plus souvent me voir. Jamais quand je voudrais. Elle débarque au petit matin âcre, quand je ne me suis pas encore brossé les dents.

Et je ne range pas les toiles, espérant qu'elle les verra, mais elle ne fait aucun commentaire. À présent, elle entre dans la salle de bains et brique le miroir. Elle prend soin de ne pas croiser mon regard.

Je crois que je pourrais avoir ce bébé par animosité. Mes parents m'ont voulue et voilà ce que ça a donné. L'animosité est une valeur plus sûre. Ça vous donne quelque chose à prouver, et quelle meilleure façon de faire ses preuves qu'à travers un enfant, mon échec personnel corrigé parce que je serai devenue une mère si héroïque que mon bébé reconnaîtra les formes avant même que sa fontanelle soit refermée. Un génie né d'une rancune tenace qui se tiendra à mes côtés aux obsèques d'Eric, auxquels assistera une Rebecca flétrie derrière sa voilette noire. Quand je commence à me tresser les cheveux, elle me regarde et j'essaie de rester distante, mais le souvenir de mon premier avortement me tracasse, alors que j'y pense rarement, quand je ne l'oublie pas carrément jusqu'au jour où je me prends le bec sur Twitter avec un jeune républicain. J'avais seize ans. Je n'aurais pas pu être mère. Les femmes de ma famille n'auraient peut-être jamais dû être mères. Ce n'est pas tant un jugement qu'une évidence. Elles mouraient à l'intérieur de leur corps et maintenant tous ces morceaux de mort constituent mon héritage.

Tous les voisins sont rentrés chez eux et la niche a enfin été récupérée par un des policiers. Akila vient me trouver dans ma chambre avec un peigne chaud et détache ses cheveux. Ils ont beaucoup poussé en un mois. Elle a déjà mis son uniforme Starfleet, acheté en catastrophe au magasin d'articles de fête et qu'elle n'adore pas, même si elle convoque Uhura, s'entraîne à parler tamarien, férengi et, bien sûr, klingon, pendant que je chauffe le peigne sur un brûleur de la gazinière. Ces deux derniers mois, à force de tâtonnements et malgré les difficultés à trouver les bons produits dans les magasins de banlieues chics uniquement achalandés en shampoing pour cheveux caucasiens, nous avons beaucoup progressé dans le soin de ses cheveux. Un jour, à Hoboken, sur le rayonnage le plus bas, nous sommes tombées sur des vieux tubes de Pomade et des pots de Cantu figés. Il y a aussi eu quelques virées à Brooklyn, une pour des huiles et l'autre pour des beurres, du fait maison et roulé dans du film alimentaire, le chic du chic et le sans vaseline. Les *twist out* détrempées d'Akila transformées par le demi pour cent d'humidité automnale qui nous fait renoncer au vinaigre de cidre pour lui casser quelques œufs sur la tête. Maintenant, nous avons notre routine : huile de coco, miel de manuka et deux nœuds bantu bien serrés avant d'aller se coucher. Alors que je passe le peigne chaud dans ses cheveux, j'en imagine toutes les déclinaisons futures

- queues-de-cheval à cinq dollars, yakis massacrées, kanekalons arc-en-ciel, et bien sûr l'inévitable coup de ciseaux post-rupture -, et me demande où dans cette palette elle finira par se poser. Nous avons presque fini quand Eric descend et fait un commentaire sur l'odeur, avant de prendre conscience que c'est « un truc de Noires » et de s'en trouver tout penaud.

Il a déjà mis son costume, et de nous tous, c'est lui qui a le physique le plus adapté à l'enveloppe, un triangle inversé presque aussi parfait que l'original, même s'il a préféré la version actualisée et troqué le Spandex flamboyant contre un nylon pâle. Le résultat est moins patriotique, mais son côté père de famille en fait peut-être le Captain America idéal d'un pays encore en pleine adolescence comparé au reste du monde. Il se prépare une tasse de thé et j'imagine notre progéniture : un enfant doté de l'ossature d'Eric et de mes troubles intestinaux. En garçon, il serait beau, aucun doute. Une fille, en revanche, aurait peut-être quelques obstacles à franchir. Une fois Akila sortie de la pièce, Eric verse du whisky dans son mug et se débat avec le harnais de son cosplay, dernière partie du costume qu'il est trop saoul pour attacher tout seul. Je lui propose de l'aider mais il m'éconduit d'un geste agacé, avant de baisser les bras et de se laisser choir sur une chaise.

Il est comme ça depuis qu'il est rentré des urgences : lunatique, pris d'accès de machisme imprévisibles, et moins discret sur la quantité d'alcool qu'il consomme. Au début, il ne buvait que dans les grandes occasions, quand on sortait. Je voyais ça comme un préambule nécessaire, une routine, comme on met sa chaussette avant sa chaussure. J'aurais dû comprendre plus tôt qu'il y a des choses qui ne devraient pas devenir des routines. En le regardant maintenant, je ne sais pas comment j'ai pu ne rien remarquer. Je repense à notre enfant, et cette fois je l'affuble de tout un tas de prédispositions génétiques qui font vaciller la splendide grille de Punnett. Un enfant aux penchants marqués pour les drogues, accablé de lourds traumatismes intergénérationnels, un enfant à la chimie cérébrale douteuse, taillé pour une vie entière d'oscillations incessantes du cortex préfrontal, un enfant héritier de mes pieds plats et rectangulaires et de notre goût partagé pour le disco, qui en 2045 aura toutes les chances d'être encore plus ringard qu'à présent. Le Umlaut de géant dans les gènes d'Eric n'aura aucune valeur si notre enfant grandit en Amérique et se noie dans le cortisol que le racisme lui aura alloué en quantité astronomique dès la naissance, pendant que le Soleil de la Terre succombe peu à peu. Une seule chose me pousse à vouloir le lui dire : l'improbabilité de cette situation, ce hasard miraculeux qui s'est produit malgré les cahots sévères de nos corps, un hasard qui me rend malade mais rêveuse, aussi, comme si quelque chose de différent pouvait se produire, quelque chose de nouveau. Ce n'est pas si mal d'être une incubatrice. Tout ce que je mange et tout ce que je bois a l'air de servir à quelque chose. Les huîtres, le chocolat, les mangues noyées dans l'huile au piment, tout ça dans un but précis, excusé, une éducation pour les papilles que je construis en faisant appel à toutes les déclinaisons les plus fines du sucre et du sel. Inversement, c'est horrible d'être une incubatrice : j'ai l'impression que tout ce que je fais devrait servir à quelque chose.

Je suis en train de passer le harnais par-dessus la tête d'Eric quand Rebecca descend avec son cosplay. Comme Eric, elle a choisi la version actualisée, bas résille et short ras la touffe au lieu du costume de bouffon, même si elle a préféré le maillet d'origine à la batte de base-ball. Au départ, c'était censé être un déguisement de couple, mais quand Eric s'est maquillé en clown, personne dans la maison n'a fermé l'œil de la nuit. De toute façon, la Harley Quinn de Rebecca est si primaire, si boudeuse, que ça fonctionne mieux sans le Joker - en gros, le cosplay ne lui va pas, comme ne lui irait aucun cosplay où elle devrait tenir le second rôle. Elle pose le maillet sur l'îlot central de la cuisine, boit une gorgée du thé d'Eric et grimace. Mais elle ne fait aucun commentaire. Elle ouvre la fenêtre et vaporise de la teinture rose sur la pointe de ses couettes.

Dehors, la police interroge les voisins, et la vieille femme erre dans son jardin en chemise de nuit. La pièce s'emplit du gémissement des sirènes et des bavardages des voisins, mais bientôt la vieille femme se plie en deux et se met à hurler, secouée de gros sanglots qui lui coupent le souffle, et Akila se fige dans l'escalier. Elle fonce à la fenêtre et regarde la scène, recueillie comme seule peuvent l'être ceux qui savent. Un jour, elle a mentionné en passant les choses perdues pendant l'ouragan et l'une de ces choses était un chien. Rebecca pense à ça, c'est certain, quand elle éloigne Akila de la fenêtre pour l'emmener à la voiture. Nous sommes en retard et la circulation vers New York n'est apparemment déjà pas terrible. Eric charge son bouclier sur son épaule et ouvre le GPS de son téléphone : rouge sur tout le trajet jusqu'à la 34e Rue. Alors que nous nous entassons dans la voiture, un policier est en train de parler aux voisins à deux maisons de chez nous, des gens qui, pas une fois depuis que je suis là, ne m'ont dit bonjour. En passant, Rebecca salue le policier qui lève la tête, avise le maillet entre ses genoux, et la salue lentement en retour.

En chemin, chacun a droit à son créneau musical. Eric avec sa French house et ses yeux inquisiteurs dans le rétroviseur, qui cherchent à voir si quelqu'un reconnaît les plus obscurs des morceaux. Le sinistre ska japonais d'Akila. Et Rebecca qui, contre toute attente, choisit un débat à la radio au lieu de cette musique que soi-disant elle adore, même si le thrash-core folklorique sur la New Jersey Turnpike n'est pas indispensable sous la pluie battante. Akila me tend le câble USB et je cherche sur mon téléphone quelque chose qui pourrait convenir, mais aucune de mes play-lists ne m'inspire, ni celle que je mets pour le sport, ni le trip-hop expérimental que j'ai théoriquement sélectionné pour des moments torrides mais qui, dans les faits, me sert surtout de musique de fond quand je fume un joint en regardant des mèmes dystopiques et balourds sur le rôle des réseaux sociaux dans l'allongement du cou des humains. Un bref instant, j'envisage de choisir des morceaux qui diront quelque chose, mais je suis trop vieille pour ça. Sauf qu'en voyant que, surprise, j'ai téléchargé la moitié de *Face Value* de Phil Collins, je me dis que finalement non, je ne suis pas trop vieille. Je lance « In the Air Tonight » et savoure les réajustements studieux qui s'opèrent dans la voiture : Akila se plonge ostensiblement dans son téléphone, Eric, tendu, redresse le dos en franchissant le péage. Bien sûr, Rebecca est plus discrète, mais à notre arrivée à Manhattan, je la vois qui se tourne vers la vitre et sourit. Trois minutes et quinze secondes plus tard, cela dit, je regrette mon choix. Car cette chanson me rappelle à quel point leur maison me semblait étrangère il y a peu et la rapidité avec laquelle je m'y suis sentie chez moi.

Il y a une sale odeur en ville. Hell's Kitchen, un fruit fongique, pourrissant, aux remugles de moisi et de vieux parmesan. Depuis deux mois que j'en suis partie, j'avais oublié que c'est ce qui se passe à New York quand il pleut, toutes les sécrétions animales et humaines mixées en une soupe brûlante. J'entrouvre la fenêtre et aussitôt un émail se dépose sur mon visage. Ça m'a tellement manqué, cette façon qu'a la ville de gîter sous le poids de tout ce qui s'y passe. La Puerto Rican Day Parade et les cuivres d'un char à l'approche, apportés par le vent. La West Indian Parade et les dunes de paillettes d'Eastern Parkway. SantaCon, la convention des Pères Noël. Mais aujourd'hui, c'est le Comic Con, et autour du centre de conférences, le gratin des inadaptés descend des bus à impériale à quinze dollars le ticket, pousse des caisses de matériel sur la Neuvième Avenue, émerge du Skylight Diner avec des lunettes d'aviateurs et des jupes en crinoline, tous ravis d'échanger l'histoire de leurs cosplays. Un type parade sur la Dixième Avenue enroulé dans une pelote de coton brut et de guirlandes de Noël, sous les encouragements de la moitié d'une équipe de Final Fantasy 7. Les yeux grands ouverts, Akila baisse la vitre pour mieux profiter du spectacle. Elle ajuste son déguisement et épingle son badge Command Division. À un feu rouge, dans la voiture à côté de nous, il y a une jeune Noire déguisée en Geordi La Forge. En nous voyant, elle baisse sa visière et se penche pour attraper la main d'Akila. Mais le feu passe au vert et la voiture tourne dans une rue adjacente, le *Longue Vie et Prospérité* qu'elle lui hurle est amorti par la clameur de la ville.

Nous avons du mal à trouver où nous garer. Tous les parkings sont pleins de SUV noirs, garés en double, voire en triple file, des employés à la lèvre supérieure luisante de sueur en sortent avec de vieilles pancartes « Complet ». Rebecca manœuvre son gros véhicule dans les rues de Midtown une seule main sur le volant, pendant qu'Eric fait du lobbying pour trois spots mythiques où il y avait toujours de la place entre 2002 et 2008. On essaie le premier : une bouche d'incendie. Akila se penche entre leurs sièges, les cheveux déjà en bataille, pour leur annoncer que la rencontre qu'elle voulait voir en arrivant commence dans dix minutes. Rebecca se range devant le centre de conférences et nous dit de descendre, qu'elle trouvera une place toute seule et nous rejoindra plus tard. Une sensation étrange me submerge, causée à soixante-dix-huit pour cent par un accès de nausée et à vingt-deux pour cent par l'ozone noirâtre de la ville qui se fend pour laisser la voie à un unique jet de soleil. Elle me fait signe d'approcher et rajuste le haut de mon bikini en métal qui ne tenait plus que par un crochet. Puis elle plaque la main au milieu de mon dos et je l'entends qui me dit *Voilà*. Quand je me retourne, elle est de nouveau face au volant, repartie chercher une place vers le nord, tandis qu'Eric, Akila et moi nous engageons dans les cent mètres de tunnel menant au Javits Center. Je vois un Gundam fumant une Juul et deux Power Rangers roses sortant des cigarettes de leurs bottes.

Vu de ma hauteur, l'enclos est un cortège d'aisselles et de CO2 fatigué où tous les mages à la ronde regrettent leur cape. L'humidité de la ville est concentrée dans ces quelques mètres carrés de moiteur algide. Tout le monde est fardé, barbouillé de bave de licorne. Un Mario et un Luigi se chamaillent à propos d'un truc qui s'est passé à Paris. Et l'omoplate trempée de quelqu'un est collée contre ma joue. La foule a l'air tellement grosse et entremêlée que la physique de l'ensemble paraît se jouer à un niveau plus complexe, dans les profondeurs de chaque corps, comme si un seul Dark Maul portait le tout et lui permettait de tenir debout. Dedans, l'humidité change, elle devient plus humaine, comme quand on découvre l'odeur des lieux chez un nouvel ami mais quadruplée et condensée. Les participants s'écartent vers les murs le temps de retirer leurs ponchos et de fixer des bracelets d'archer et des lance-toile à leurs poignets. Où que l'on regarde, quelqu'un enfile des collants ou fouille dans des sacs remplis de tout un attirail.

On est samedi. Le noyau dur des fans aux badges violets est là depuis jeudi, et deux d'entre eux naviguent dans la foule avec naturel, les traits même pas endormis, dans un état de détente et de plaisir si profond que nous, simples détenteurs d'un pass un, deux ou trois jours, y lisons l'ordre de nous écarter. Il y a aussi des bébés. Un tout jeune enfant passe au-dessus de la foule, brandi à bout de bras façon Simba, et il bâille en tirant sur ce qui doit être un casque antibruit. Puis il n'est plus là et pendant que je le cherche, sans raison, juste pour revoir ce Fantôme de l'Espace encore un petit coup, Eric me soulève et me tourne vers lui. Ça m'énerve, mais ça va aussi me manquer quand je serai partie, ce truc qu'il faisait quand je le délaissais lors de nos promenades, une déclinaison plus impolie du claquement de doigts, pardonnable simplement pour l'effet que ça fait d'être ainsi décollée du sol. Il sort un sac à congélation et m'annonce qu'il va se payer un petit trip. Il me demande si je veux l'accompagner mais je refuse. Alors il hausse les épaules et gobe seul les gélules dorées pendant qu'Akila a le dos tourné. Puis Akila nous entraîne vers le premier débat de son programme. Main dans la main, nous nous faufilons dans la foule en une chaîne titubante. Akila devant, Eric derrière, bouclier brandi au-dessus de sa tête.

À mi-chemin, tout est poisseux et sans arrêt des mains surgissent de l'ombre. Parce qu'Eric est Captain America. Les gosses veulent se prendre en photo avec lui, et refuser n'est pas dans l'esprit des lieux. Il prend un enfant dans ses bras. Juste avant le flash, le gamin fait une drôle de tête, il a compris le bluff, il a vu que les yeux derrière le masque étaient ceux d'un archiviste du New Jersey. Akila, restée en retrait, regarde sa montre, qu'elle a empruntée à Rebecca spécialement pour aujourd'hui. L'objet tranche avec le polyester de son uniforme du Starfleet, un bijou d'adulte qui paradoxalement la rajeunit tout en lui octroyant le droit de nous donner des ordres, mais Eric est trop heureux de l'attention qu'il suscite pour en faire cas. Nous arrivons à la rencontre avec un quart d'heure de retard, sur les dernières images d'un clip vidéo exclusif. Nous restons debout dans le fond. Akila retire un de ses faux cils. J'ai envie de lui dire que ce n'est rien, mais je ne sais pas comment gérer un tel niveau d'excitation. Je croyais avoir saisi la quintessence de l'ensemble la semaine dernière, après que quelqu'un lui avait reproché de n'avoir pas compris une règle dans la rédaction de sa fanfiction. Pendant deux jours, elle avait été trop déprimée pour manger, mais dans cet environnement particulier, sa fanitude est si violente qu'elle a l'air inflammable.

Le public a le visage luisant et crispé. Les gens respirent par la bouche, les yeux rivés sur les acteurs, auteurs et producteurs rebutés ou gonflés à bloc par l'énergie de la salle. *C'est ma première fois*, dit un acteur, et tous les autres participants au débat se mettent à rire. *En regardant la série avec ma mère, je me demandais comment une lycanthrope enceinte pouvait mener à terme une grossesse et accoucher d'un fœtus robot*, avoue un fan, et tout le monde se tait. On dirait une conspiration, les nombreux bugs de la matrice qui finissent en blagues pour initiés, les huit fans - toujours les mêmes - qui parviennent à accéder au micro, les méchants qui se rassemblent pour s'admirer les uns les autres, les univers aplatis et posés côte à côte, les longues sagas animées tronquées par les chevauchements, huit Gokus et trois gamins sous les flashs, des cosplays si pro qu'un court instant, on imagine un marsupial capable de porter un jean. Et puis toutes les Harley Quinn. Sans arrêt, je crois apercevoir Rebecca, mais ce n'est pas elle. Je tape sur une épaule, et la fille qui se retourne jongle avec trois grenades de gaz hilarant. Un employé nettoie le casque d'une cabine de réalité virtuelle avec une lingette désinfectante et le tend à Akila, pendant qu'Eric et moi parcourons un document certifiant qu'elle ne souffre ni d'épilepsie ni de vertige positionnel paroxystique. Eric fait le malin, lit l'attestation dans les moindres détails, lesquels mentionnent que la société propriétaire de la machine décline toute responsabilité en cas de problème. Une fois le jeu lancé, il se tourne vers moi et ses pupilles sont gigantesques.

– Tu ne t'attendais pas à ça, dit-il en se passant la main dans les cheveux.

– Non, lui dis-je, car il n'y a pas d'autre réponse possible.

Il acquiesce d'un signe de tête, avant de bloquer sur une jolie technicienne qui se tient à côté de la machine avec un seau bleu. Puis quelqu'un crie *Veronica!* et elle part en courant avec son seau. Regarder Akila jouer donne l'impression d'assister à la moitié d'une conversation privée, ses gestes exagérés, censés compenser ce qui n'est pas réellement là, ont un petit côté saugrenu, mais c'est assez mignon de la voir lâcher prise et tomber dans le panneau. Un technicien lui cale un pistolet entre les mains et elle tire dans le vide. Autour de nous, la convention bat toujours son plein. Des Stormtroopers, des sorciers, des Gems arrivent de la rue, apportant une bouffée de l'air cuivré de la ville, la body-positivité si exubérante qu'on dirait qu'elle fanfaronne, comme si l'espace d'un instant tout le monde était devenu ce vieux type dans les vestiaires de la salle de sport qui assume vaillamment ses bourses. Mais on sent aussi l'anxiété, comme si, à l'instar d'Akila avec sa montre, tout le monde était sensible au temps qui passe, un peu inquiet de voir dimanche lentement se refermer sur lui-même, et donc en proie à une frénésie temporaire, shooté à quelque stéroïde invisible et déterminé à profiter au maximum de la journée.

Tout près, le torse en silicone d'un robot est ouvert, dévoilant un cœur fait de transistors pailletés. Eric me marmonne quelque chose à l'oreille. Le bébé de quelqu'un pleure. Une voix d'homme lance un *Wilkommen!* aseptisé du plafond. Une Faucheuse émerge de la foule avec de grandes ailes noires luisantes. Akila retire son casque et court vers nous, l'air joyeusement égaré. Elle m'enlace et me dit *Je suis tellement contente, là.* Je fais de mon mieux pour ne pas réagir, mais elle ne m'a jamais touchée comme ça, alors je lui tapote bêtement l'épaule, terrifiée à l'idée que répondre à son enthousiasme par un enthousiasme équivalent pourrait lui faire comprendre son erreur, un peu comme un Blanc qui adopterait un chat des marais bébé et se rendrait compte à ses cinq ans qu'il s'agit d'un animal carnivore. Pour être honnête, toutes mes relations ont été comme ça, j'ai toujours disséqué les intentions des mâchoires qui se refermaient sur ma tête. Est-ce qu'il plaisante ou est-ce qu'il a faim ? Autrement dit, tout, même l'amour, est une violence.

Avant d'entrer à mon tour dans la cabine, je demande à Akila de garder un œil sur son père. Je chausse le casque et ne sens d'abord que la chaleur du coussinet contre mon front, comme une lunette de toilettes tout juste soulagée de son dernier occupant. Puis, brusquement, je suis dans le salon de quelqu'un, un prompteur me propose de regarder la télé. Je m'assieds sur un canapé au rendu approximatif et regarde trois minutes d'un épisode de *La Loi et l'Ordre* dans une maison déserte où, sur la table basse, trône un bouquet de fleurs que je peux mettre en miettes, occupation plus excitante que regarder Mariska Hargitay et Ice-T de sortie dans les Hamptons pour l'interrogatoire d'un yuppie soupçonné sans doute à raison d'avoir planté ces têtes de femme au bout de bâtons. Dans la démo suivante, je déambule dans les couloirs d'un hôpital monochrome, il n'y a pas âme qui vive et une sorte de brume s'échappe de la ventilation. J'entre dans la salle d'opération : un singe au tablier maculé de sang sort un album de Bing Crosby de sa manche. Au début de « White Christmas », je fais volte-face et me mets à courir. Je lance la dernière démo, une promenade dans l'espace où je visite six des soixante-trois lunes de Jupiter. Sur la deuxième, Europa, recouverte de glace, un autre explorateur sort de l'ombre et s'avance vers moi. Il y a une sorte de vide stellaire en expansion à l'aplomb de ma tête. Quand l'explorateur arrive à ma hauteur, la séquence s'achève et quand j'ôte mon casque, Rebecca est là, qui tient aussi un casque. Elle a une sale tête, des coulures de maquillage autour des yeux.

– Eric est malade, me dit-elle sèchement, et quand je me retourne, Eric est en train de vomir dans un de ces seaux bleus quelques cabines plus loin.

Akila tient son bouclier en regardant sa montre.

– Il est défoncé, dis-je, et Rebecca acquiesce d'un signe.

Elle a les mains qui tremblent.

– Ça va ? je lui demande.

– Nickel, dit-elle.

Akila lui tend le bouclier. Elles s'enfoncent toutes les deux sans un mot dans la foule et je vais trouver Eric qui boit un jus d'orange dans la zone de récupération. Je lui tends des antiacides trouvés au fond de mon sac.

– Qu'est-ce qu'il y a ? Tu ne m'aimes plus ? dit-il après un long silence.

Cette façon de le dire : comme si une moitié de conversation plus agréable avait déjà eu lieu, qui nous avait conduits à ça. Il se traîne jusqu'aux toilettes et j'entre derrière lui. Il se retourne et me jette un sale regard, mais je me fiche de son intimité et de l'intimité de l'Aquaman à la pissotière.

– Je ne sais pas si je t'ai aimé un jour, lui dis-je, et l'acoustique de ce genre d'endroit amplifie la déclaration, qui du coup est bien plus cruelle, alors je m'en veux, avant de m'apercevoir qu'il a perdu une chaussure et aussitôt ça recommence : je me déçois terriblement et c'est sur lui que je me défoule. Rien ne m'est jamais arrivé qui coulait autant de source que lui, et partout en ville, d'autres femmes un peu cruches, pas complètement accomplies, vivent la même chose, excitées par des hommes qui cochent simplement toutes les cases d'une vie un peu plus pleine, c'est un truc terriblement quelconque, le genre de chose qui nous arrive quand on persiste à se lever le matin puis à se brosser les dents et à aller bosser en refusant d'écouter la petite voix qui le soir venu nous murmure qu'il serait plus facile d'être morte. Alors bien sûr, un homme plus vieux est une merveille, parce qu'il a réglé trente-huit ans de factures, vécu des intoxications alimentaires, vu les rapports sur le climat et ne s'est toujours pas suicidé, sauf qu'après avoir vécu vingt-trois ans en tant que femme, après la torsion de mes ovaires, malgré les prêts étudiant et les nouveaux nazis en chemise Oxford, moi aussi je suis toujours vivante, et c'est cette prouesse-là qui devrait m'émerveiller. Au lieu de quoi je me laisse éblouir par sa maîtrise approximative de la carte des vins.

– Pardon, je ne le pensais pas, lui dis-je pour me sentir mieux, mais aussi parce que somme toute c'est vrai.

Je l'ai aimé. Fut un temps. Quand nous n'étions que théoriques. Tout en haut des montagnes russes, quand le vent soufflait dans ses cheveux.

– Même si tu le pensais, ce n'est rien.

Il vient visiblement de remarquer sa chaussure manquante.

– Je t'ai négligée, ajoute-t-il.

– Non. J'aimais bien ça, dis-je, et il sourit.

– Ouais. C'était quoi le délire ?

– Je ne sais pas. Sans doute un truc lié à mon père.

– Cool, dit-il en riant. Non, pas cool… je ne sais pas pourquoi j'ai dit ça.

– Tu as déjà songé à aller consulter… pour l'alcool, je veux dire ?

Il retire son masque et me fixe.

– J'ai besoin d'être seul, tu veux bien ? dit-il.

Alors je retourne errer parmi les stands dans le jour qui décline. Tous ceux qui étaient déjà là hier trimballent leurs épées, leurs boules de cristal et leurs jouets en polyéthylène d'un air épuisé, et ils ont perdu des bouts de leurs cosplay.

Une famille noire heureuse avance dans ma direction. Ils veulent une photo avec moi. *Une princesse Leia noire !* s'exclame la mère, tellement excitée que j'essaie d'enregistrer l'image de son sourire. Vu la tête qu'ils font en regardant les photos sur leur téléphone, ils n'ont visiblement pas eu ce qu'ils voulaient. Je continue ma déambulation et me retrouve dans l'allée des artistes, une zone que j'avais repérée sur le site internet ; je m'attendais à y trouver des tables de dédicaces des gros éditeurs de comics, mais c'est beaucoup plus que ça : il y a des portraits sexy, modernes, reproduits d'après le graffiti d'origine, il y a du fan art hyperréaliste et soigné, il y a même des peintres en plein travail, qui rangent leurs pinceaux le temps de conclure une vente, il y a des fanzines et des jeux de tarot maison, des auteurs de romans graphiques aux prises avec des caisses à monnaie et des terminaux de paiement mobiles, et des clients qui scrutent la nouvelle impression sur toile qu'ils viennent de se payer. Bien sûr, je suis jalouse, mais tout au fond, il y a sur un stand les bouquins les plus cool que j'ai jamais vus. L'artiste, une Noire au look tout à fait normal en pull-over de laine, lève les yeux de la glace qu'elle est en train de manger pour m'expliquer que ses romans graphiques sont vaguement inspirés par sa recherche d'une psychothérapie qui lui correspondrait. J'ouvre l'un des livres au hasard et tombe sur un dessin pleine page d'une route sombre dans un quartier résidentiel. Et je ne sais pas si c'est à cause de la texture du bitume ou de l'unique fenêtre jaune suspendue au-dessus des arbres, mais il se produit quelque chose dans ma poitrine qui, l'espace d'un instant, m'empêche de respirer.

– C'est vraiment magnifique, pardon, dis-je, tellement déterminée à chasser cette sensation que je sors attendre Akila, Eric et Rebecca dans la rue.

Rebecca nous explique qu'elle a dû se garer beaucoup plus haut vers le nord, alors nous prenons la ligne 6 jusqu'à la 84ᵉ Rue. Elle a eu un petit accrochage, nous dit-elle. Et quand on arrive à la voiture, c'est tout l'avant qui est enfoncé et deux vitres qui ont disparu. Personne ne fait de commentaire. Nous montons et nous nous délestons des parties les plus inconfortables de nos costumes. À notre arrivée, il y a encore plus de policiers dans le quartier et la voiture est enfumée. Nous passons la nuit à tousser.

Quand tout le monde dort, je sors prendre l'air et cherche des infos sur le coût moyen des couches pour bébé, mais ce que je trouve est trop optimiste pour ma situation personnelle, tant il est peu probable qu'un enfant de moi ait des intestins en bonne santé.

Ce n'est qu'en me relevant pour rentrer que j'aperçois la vieille femme dans son jardin qui me regarde, une laisse à la main. De retour dans ma chambre, je jette un œil par la fenêtre et elle est toujours là. Je tire le rideau et tape le nom de l'autrice du roman graphique dans le moteur de recherche. Je la trouve sur LinkedIn, sur Twitter et sur Instagram, tellement identique sur les trois réseaux que ça me choque. Quatre ans à l'école de design de Rhode Island, puis un bref passage dans une clinique psy de friqués avant de commencer sa série. Dans un podcast mal produit sur les meilleures techniques d'aguerrissement pour travailleurs indépendants, elle raconte qu'à la clinique, le psy qui s'occupait d'elle piquait sans arrêt du nez en consultation. En entendant son rire, aussi moche et bruyant que le mien, je clique sur le formulaire de contact pour lui envoyer une lettre d'excuses pleine d'effusions lyriques. Le lendemain matin, Rebecca entre dans ma chambre et entreprend de faire les vitres. Avant de partir, elle me demande de trouver une façon d'annoncer à Akila que je m'en vais.

Je n'avais pas songé que j'allais devoir faire ça, mais en attrapant mon mug Captain Planet dans le placard et en faisant le café, je me dis que bien sûr, c'est une évidence. Assise dans la pénombre, je cherche comment lui apprendre en douceur que je l'abandonne, que son père et moi ne baisons quasiment plus et que sa mère en a manifestement plus que marre de ma présence. Sa vie s'est construite principalement sur les départs brutaux de ceux à qui elle avait accordé sa confiance, et je ne vais pas inverser la tendance. Dans le train pour Brooklyn (j'ai un entretien à Dumbo pour un poste en communication interne dont je ne veux pas), je me demande pendant tout le trajet qui va s'occuper des cheveux d'Akila.

Le lendemain, je vais chercher Akila au collège en pleine journée et ça n'a pas l'air de la réjouir. Elle me dit qu'elle a un contrôle et me demande si quelqu'un vient de mourir. Je lui assure que tout le monde va bien, avant de la persuader de sécher les cours pour moi. Nous partons pour Garden State Plaza en bus et je lui donne cent dollars. Elle les prend avec un froncement de sourcils et me demande pourquoi les billets sont mouillés. Elle garde cette attitude presque toute la journée. Je lui laisse choisir les magasins, et chaque fois, elle entre, fait un tour rapide et ressort. Je croyais que n'importe quel accessoire vaguement gothique ferait l'affaire, mais elle n'a pas l'air d'avoir des goûts très affirmés en matière de fringues, rien ne l'attire en particulier sauf peut-être cette paire de bottes de pluie devant laquelle elle s'attarde chez Dick's Sporting Goods. Chez Macy's, elle sort une robe fade et informe d'un présentoir et me dit que c'est le genre de truc que je pourrais porter. Je fais un effort pour ne pas me vexer, mais elle recommence chez Mango, puis chez Gap. Alors je finis par céder : j'essaie une des robes, qui n'est en fait pas si mal. Puis je remarque une croûte jaune sur le miroir et je suis prise de nausées. Je pars vomir dans les toilettes du centre commercial pendant un moment et quand j'en sors, Akila est de bien meilleure humeur.

Elle range son téléphone et nous longeons les vitrines en silence, jusqu'à ce qu'elle décrète qu'elle a envie d'acheter de la vraie lingerie. À son âge, j'avais tellement honte de mes seins que je refusais même de reconnaître leur existence. Je portais un maillot de bain sous mes vêtements pour les aplatir, mais c'était compter sans la bande de vieilles fouines des îles, à l'église, dont le seul but dans la vie était de surveiller le développement sexuel des jeunes filles de la paroisse. Je n'y ai pas échappé longtemps. Dans la cabine d'essayage, ma mère avait essayé de contenir mes seins dans un joli petit soutien-gorge adapté à mon âge, mais mon corps n'était plus cette chose ferme et incomplète qu'on pourrait qualifier de mignonne. En treize malheureuses années, il était plutôt devenu mou et sérieux, visible des hommes et en grand besoin d'un soutien copieux. Comme toutes les filles de son âge, Akila aussi est ambivalente à l'égard de son corps, mais elle est différente. Elle m'invite dans la cabine d'essayage pour me demander mon avis sur les soutiens-gorge. *Bien*, dis-je en essayant de trouver le mot le plus délicat. Je l'aide à régler les bretelles, puis, avec un haussement d'épaules, elle glisse tout dans son sac et nous sortons du magasin. Ça s'est passé si vite que la fenêtre pendant laquelle j'aurais pu l'en empêcher s'est déjà refermée. Elle recommence dans la boutique voisine. Sans qu'aucun plan ne soit explicitement formulé, nous opérons bientôt en tandem, glissant des bracelets et des échantillons de parfum dans nos sacs et fourrant le reste dans nos bottes. Au bout d'une heure, nous nous posons chez Orange Julius pour un milkshake. Nos regards se croisent et on éclate de rire.

– Tu fais ça souvent ?

– De temps en temps.

Elle fait tourner le gobelet entre ses mains.

– Tu t'en vas, dit-elle d'un ton neutre, comme si elle avait déjà eu le temps de digérer la nouvelle.

– Ouais, je suis désolée.

– Faut pas, dit-elle, et nous allons nous installer en douce dans l'une des salles du cinéma, mais le film est déjà bien entamé et je n'arrive pas à en comprendre le sujet. Dans la salle, tout le monde pleure, et en me tournant vers Akila, je vois qu'elle pleure aussi. Dans le bus, nous échangeons mollement nos idées sur le sens du film avant de laisser le silence s'installer. Eric et Rebecca ne sont pas à la maison. Pendant qu'Akila cherche ses clés, une voiture de patrouille s'arrête derrière nous. Comme on en voit passer une ou deux fois par soir ces temps-ci, je m'attends à ce qu'elle fasse le tour de l'impasse et reparte, mais quand les deux flics en descendent, cette hypothèse s'avère n'avoir été que de l'espoir. *Bonsoir*, dit l'un des deux flics, et le bonsoir que je lui réponds est si faible que je me racle la gorge pour le répéter, sauf que la deuxième fois, c'est pire - forcé -, et je me rends compte de l'erreur que j'ai commise en voulant me corriger. Pendant ce temps, les deux policiers me regardent sans un mot, ils me réévaluent.

J'aurais dû le savoir. On n'est jamais décontracté quand on essaie d'avoir l'air décontracté, mais face à la police, comment peut-on espérer que je sois moi-même ? Je ne sais pas comment ne pas être sur la défensive. Je regarde les policiers, puis toutes les fenêtres allumées dans l'impasse, et à l'une de ces fenêtres, j'aperçois le visage de la vieille femme. Je demande s'il y a un problème, sans essayer, cette fois, de corriger le tremblement dans ma voix. Mais quand ils me demandent si je vis là, j'hésite, pendant qu'Akila croise les bras et dit que oui, elle vit là, avec une attitude beaucoup moins déférente que la mienne. L'un des agents se tourne vers elle, et je sens que cet échange est sur le point de mal tourner, ma peur en constatant que la distance entre les policiers et nous se réduit est légèrement tempérée par l'impression bizarre que ça me fait de partager avec eux l'incrédulité de voir Akila s'écarter du script. Je ne sais pas si c'est de la défiance, ou si elle n'a simplement pas les mots. Je me mets devant elle et lui dis de rentrer par la porte de derrière. Elle refuse. Elle est à l'aise, maîtresse d'elle-même, et quelque chose en moi est frustré par ce qu'on ne lui a pas dit. Mais j'envie aussi le naturel et la résolution avec lesquels elle revendique ce qui lui appartient. Les policiers me demandent mes papiers et je cherche mon permis, mais j'ai les mains qui tremblent et mon sac est plein de parfum volé. C'est chez moi, dit Akila et je sais que ce qui sépare l'instant où un jeune Noir se tient sur ses deux pieds et qu'il est en mesure de parler de celui où il gît prostré dans son sang est presque imperceptible, et qu'il dépend surtout d'une conversation tacite qui le dépasse, une conversation qui s'est produite avant lui et qui résistera à ses efforts d'y prendre part avant la conclusion. Je sais que l'horizon des événements a vite fait d'être atteint entre les salutations et le ciment, mais dans la réalité, quand ils plaquent Akila au sol, chaque seconde s'éternise.

En l'occurrence, tout le monde y perd de la dignité : les agents, dont la brutalité est sincère et absurde, rabaissés par l'effort qu'ils y consacrent, et Akila, surprise, maladroite et apeurée, si enfantine tout d'un coup que je cours vers elle sans réfléchir pour essayer de la dégager. Je vois le blanc de ses yeux à la lumière du perron, avant qu'un policier me soulève et me plaque sur la pelouse en me hurlant un *On arrête de résister !* Il me parlerait chinois, ce serait la même chose, et j'ai comme une impression de déjà-vu, parce que même pendant ce qui pourrait devenir mes derniers instants, je ne peux pas échapper à internet et à sa galerie des miroirs digitale où des ordres sont donnés sans ironie à des femmes et des hommes à l'agonie. Quand j'arrête de résister, c'est parce que je n'entends plus la voix d'Akila. Pendant un instant, je n'entends plus que des oies et, quelque part, un camion de glaces. Et puis Rebecca hurle au bout de l'allée, et en tournant la tête, je vois son SUV fumant arrêté au milieu de la route ; elle court vers nous en combinaison de protection avec ses Doc aux pieds. Elle agite les bras et prononce des mots que je ne reconnais pas. Les agents reculent presque comme un seul homme. Rebecca se rue sur Akila et la redresse, pendant qu'ils rajustent leur uniforme.

– Nous voulions reprendre contact avec les propriétaires de la maison. À cause de l'incident plus tôt dans la semaine.

– Le chien.

– Oui, madame.

Akila se relève et disparaît derrière la maison, je cherche à l'accompagner mais elle me repousse.

– Vous connaissez Mme Moynihan ?

– Pas bien, non.

– Avez-vous des armes à feu dans la maison ?

– Bien sûr que non, répond Rebecca, et au moment où elle se tourne vers moi, je comprends ce qu'elle a fait.

Akila s'est enfermée dans sa chambre. Je frappe, et quand elle me dit d'entrer, sa lèvre est en sang. Je le lui fais remarquer. Elle a l'air surprise. *Je sens rien*, dit-elle, la main sur la plaie. Quand je reviens avec la trousse premiers secours, elle le répète, d'une petite voix désincarnée.

– Je n'aurais pas dû répondre, finit-elle par dire. Je me sens...

Elle marque un temps d'arrêt, reprend ses esprits.

– Je me sens vraiment bête.

– Non, ça n'aurait rien changé. Ça aurait fini comme ça de toute façon.

– C'est censé me consoler ? demande-t-elle à voix basse, la gorge serrée.

Je me souviens quand mes parents ont essayé de me faire passer le message - leur seul signe d'union au cours des misérables années qu'ils ont passées ensemble. Ça doit être bizarre pour tous les enfants noirs, ce jour où ceux qui incarnent pour eux l'autorité leur apprennent que les autorités mentent. Ironiquement, je n'y avais jamais cru, il a fallu que j'y goûte pour savoir.

– Rien ne te consolera, dis-je. Ça va te mettre en colère longtemps, et tu as le droit. Ce droit, tu l'as gagné, et ça montre que tu sais que tu mérites davantage.

– D'accord, dit-elle. D'accord, je n'ai plus envie d'en parler.

Nous restons assises en silence un moment, avant de reprendre notre jeu vidéo - un multijoueurs collaboratif dans lequel notre tâche est de préparer des burgers pour des clients de fast-food affamés. Mais on n'est pas synchronisées. Elle n'arrive pas à poser les cornichons assez vite et je lâche sans arrêt la mayonnaise. Quand le niveau se recharge, l'écran devient noir et reflète nos visages. Nos expressions accablées continuent de flotter dans la pièce même quand la partie a repris. Je profite d'un interlude entre deux niveaux pour poser un bras sur ses épaules et elle accepte mon geste un bref instant, avant que la partie reprenne.

Ce soir-là, c'est la première fois que nous dînons tous ensemble. Eric et Rebecca regardent Akila manger, et au bout de quelques bouchées, Akila demande si elle peut retourner dans sa chambre. Eric veut la suivre, mais Rebecca pose une main sur son bras. Plus tard, j'essaie de peindre. Comme je n'y parviens pas, je m'assieds devant le miroir pour croquer en quelques traits mon visage, et pour la première fois de ma vie, je suis là.

Ou en tout cas, il y a quelque chose de reconnaissable, mais j'ai mal choisi mon moment. Parce qu'au milieu de toutes les platitudes bêtes et méchantes que je peux servir à Akila ou à moi-même, il y a la vérité. Et la vérité, c'est qu'au moment où ce policier me coinçait le cou avec son bras, quelque chose en moi quelque part se disait, *D'accord*. Se disait, *Très bien*. Parce qu'il y aura toujours une partie de moi qui sera prête à mourir.

Plus tard, Rebecca traîne sur le seuil de ma chambre jusqu'à ce que lui fasse signe d'entrer. Vu que depuis deux mois, elle entre sans prévenir, cet excès de politesse est absurde. Elle ferme la porte et jette un œil sur les deux sacs-poubelles dans lesquels j'ai fourré toutes mes affaires. Elle s'assoit par terre et ôte ses chaussures, le dos appuyé contre la porte.

– Tout va bien ?

– Ouais, dis-je, et quand je pose le regard sur elle, ses yeux sont vifs et immobiles.

– Il m'est arrivé d'espérer qu'il t'arrive un sale truc.

Elle rit.

– C'est monstrueux, non ?

– Ça ne fait rien, dis-je, et dans la pénombre qui gagne la pièce, son visage s'affaisse et devient différent, inédit, presque inanimé.

Je le dessine en vitesse avant qu'il fasse noir et nous restons là dans la nuit, en silence, jusqu'à ce que je m'endorme. À mon réveil, elle est allongée sur le sol. Quelque chose cloche. Je vais dans la salle de bains et allume la lumière : je suis couverte de sang. Mon premier réflexe est de me laver les mains, mais en me voyant dans le miroir, je m'interromps. Il n'y a pas assez de papier toilette, alors j'attrape le pommeau de douche et je suis prise d'une crampe abdominale horrible. Aiguë. Comme si une sécurité intégrée, secrètement enfouie dans les profondeurs de mon corps, venait de se déclencher. Il n'y a plus que du verre par terre. Je réveille Rebecca mais aucun des mots qui me viennent n'a de sens. Je suis à la fois soulagée et horrifiée qu'elle se montre si opérationnelle, pareille à un petit ordinateur déterminé, et après m'avoir pris le pyjama ensanglanté des mains, elle m'attrape un pantalon de jogging propre et m'emmène dans sa voiture avec une boîte de serviettes hygiéniques. *Les sièges*, dis-je, première parole cohérente depuis mon réveil, et elle s'engage sur la chaussée avec un petit rire sombre. Le jour se lève et la route et le ciel vont et viennent sur notre passage, le noir derrière mes yeux est plus doux et plus chaud que la voiture et que la climatisation réglée droit sur mon visage, mais dans le noir, je n'ai pas à la sentir, et je n'ai pas à y penser, à penser à ce qui se passe à l'intérieur de moi.

Tandis qu'elle m'aide à traverser le parking, j'entends le jour devenir entier. La circulation, le bavardage des oiseaux et le vent dans les arbres. Nous pénétrons dans le bâtiment des urgences. Rebecca me fait asseoir dans un fauteuil vert moelleux et je me souviens que je n'ai pas d'assurance santé. Je referme les yeux et en les rouvrant je la vois en train de remplir un formulaire, de noter ma date de naissance de son écriture bâclée de droitière. Je ne lui demande pas comment elle sait, je sais qu'on m'a examinée de près, soigneusement observée, et je sais que Rebecca n'aime pas les surprises. Mais en la voyant compléter les informations concernant mes antécédents médicaux et leur remettre le document accompagné de sa carte de crédit presque comme si de rien n'était, je me sens en sa possession.

Je saigne toujours. Quand une infirmière vient me trouver, je suis gênée de me lever. Il y a une tache sur le fauteuil et, tandis qu'ils m'emmènent, je me retourne et vois Rebecca qui essaie de la nettoyer. Tout va très vite. Une blouse en papier et un bracelet d'admission trop serré. Un tableau de Wyeth au-dessus d'une boîte de gants violets. Le pantalon de jogging, à l'envers et gorgé de sang. De la vaseline froide et le murmure khoïsan des ultrasons. Je ne peux pas m'empêcher de trouver le tableau déplacé. Dessus, il y a une femme qui rampe à travers de hautes herbes sèches. La femme était la voisine de Wyeth, elle souffrait d'une maladie neurodégénérative qui l'empêchait de marcher. Ce tableau est accroché dans la salle où un médecin m'annonce que le bébé est mort et qu'il va falloir procéder à un curetage.

Ils me donnent un cachet pour détendre le col puis de la scopolamine pour me mettre KO. L'infirmière appelle ça un sommeil crépusculaire. Alors qu'elle m'explique ce qui va se passer pendant l'aspiration utérine, je n'arrive pas à chasser cette impression qu'elle s'est un jour occupée de moi dans un restaurant de pancakes de Flatbush, et si ce n'est pas impossible, sa vie a grandement changé depuis. Voyant le spéculum dans sa main, je me sens un peu bizarre. Elle me demande mon métier et je lui réponds que je n'en ai pas. Mais au moment où ils allument la machine, je me dis qu'il faut que je sois honnête, que c'est important, alors je lui attrape le bras et lui explique qu'en fait, je suis une artiste. La déclaration est embarrassante, malgré la pénombre qui se fait dans la pièce, mais quand on me fournit une couche-culotte à mon réveil, cette déclaration et l'enfant théorique sont une seule et même chose, une chose que j'ai surtout cultivée en pensée, prudemment, désespérément. Un rêve ensoleillé où je mène une vie meilleure, dans lequel il n'y a pas de père et où ma fille et moi déménageons *upstate* où parfois je la gronde tout en l'aidant à faire ses devoirs, mais le principal c'est que nous sommes copines, qu'elle est quelqu'un à qui je peux parler, une fille sérieuse dotée d'un sale caractère, qui laisse traîner des bols de céréales partout dans la maison et va à la maternelle avec des coiffures tapageuses et bariolées, parce qu'on attendra de moi comme de toutes les mères noires que je ne lésine pas sur les barrettes. Et peut-être que tout n'est pas génial, peut-être que la bande passante de ma vie de mère célibataire est saturée, que je passe ma vie à bosser, à élever ma fille et à essayer de baiser. Peut-être que j'amène trop d'hommes dans sa petite vie et qu'elle aimerait savoir qui était son père, à quoi je lui réponds que je n'en sais rien, et les mois que j'ai passés dans le New Jersey ne sont plus qu'une brève convulsion traversée de soleil. Peut-être qu'elle me ressemble trop, qu'elle ressemble trop à ma mère, peut-être qu'à l'adolescence, elle bascule sans un mot dans un précipice terrifiant avant de finalement s'en sortir pour devenir la femme que je n'ai pas pu être : une femme qui n'a pas de dettes et qui a de l'espoir, terrifiante dans son assurance absolue de devenir ce qu'elle veut.

– Je n'avais même pas envie d'être maman, dis-je à Rebecca sur le chemin du retour.

– Moi non plus, dit-elle, et quand nous nous garons dans l'allée, en voyant Eric passer à la fenêtre de la cuisine, je me sens toute neuve.

Pendant que je tripote ma ceinture de sécurité et la climatisation, Rebecca me laisse y croire. Je voudrais prendre une douche et saigner en toute intimité, mais la lumière de l'après-midi, dure comme de la céramique, modifie l'aspect de la maison, elle la rend opaque, trop rigide pour accueillir ce qui s'est passé si vite et dans un tel carnage. Dans un an, peut-être que tout ira bien. Mais aujourd'hui, je porte une couche pour adultes et il n'y a pas de Dieu, pas d'enfant, pas de lieu hypothétique où une ferme se dresserait au bout de l'herbe craquante et sèche. Il n'y a que la benne à recyclage et le bardeau blanc moucheté de soleil.

Rebecca et moi restons dans la voiture une heure, et une fois dans la maison, elle reste près de moi. Je ne le lui ai pas demandé et, à vrai dire, ça m'agace un peu qu'elle croie que c'est ce que je veux, mais nous sommes unies par un accord tacite selon lequel dans le sillage de cette chose grotesque et sanglante, tout le reste peut être mis de côté. Nous restons toutes les deux en orbite pendant des jours, de la camomille et de l'ibuprofène apparaissent sur ma commode, sortis de nulle part, comme au bon vieux temps où nous étions plus timides, où la maison semblait ne receler qu'une quantité d'air limitée. Rebecca me laisse du muesli et du Percocet et je parcours les petites annonces pour des studios à Bedford Park et Gravesend sur StreetEasy. *Entièrement rénové !* dit l'une d'elles, mais quand je fais un googlestreetview, je vois que l'endroit n'est qu'un énorme cratère dans le sol. Alors je m'en vais sur Craigslist, où je trouve quelques annonces plus ou moins accueillantes pour les femmes, assorties cependant chaque fois de descriptions grandiloquentes du programme de remise en forme OrangeTheory, de l'évocation des liens forts entre les occupants de la maison, ou de mises en gardes sur le fait que les postulantes à la colocation doivent être « fun », ou en phase avec l'Esprit Saint.

Je vide tant de boîtes de serviettes hygiéniques épaisses au cours de ma semaine de convalescence que j'ai l'impression qu'on me garde pour nourrir un vampire. De gros caillots sombres les premiers jours, puis un bain de sang si implacable que le simple fait d'être toujours en vie me donne l'impression d'être divine. Et le jour où tout s'arrête, je décroche le boulot pour lequel j'avais eu un entretien quelques semaines plus tôt, celui dont je n'ai pas envie mais qui offre des congés maladie rémunérés, une assurance médicale et un matelas gratuit. La responsable des embauches est une Noire qui, au milieu de la conversation, n'hésite pas à me conseiller de négocier mon salaire avant d'accepter, alors je lâche un chiffre, cinq mille dollars au-dessus de ce que je pense mériter, ce à quoi elle répond, *D'accord, parfait.*

Pendant que j'attends qu'on m'envoie le dossier, Rebecca et moi nous rapprochons encore un peu plus, au point d'en être presque, ces derniers jours, à nous tenir par la main, avec toute la raideur qu'il est possible de mettre dans le geste. Notre proximité est embarrassante mais en quelque sorte nécessaire, même si je suis certaine qu'elle est soulagée que le bébé n'ait pas vécu. Parce que dans ces moments où nous sommes le plus proches, il y a toujours une mise en garde, une horloge qui tourne, et rien qui ne puisse être purement tendre et doux. Je me réveille le matin en pensant l'espace d'un instant que je suis une femme heureuse, avant de me rappeler où je me trouve.

Puis nous traversons la journée côte à côte, et j'ai l'impression d'être l'exception, c'est comme si nous partagions un organe résiduel, une deuxième langue, notre façon de nous parler furtive et fruste, claire seulement dans l'intimité, avec ce sentiment commun d'être en train de bâtir une construction de verre. Parfois, l'impression est horrible, comme si la vie se déroulait de cette façon seulement parce qu'il existe une date d'expiration. Je vais en ville et je regarde un agent immobilier en survêtement tirer une chasse d'eau toute neuve. Je suis coincée sous terre pendant qu'un autre agent immobilier m'attend à Forest Hills. Sur la ligne F, un rat me passe sur les pieds. Et bien sûr, il y a des bébés partout. Des parents hagards avec leurs poussettes dans les escaliers du métro. En rentrant dans le New Jersey, j'ai une douleur entre les jambes.

Je déballe mes peintures et tends une toile. Je prends mon temps avec le gesso, que je dilue avec de l'eau pour m'assurer qu'il n'y a pas de grumeaux. J'étale une couleur de fond froide et pendant qu'elle sèche, je sens l'anxiété monter, je suis trop difficile sur l'état de mes pinceaux, devenus raides de vieille peinture pendant ma grossesse courte mais dégénérative. Assise dans le noir, je songe aux médecins qui se sont occupés de la procédure et je les imagine à la maison, donnant une fessée à leurs enfants et fumant des cigarettes. Je me demande si c'est commun de demander à une patiente ce qu'elle fait dans la vie quand le sommeil crépusculaire s'installe, je me demande si ça sert de sérum de vérité, ou si c'est un moment où les patientes mentent en songeant à ce qu'elles auraient voulu faire de leur vie. J'ai envie de sentir que je ne mentais pas quand j'ai dit que j'étais une artiste. Mais je ne trouve pas le bon rythme pour mon pinceau, je continue à me comporter comme pendant les insomnies de la grossesse, où je stockais des bocaux d'artichauts huileux sous le lit en prévision des crises délirantes où je peignais jusqu'à l'aube. Cette aube que je décrivais dans les moindres détails à une enfant qui n'avait même pas encore d'oreilles. *Orange, jaune, rose*. Je le fais presque automatiquement, et quand je m'en aperçois, je me mets en colère.

À l'aube, je descends dans la cuisine me préparer un bol de cœurs d'artichaut, puis je fais le tour de la maison et choisis quelques petites choses que je pourrais emporter : le mug Captain Planet d'Akila, le vinyle Bumblebee Unlimited d'Eric et un flacon à demi vide du parfum gingembre bergamote de Rebecca. J'emballe ce qui se casse dans un jean et à neuf heures, je charge mon sac dans la voiture de Rebecca. C'est un matin maussade et vierge, et la climatisation est morte. Nous nous arrêtons pour boire un café. Le dos du T-shirt de Rebecca est couvert de sueur. J'essaie de faire la conversation et elle chausse ses lunettes de soleil en disant, *Ouais, ouais*, alors que je n'ai posé aucune question et qu'il n'y a pas de soleil. À la radio, toutes les stations grésillent, inaudibles, ce n'est que quand Rebecca coupe le moteur en arrivant à Crown Heights que j'entends une voix dire, *Ce soir, seulement*. Nous nous engageons dans l'escalier qui mène à mon appartement, un sixième étage sans ascenseur avec des toilettes toutes neuves et un chat trop collant. Je suis contente de voir que ma colocataire, qui m'a juste envoyé un SMS pour savoir si j'étais allergique aux noix, n'est pas là. Rebecca fait le tour de l'appartement, ouvre les robinets et, après avoir arrosé le périmètre de ma chambre à la bombe insecticide, je sors et constate qu'elle a tout démonté, le chrome, le caoutchouc et les joints en silicone, disposés bien proprement sur une serviette en papier humide. *La pression est dégueulasse*, dit-elle, et j'ai envie de lui rétorquer qu'elle aurait dû me payer davantage. J'ai envie de lui demander pourquoi il y avait tant de petite monnaie dans ses versements sporadiques. Après, la pression est meilleure, mais je ne peux m'empêcher de penser que toute tentative pour améliorer cette situation, l'état de délabrement de l'immobilier new-yorkais, est absurde. Mon nouveau lit, qui attend en bas de l'escalier depuis deux jours, a déjà une drôle d'odeur. Il nous faut un moment pour le hisser jusqu'en haut, et à deux ou trois reprises, Rebecca tombe. On ne se chamaille pas, mais après, on se débarbouille agressivement le visage, avant de partager une cigarette. Elle touche l'intérieur de mon poignet et aussitôt, je me dis que je vais pleurer. *Ne lui dis pas*, murmurai-je à Rebecca, et nous retournons dans l'appartement partager une petite bouteille de vodka que j'ai volée dans le minibar de l'hôtel et écouter le disque que la chaleur a voilé malgré la méthode de préservation d'Eric. Il faut constamment rajuster l'aiguille en buvant. Quand la pénombre s'installe, nous n'essayons plus et laissons le disque sauter, l'intervalle est assez long pour rendre la chose presque invisible, même si à un certain niveau de perception nous avons conscience du bourdonnement et de nos voix qui ont imité sa signature, le contenu de nos paroles de moins en moins intelligible alors que nous tournons comme deux aimants de charge identique. Je garde cette frustration pour moi jusqu'à ce qu'on soit de nouveau chacune à un bout de la pièce, puis je lui dis, *Ne bouge pas* d'une voix trop forte. Comme elle obéit, je crois que nous sommes toutes les deux surprises. Aussitôt après, cependant, il flotte dans l'air une attente, la langue que nous partageons à présent réduite au vocabulaire essentiel, à des mots doux de désir ardent, à des conjugaisons dures et incandescentes. Je lui dis de se déshabiller, de prendre son temps, en partie parce que je rassemble mes huiles et en partie parce que je veux passer du temps avec ce corps qui se montre à moi depuis des mois, à des degrés insolents de petitesse. Elle s'est déshabillée et je ressens toujours cette vieille impulsion à comparer, mais à part ça, son corps est une dague, le corps d'une femme dont le boulot consiste à expédier les morts hors de notre monde. Et c'est comme ça qu'elle se tient, comme quelqu'un qui ne prête aucun intérêt à son petit théâtre anatomique, naturelle, indifférente. Je le prends comme un défi. Je mélange mes peintures, des couleurs quaternaires profondes, rouille, cendre, turquoise sale, et puis je prends son visage entre mes mains et tire sur ses lèvres pour voir ses dents.

Comme elle ne proteste pas, je la mets dans la position que je veux, une jambe et un bras à la fois, jusqu'à ce qu'elle se crispe. Pas de geste qui s'attarde, faussement pudique, même si en lui creusant le bas du dos je sens qu'elle m'attend. Et je suis frappée par la douceur des nœuds sur son échine, par la labilité de son corps, par son âge qui devient une chose enviable, fertile. Quand elle se redresse sur ses orteils, je la sens entièrement acquise à ma cause et j'ai choisi une pause volontairement exigeante, mais en attrapant ma palette et en m'installant sur le sol, je me dis que c'est excessivement punitif et je ne sais plus si, après tout ça, je vais réussir à la peindre fidèlement. Puis je vois son sérieux, sa détermination à rester dans la position où je l'ai mise, et le travail commence tout seul, sa nudité est une donnée magnifique qui n'a rien de salace, ni même d'absolue. Pendant que nous travaillons, la lumière change, et le tableau devient un composé d'ombres contradictoires. Quand je le lui montre, elle pose les talons au sol et porte une main à sa bouche. *Oh*, dit-elle, puis elle se rhabille lentement. Je détourne la tête pour lui laisser de l'intimité, mais aussi parce que c'est brusquement difficile à regarder, ce petit plaisir si proche de la fin de l'épreuve, parce que l'observer en train de nouer ses chaussures me paraît indécent. Quand elle a fini, pas de cérémonie. Elle passe la porte sans un mot.

Une fois qu'elle est partie, je range la toile à un endroit où je n'irai pas voir souvent, et pendant un moment, j'ai l'impression que j'ai oublié comment on fait pour être seule. Ce n'est pas que je veux de la compagnie, mais j'ai envie que d'autres yeux attestent de mon existence. Il s'est écoulé assez de temps maintenant pour ne plus être embarrassée par ce que j'ai dit aux médecins, mais j'y pense encore pendant des semaines, à ce que j'entendais par « artiste ». Je pense au tableau à la clinique et aux fibres de la toile recourbées sous l'huile. À tous les matériaux bruts rassemblés et transformés en ombre et en lumière. Aux pigments tirés du sable et des campanules, au carbone noir tiré du feu et étalé sur les parois lisses des grottes. On trouve toujours comment documenter nos façons de survivre, ou dans certains cas, nos façons de ne pas y parvenir. J'ai essayé de reproduire une chose insondable. J'ai fait de ma faim un exercice, soumis tous ceux qui traversent ma vie à une lecture aussi minutieuse qu'inappropriée, qui trouve parfois son chemin, et souvent de manière insuffisante, en peinture. Et quand je suis seule avec moi-même, voilà ce que j'attends : que quelqu'un, avec des mains implacables, résolues, me couche sur une toile pour que, le jour où je serai morte, il y ait quelque part une preuve que j'étais là.

REMERCIEMENTS

Ce livre n'aurait pas été possible sans le soutien de ma famille et de mes amis. Merci maman, papa et Sam pour la lumière et pour les encouragements. Doug, pour m'avoir offert le tout premier livre que j'ai adoré. Daimion, pour mon tout premier carnet de croquis. Merci à Evan, mon compagnon et mon ami. Tu es génial. Tous les jours, ta gentillesse m'impressionne. Merci aux revues littéraires qui ont soutenu mon travail quand je commençais à peine à écrire. Au Master's of Fine Arts de New York University, pour les amis et les mentors que j'y ai rencontrés, dont les encouragements m'ont permis de continuer. Merci à tous les gens de ma bande qui sont devenus ma famille et ont fait de moi une meilleure autrice et une meilleure personne. Merci à Katie, Zadie, Jonathan, Deborah, Hannah et John de m'avoir remarquée et de m'avoir motivée. Merci à Nathalie Bru pour sa traduction soignée. Et merci à Claro et à Marie Misandeau, ainsi qu'à toute l'équipe du cherche midi. Merci à tous de m'avoir aidée à réaliser ce rêve.

MIXTE
Papier issu de sources responsables
FSC® C003309

L'éditeur de cet ouvrage s'engage dans une démarche de certification FSC® qui contribue à la préservation des forêts pour les générations futures.

Pour en savoir plus :
www.editis.com/engagement-rse/

Cet ouvrage a été achevé d'imprimer sur Roto-Page par l'Imprimerie Floch à Mayenne en janvier 2021
N° d'édition : 6743 – N° d'impression : 97541
Imprimé en France